逆流

鍾理和與鍾肇政書信錄

鍾理和・鍾肇政 著
鍾理和文教基金會 策劃

鍾理和（1915-1960）
（鍾理和文教基金會提供）

鍾肇政（1925-2020）
（林柏樑攝影）

廖清秀（1927-2015）
（林柏樑攝影）

陳火泉（1908-1999）
（林柏樑攝影）

左｜1952年左右，李榮春與陳有仁等友人攝於宜蘭頭城。左起：佚名、佚名、李榮春、佚名、陳有仁、佚名、吳英傑、林居萬。
（李榮春文學推廣協會提供）

右｜鍾肇政在信中屢次表達熱衷於打網球。圖為1958年攝於龍潭國小。
（鍾延威提供）

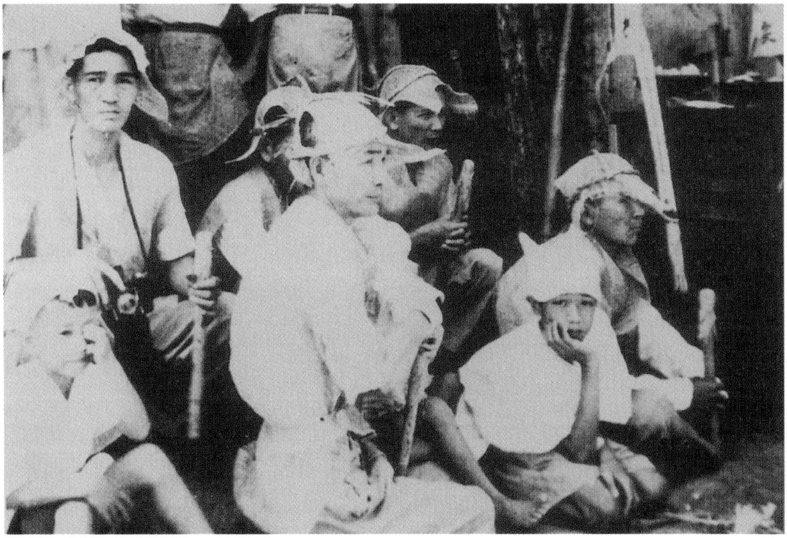

「文友通訊」發行期間，鍾理和適逢母喪，許多文友去信表達弔唁之情。圖為1957年鍾理和（前排左二）母親葬禮照。
（鍾理和文教基金會提供）

1957年8月31日「文友通訊」成員首度聚會，地點在施翠峰家。前排左起：文心、鍾肇政、李榮春，後排左起：施翠峰、陳火泉、廖清秀。鍾理和當時因路遠未能出席，楊紫江因公臨時無法與會，許山木當時尚未加入「文友通訊」。
（鍾延威授權）

1960年7月，鍾肇政以父親鍾會可生日名義，邀請文友至龍潭國小聚會。前排左起：鍾會可、林鍾隆、陳火泉、文心、佚名、鄭清茂，後排左起：張良澤、鍾肇政、佚名、鄭煥、佚名。
（鍾延威提供）

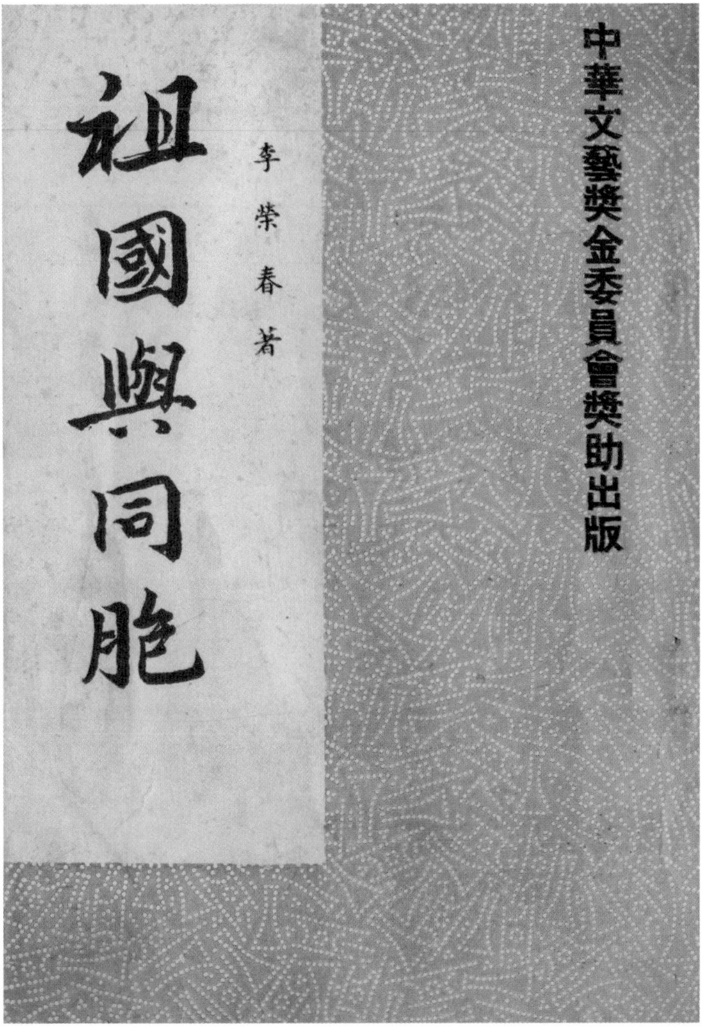

李榮春，《祖國與同胞》（宜蘭：自費出版，1956.01）。
（李榮春文學推廣協會提供）

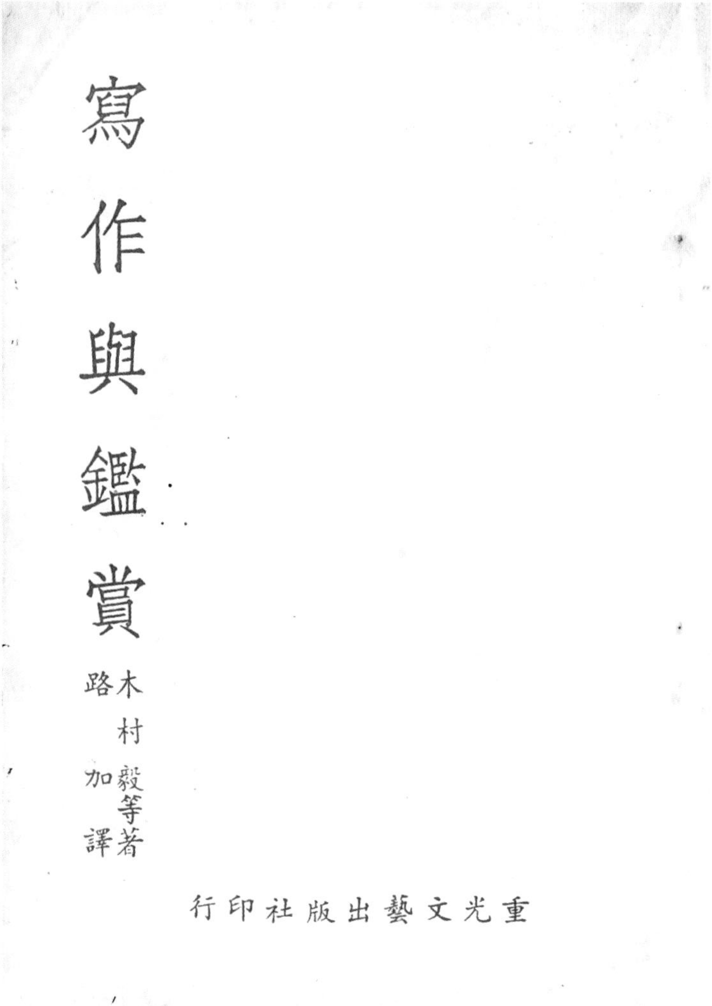
寫作與鑑賞

木村毅等著

路加譯

重光文藝出版社印行

鍾肇政藏《寫作與鑑賞》(臺北：重光，1961.01)。
(鍾延威提供)

鍾肇政致贈鍾理和之《寫作與鑑賞》（臺北：重光，1956.09）題簽本。
（鍾理和文教基金會提供）

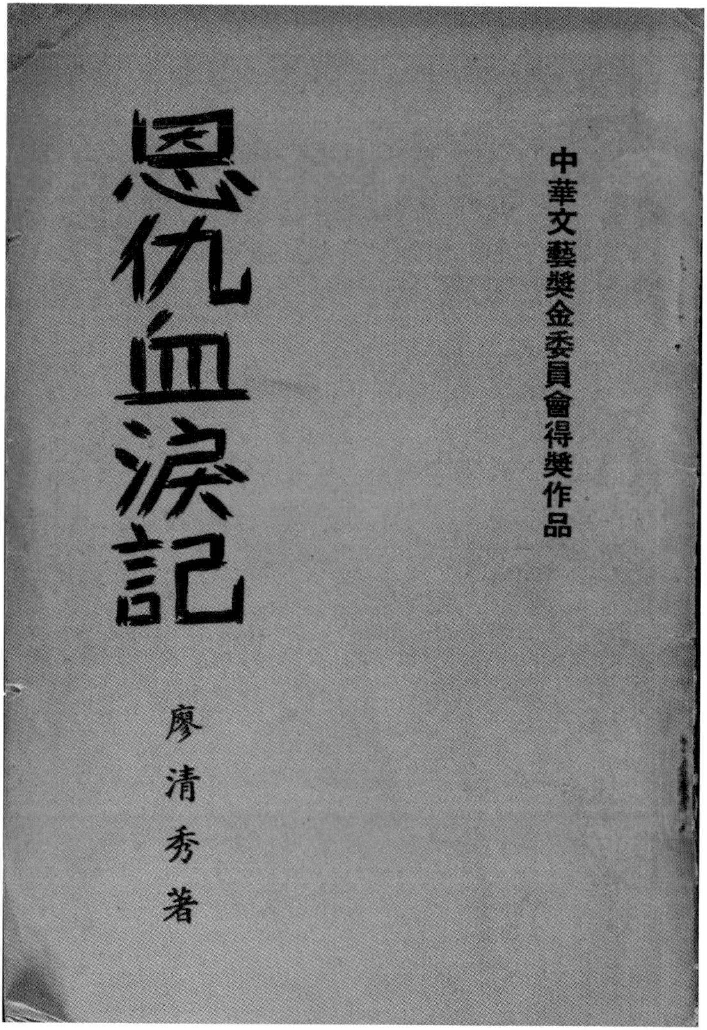

廖清秀，《恩仇血淚記》（臺北：自費出版，1957.01）。
（國立臺灣文學館提供）

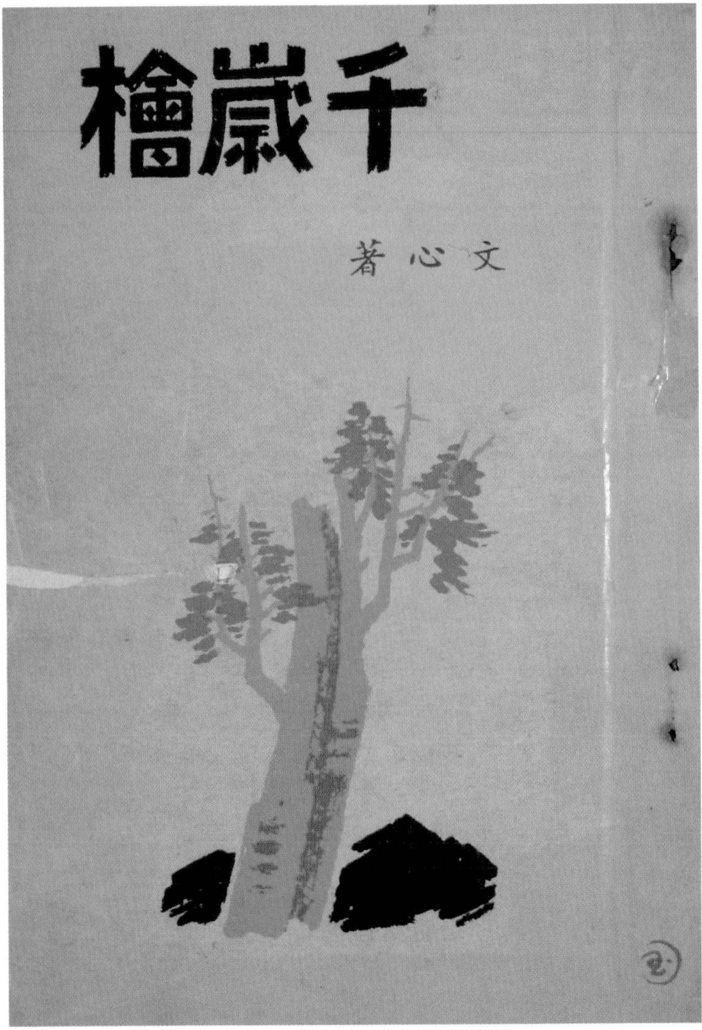

文心（許炳成），《千歲檜》（嘉義：蘭記書局，1958.06）。
（林玉山設計、林柏亭提供）

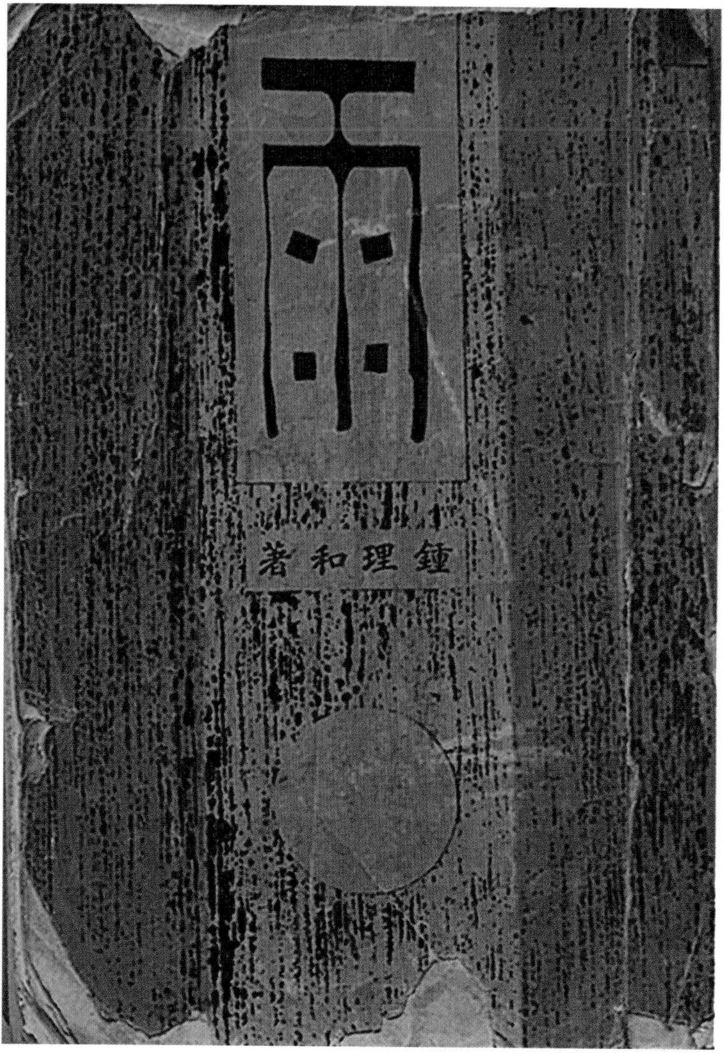

鍾理和，《雨》（臺北：鍾理和遺著出版委員會，1960.10）。收錄有中篇小說〈雨〉與十五篇短篇小說，為鍾理和第一本在臺灣出版的書籍。
（鍾理和文教基金會提供）

鍾理和，《笠山農場》（臺北：鍾理和遺著出版委員會，1961.09）。
（鍾理和文教基金會提供）

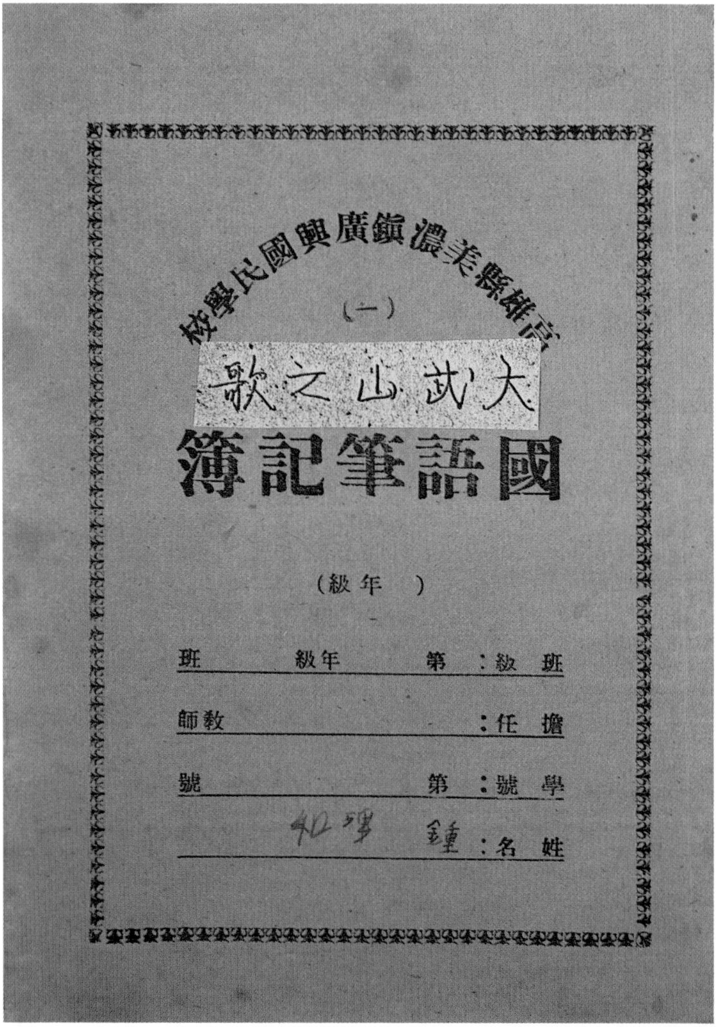

鍾理和與鍾肇政在信中曾不約而同聊到，想以臺灣人的歷史創作長篇小說三部曲。鍾肇政後來完成《臺灣人三部曲》，鍾理和〈大武山之歌〉未能完成。圖為鍾理和用來擬稿的書冊封面。
（鍾理和文教基金會提供）

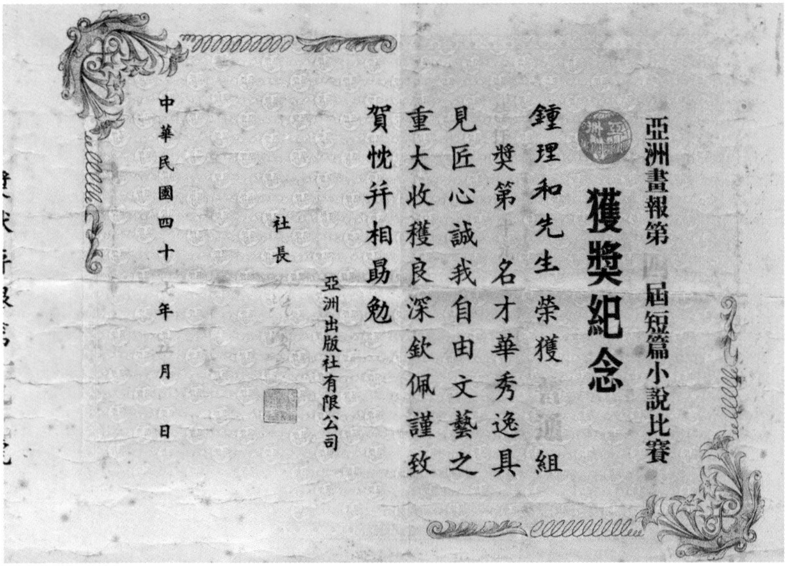
亞洲畫報第 屆短篇小說比賽
獲獎紀念
鍾理和先生榮獲 組
獎第 名才華秀逸具
見匠心誠我自由文藝之
重大收穫良深欽佩謹致
賀忱并相勗勉
社長
亞洲出版社有限公司
中華民國四十 年 月 日

1958年5月，鍾理和〈菸樓〉入選《亞洲畫報》小說獎佳作，獲獎狀一紙。
（鍾理和文教基金會提供）

。

祖母夜畢先回仙

一

有一日，因按每年春分慣例往下港掃墓祖塋的大哥，回來時告訴我說，他在下港碰見奶奶的兄弟，據說這位兄弟心中著實懷念我們，不久想來這裡看看我們。這消息令我興奮，同時也帶給我一份莫可名狀的悵惘，和一份懷舊之情。

我這位奶奶並不是生我們父親的嫡親奶奶，而是我祖父的繼室；我們那位嫡親奶奶死得很早，她沒曾在我們住

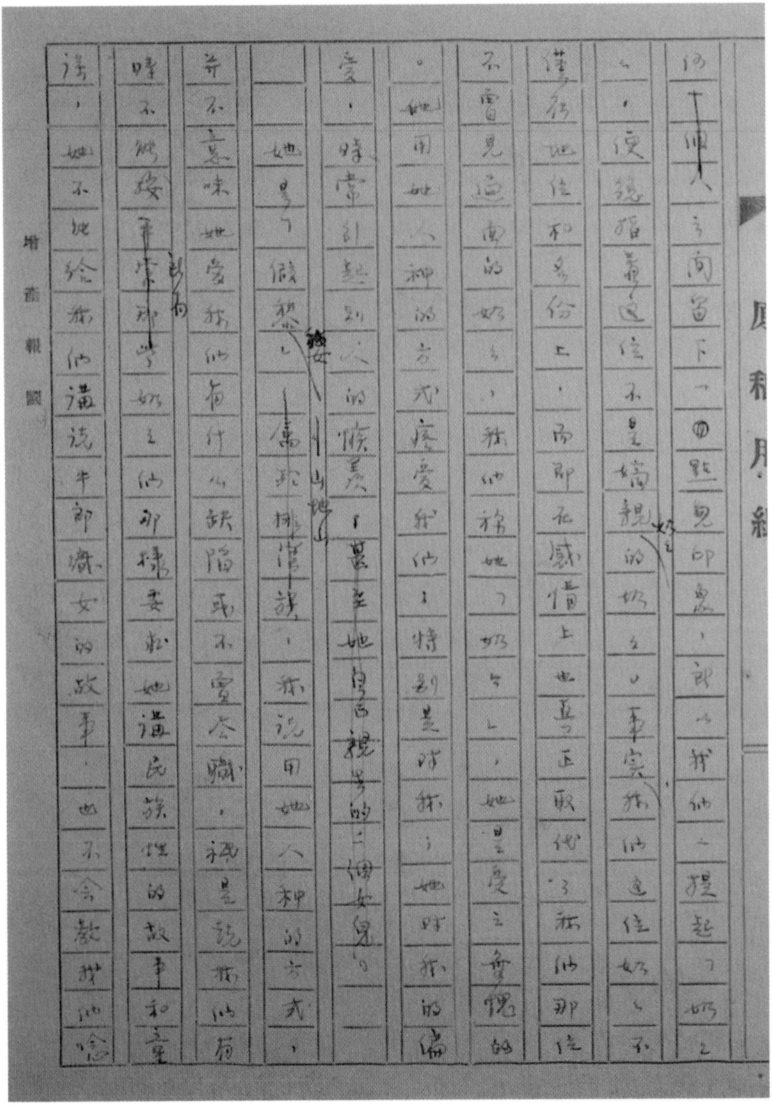

鍾理和〈假黎婆〉於1960年1月20日載於《聯合報》副刊，原題為〈我與假黎婆〉，文章見報後，鍾理和去信向鍾肇政抱怨被刪得好苦。
（鍾理和文教基金會提供）

高雄縣美濃（？）　鍾理和

笠山農場

鍾錚

一

這是一面不很急的斜坡，像刮過的臉孔一樣，已被墾伐成一塊乾淨的地面了。那蚯蚓翻了又翻，鬆是，而稀鬆的土，被細心地鋤起來。帶有微味的淡淡的土腥，在空氣中飄散着。地面上還留了一叢一叢的灌木，那拔，柿西鳥（註一），蔓尖羅，相思……。兩個渾身藍色的人影，即在那些灌木叢間掩映着。太陽把灌木的碎影

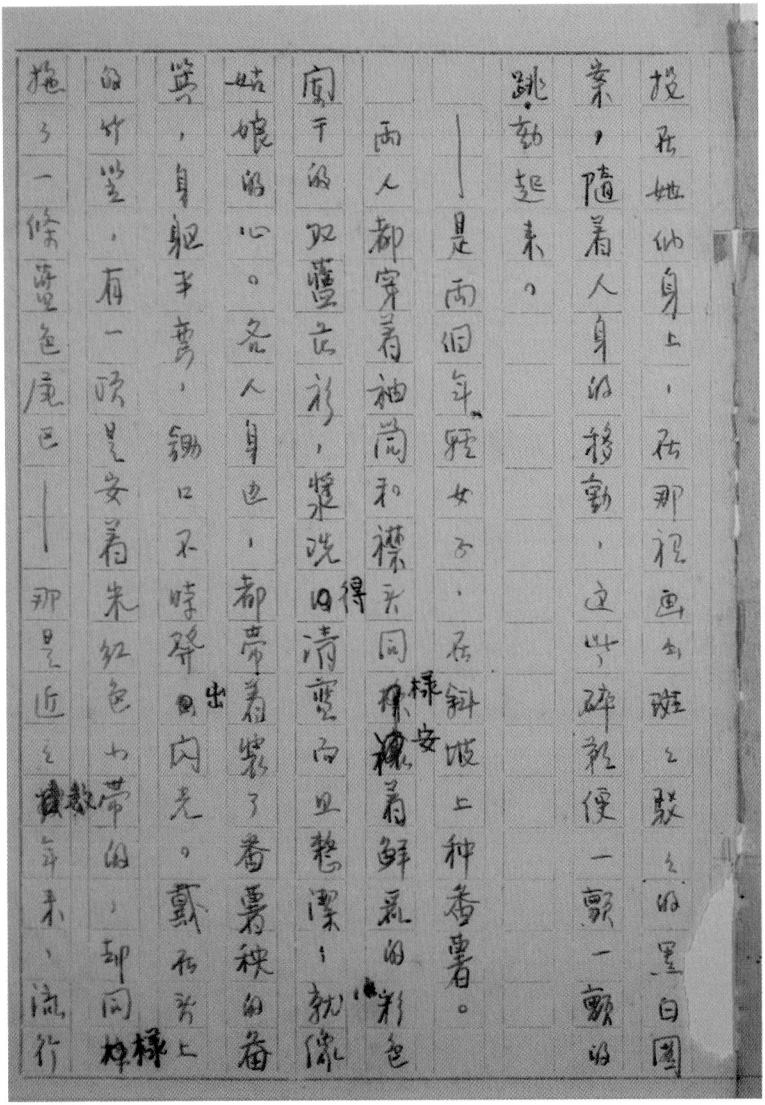
投在她們身上，在那裡畫出斑斑駁駁的黑白圈
案，隨着人身的移動，這些碎影便一顆一顆的
跳動起來。
——是兩個年輕女子，在斜坡上种番薯。
兩人都穿着袖筒和襟頭同樣安鑲着鮮亮的彩色
窗下的双藍衣衫，漿洗得清爽而且整潔；就像
姑娘的心。各人身邊，都帶着紮了番薯秧的畚
箕，身軀手勢，鋤口不時發出閃光。戴在頭上
的竹笠，有一頂是安着朱紅色小帶的，卻同樣
拖了一條藍色尾巴——那是近些年來流行

〈笠山農場〉得中華文藝獎金第二獎（首獎從缺）後因文獎會解散無緣問世，原稿遭扣留，鍾理和幾度去信拿回原稿後，又遍尋發表園地不成，直到他過世一年才以成書作為週年忌。
（鍾理和文教基金會提供）

理
44

先生大鑒

今年三月間，弟以一偶然机緣，與廖清秀先生開始通信，約略得悉我們台籍青年在今日中國文壇所處的境地。當時，弟即深切感覺到，我們這幾位少數人應經常聯絡，俾能在寫作上收到切磋琢磨的功效，以期日久年與更進一步。 無可否認，凡百事業的成功固有待個人持之以恒，長期奮鬥，然友朋間的激勵扶掖，亦為有力因素之一，文學事業何獨不然！ 而一部人類的成功史上，類此之在底所成的佳例，不勝枚舉。反觀我們在中國文壇上的台籍青年，據個人經驗與臆測所及，能夠保持聯繫的並非全無，亦僅屬部份的或間歇的而已，至若具体的成績表現，可說一無所有。 我們不能妄自尊大，也不應妄自菲薄，我們是台灣新文學的開拓者，將來台灣文學之能否在中國文壇上——乃至世界文壇上，佔一席地，關乎我們的努力耕耘，可謂至深且大，依此而言，我們之間豈可無一經常而恒久的聯繫？弟明知這事需要不少的努力，但弟不敏，願為効犬馬之勞區區微忱，敢祈諒察！

下面列舉弟所初步擬就的辦法：

1.發行油印刊物一种：每月一期，每期九開白報紙兩張為度，擬定名為「文友通訊」（不收費亦不發稿費），內容着重下列各項文字及各文友動態，旨在免去各文友個別通信之勞。 所有文友應性規定每月寫信一次。

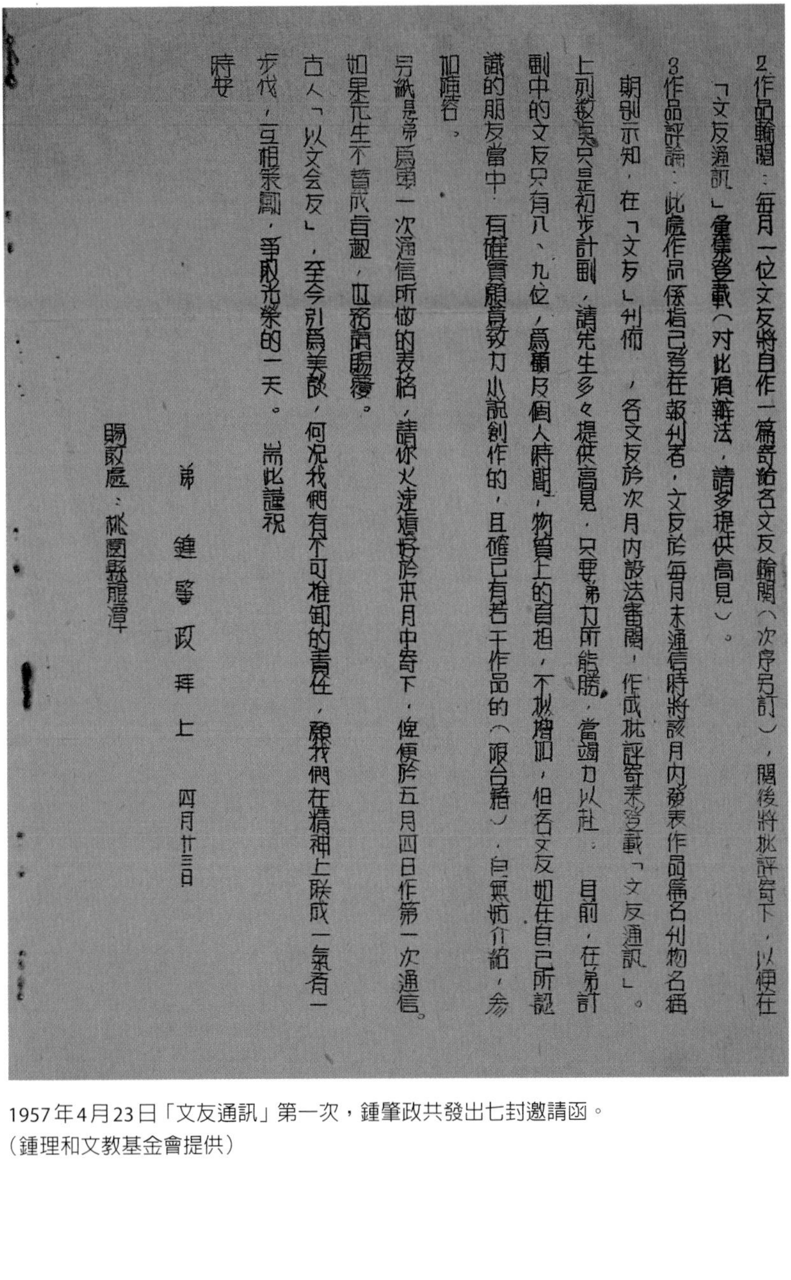

2.作品輪閱：每月一位文友將自作一篇寄給各文友輪閱（次序另訂），閱後將批評寄下，以便在「文友通訊」彙集登載（对此項辦法，請多提供高見）。

3.作品評論：此處作品係指已登在報刊者，文友於每月末通信時將該月內發表作品篇名刊物名稱期別示知，在「文友」刊佈，各文友於次月內設法審閱，作成批評寄来登載「文友通訊」。

上列数点只是初步計劃，請先生多々提供高見，只要弟力所能勝，當竭力以赴。目前，在弟計劃中的文友只有八、九位，為顧及個人時間，物質上的負担，不拟增加，但各文友如在自己所認識的朋友當中，有確實願意致力小說創作的，且確已有若干作品的（限台籍），自無妨介紹，参加陣容。

另紙是弟為第一次通信所做的表格，請你火速填好於本月中寄下，俾便於五月四日作第一次通信。

如果先生不贊成旨趣，亦務請賜覆。

古人「以文会友」，至今引為美談，何况我們有不可推卸的責任，願我們在精神上联成一氣斉一步伐，互相策勵，爭取光榮的一天。耑此謹祝

時安

弟 鍾肇政 拜上 四月廿三日

賜覆處：桃園縣龍潭

1957年4月23日「文友通訊」第一次，鍾肇政共發出七封邀請函。
（鍾理和文教基金會提供）

姓名	出生年月日	職業	住址	學經略歷	家庭概況	重要作品
陳火泉	民前四年八月廿八日生	林產管理局技正	台北市杭州南路二段16巷15號	一、前台北州立工業學校(現省立台北工專)應用化學科畢業。二、曾任前專賣局技手,光復後任樟腦局工程師。	父親業中醫,已故。母親尚健在,到現在為止,已有七子一女,將來是否可能再增加?唯有天知道,因為这对老夫妻尚沉在濃情蜜意之中。	「溫柔的反抗」、「天足」、「天涯何處?」「庭訓」等短篇小說,都是舊作,分別刊於「中華文藝」「公論報」等刊物,尚未出版。
廖清秀	民國十六年五月1日生	公務員(農業所科員)	汐止鎮水碓街11號	高校肄業,中國文協小說研究組結業,曾任國校教員,交通處科員	父親已於去世,母親健在,目前弟兄六人共同生活,尚未結婚	曾出版短篇小說集「冤獄」及長篇小說「恩仇血淚記」「險仔籠」發表在「自由談」雜誌」並轉載「自由中國文摘」,「兩九与土池公」編入「百家文」(反文出版社印行),「父与子」編入「自由中國文藝創作集」(正中書局印行)
鍾理和	民國四年十二月十五日生	無	高雄縣美濃鎮廣林里12號	日人高等科畢業,曾任公務員,初級中學代用教員	妻、子二、女一。父歿,母与長兄共户(兄弟六人已分家)專業農	有短篇集「夾竹桃」,民國三十四年於北平印行,長篇「笠山農場」尚未印書

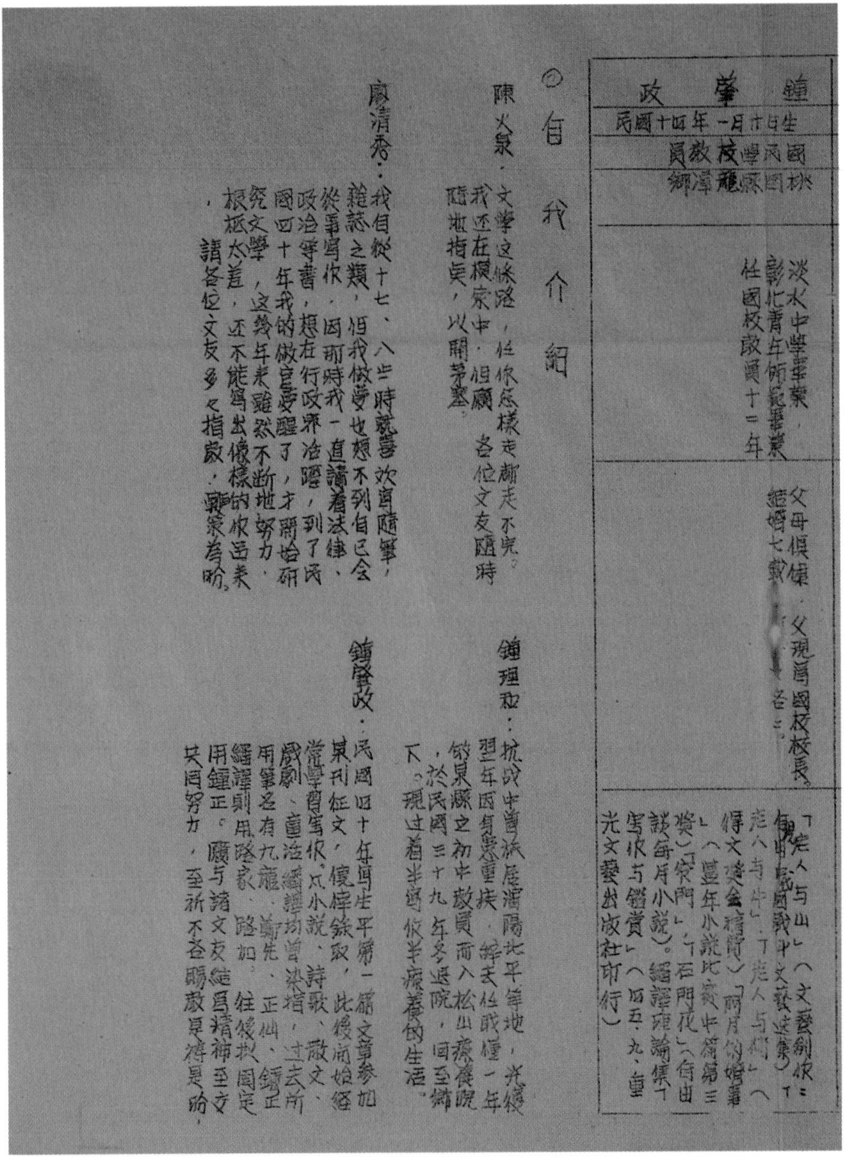

鍾肇政
民國十四年一月廿日生
國民學校教員
桃園縣龍潭鄉
淡水中學畢業，彰化青年師範畢業，任國校教員十二年
父母俱健，父現為國校校長。結婚七載，[illegible]各二。
「老人與山」（文藝創作[illegible]）[illegible]、「老人與牛」、「老人與狗」（得文獎會稿費）「兩月的婚事」（豐年小說比賽中獎第三獎）「家門」、「石門花」（自由談每月小說）。翻譯理論集「寫作與鑑賞」（四五、九、重光文藝出版社印行）

◎自我介紹

陳火泉：文學這條路，任你怎樣走都走不完。我還在摸索中，但願各位文友隨時隨地指點，以開茅塞。

廖清秀：我自從十七、八歲時就喜歡寫隨筆，雜誌之類，但我做夢也想不到自己會從事寫作。因那時我一直讀着法律、政治等書，想在行政界活躍，到了民國四十年我的做官夢醒了，才開始研究文學，這幾年來雖然不斷地努力，根柢太差，還不能寫出像樣的作品來，請各位文友多多指教，[illegible]希盼。

鍾理和：抗戰中曾旅居瀋陽北平等地，光復翌年因身患重疾，辭去任職僅一年的屏東縣立內埔初中教員而入松山療養院，於民國三十九年冬退院，回至鄉下。現過着半耕半療養的生活。

鍾肇政：民國四十年寫生平第一篇文章參加某刊征文，僥倖錄取，此後開始經常學習寫作，凡小說、詩歌、散文、戲劇、童話、翻譯均曾染指，過去所用筆名有九龍、鄭先、正仙、鍾正，翻譯則用路家、路加。往後執固定用鍾正。願與諸文友結為精神至交，共同努力，至祈不吝賜教是禱是盼。

1957年5月4日，「文友通訊」第二次。鍾肇政依照文友回覆，製作成介紹表格。
（鍾理和文教基金會提供）

姓名	施翠峰	李榮春	許炳成
生年月日	民國十二年十二月九日生	民國三年十二月二十八日生	民國十九年二月十一日生
職業	師範大學文學院講師、民族晚報文藝版編輯	修腳踏車	自由職業
住址	台北市齊東街53巷22号	宜蘭县頭城鎮城南里和平街[illegible]号	暫時通訊處 新竹信箱66號
學經歷	曾任報刊雜誌編輯四年 在教育界服務七年	公學校 流浪大陸九年	嘉義高農森林科畢業，曾任台灣省林業試驗所技術員，家庭教師，經濟員，会計員，並曾有一短時期賣稿為生。
家庭概況		独身	家業商，家祖一共十一個人。本人排二，尚無家室，生活清苦，新近覓得工作，漸能自立。
重要作品	散文集「民主与生活」（曾在半月刊連載兩年）長篇譯作「愛的十字架」（大華晚報連載半年）長篇譯作「[illegible]」（聯合報連載兩個月）「蜘蛛之絲」為正中書局初中三年國文課本採用，「蜘蛛之絲」「与青蛙」[illegible]文選採用。長篇創作小說「愛恨交響曲」在[illegible]月刊連載中，短篇創作、譯作、論文等發表在中央日報、聯合報、中華日報、學刊（文藝從略）[illegible]	「祖國与同胞」去年出版第一部（一千冊）每冊定本八元，定價十四元，大中國図書公司經銷以五折照算，每冊虧本一元，有一部份送與朋友，仍剩四百多冊，全書四部無法繼續出版。	「命運的征服」獲四十四年青年節文藝征文社会組第一名，「古書店」參加新生報五四小說征文佳作入選，自四五年九月十六日起連載新生副刊五天。「吾師」自由談第六卷第一期。小說「諸羅城之死」文藝創作五九期。

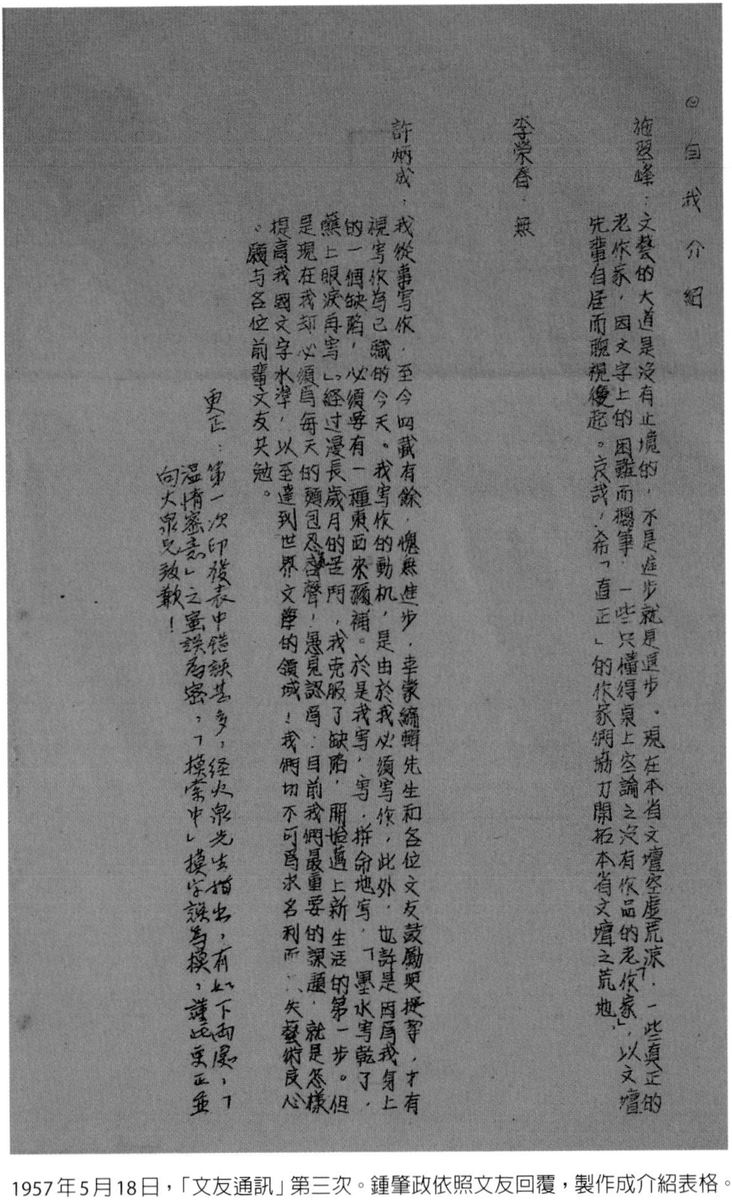

◎自我介紹

施翠峰：文藝的大道是沒有止境的，不是進步就是退步。現在本省文壇空虛荒涼，一些真正的老作家，因文字上的困難而擱筆，一些只懂得桌上空論之沒有作品的「老作家」，以文壇先輩自居而藐視後起。哀哉！希「真正」的作家們協力開拓本省文壇之荒地。

李榮春：無

許炳成：我從事寫作，至今四載有餘，愧無進步，幸蒙編輯先生和各位文友鼓勵與提攜，才有的一個缺陷，必須要有一種東西來彌補。於是我寫，寫，拚命地寫，「墨水寫乾了，眼淚再寫」。經過漫長歲月的苦鬥，我克服了缺陷，開始邁上新生活的第一步。但是現在我卻必須為每天的麵包忍耐掙扎，愚見認為：目前我們最重要的課題，就是怎樣提高我國文字水準，以至達到世界文學的領域！我們切不可為求名利而…失藝術良心。願與各位前輩文友共勉。

更正：第一次印發表中錯誤甚多，經大泉先生指出，有如下兩處，「溫情瘀患」之「瘀」誤為「密」，「摸索中」「摸」字誤為「模」，謹此更正並向大泉兄致歉！

1957年5月18日，「文友通訊」第三次。鍾肇政依照文友回覆，製作成介紹表格。（鍾理和文教基金會提供）

理和兄：

西風乍起，又屆深秋，也是咱們弄筆桿的人虔筆尖的時候。首先在此，謹祝各位筆健壯健，文運亨通！

我很抱歉，本人在此鄭重宣布：「文友通訊」今日壽終正寢，享年一年另四個月。它的夭折，也許早在各位意料中。當輪閱停止，改為雙月刊以後，它已是奄奄一息。第一：我自承缺乏支持的恒心，在此向各位懺悔認罪；第二：每次大家都說差不多一樣的話，日久生厭，而致無話可說。「通訊」已無可通訊，大限已到。這就是我作此決定的兩大原因。

我不必為「通訊」作歌功頌德式的墓銘，但可得而言者：一、咱們這几个「時代的点綴者」（借崇秀兄語）得以互相認識，成為知己，互為關照，大體上來說還不失為「功」，所可惜的是在創作技巧的宏猷上，未能發生多大作用，令人慨惜；二、是屬於我個人的，我所得到的文友們的鼓勵最多，所獲教益也最多，尤其諸位前輩（不祇指年齡上的），不惜諄諄善誘，教益良多，此恩此德，我是沒齒不忘的。

然則，「通訊」既然結束了，是否我們的友誼也就此告一段落了？當然不！在這一年多之間，相信在各文友間已培育起來深厚友誼的種籽。我說种籽，自然意味着它尚須澆灌、施肥。為使它永恒，各位當然不會吝於這些手續的。如此，把「通訊」未竟的使命寄望於未來，當也不算太不應該吧？

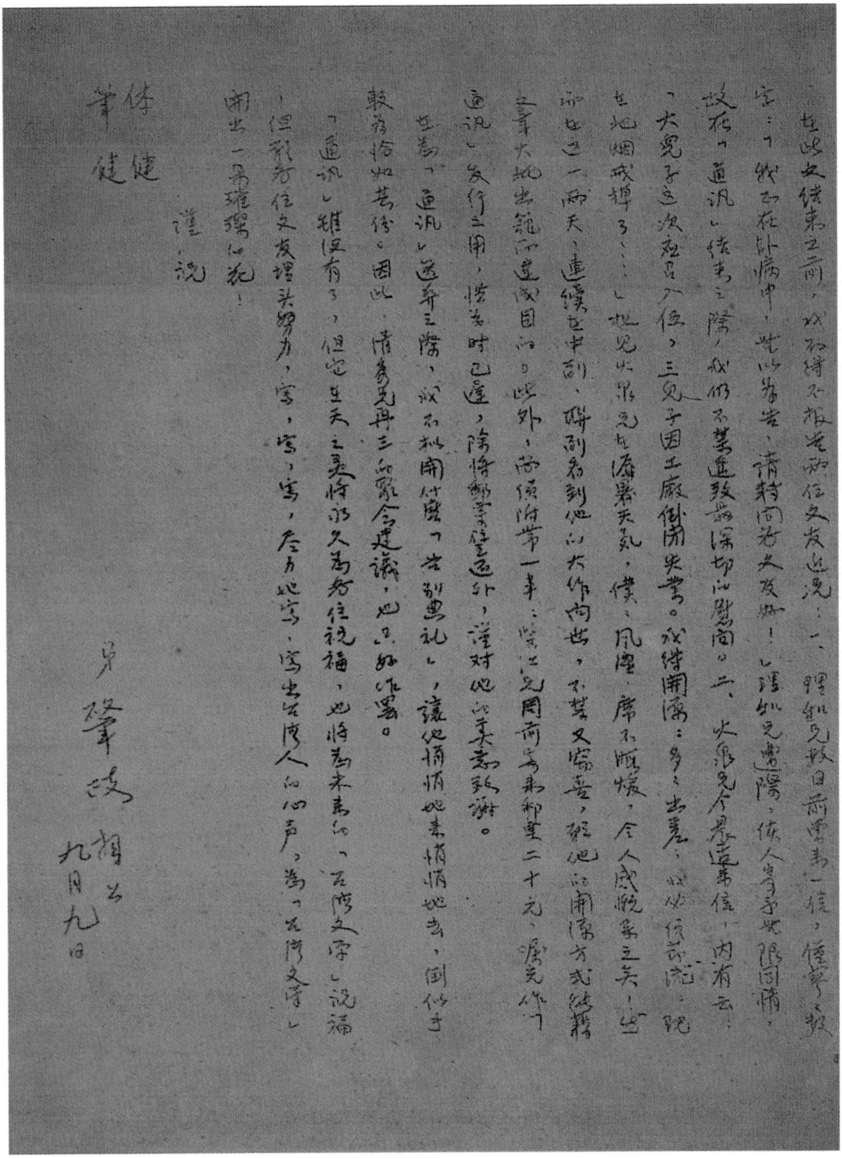

在此文告束之前，我不得不報告兩位文友近況：一、理和兄數日前來一信，僅寥寥數字：「我不在臥病中，苦悶異常，請轉向各文友好！」「理和兄處境，使人寄予無限同情，故在「通訊」結束之際，我們不禁遙致最深切的慰問。二、火泉兄今晨寄來一信，內有云：「大兒子這次在日入伍，三兒子因工廠倒閉失業。我得開源：多多出差，以後信亦[illegible]：跑在地個成擇了……」想兄此際必在酷暑天氣，僕僕風塵，席不暇煖，令人感慨系之矣！此而在這一兩天，連續在中副、聯副看到他的大作問世，不禁又驚喜，[illegible]他的開源方式能[illegible]肇大地出籠而達成目的。此外，尚須附帶一筆：紫江兄周前寄來郵票二十元，俾充作「通訊」發行之用，惟當時已遲，除將郵票璧還外，謹對他的美意致謝。

其為「通訊」送葬之際，我不想開什麼「告別典禮」，讓他悄悄地來悄悄地去，倒似乎較為恰如其份。因此，請各兄再三的寬念建議，也只好作罷。

「通訊」雖沒有了，但它生前之意將仍久為各位祝福，也將為未來的「台灣文學」祝福。

「但願各位文友埋頭努力，寫，寫，寫，奮力地寫，寫出台灣人的心聲，為「台灣文學」開出一朵璀璨的花！

謹祝

體健

筆健

弟 肇政 頓首

九月九日

1958年9月9日，「文友通訊」第十六次，也是最後一期「文友通訊」。鍾肇政文末期許文友盡力地寫，為臺灣文學開出璀璨的花。

（鍾理和文教基金會提供）

目次

一九五八年

一九五九年

一九六〇年

序說《逆流：鍾理和與鍾肇政書信錄》

彭瑞金（鍾理和文教基金會董事）

財團法人鍾理和文教基金會有鑑於鍾理和與鍾肇政兩位戰後臺灣文學界前行代作家，在戰後臺灣文學最艱困的時刻，攜手並肩爲臺灣文學戰鬥的珍貴、重大貢獻，爰有將兩人從通訊中留下的戰鬥經過，再次重現，既爲紀念，也是藉此機會重新審視戰後臺灣文學史重要的文獻。在一九五七年四月，鍾肇政發起「文友通訊」之前，二人並不認識。「通訊」從一九五七年四月到一九五八年九月，僅短短存在了十八個月，卻是戰後臺灣文學發展非常重要的一頁。那是戒嚴、白色恐怖、思想言論自由受到禁制的年代，集會結社非常容易干犯禁忌。一九五七年發起「文友通訊」之際，鍾肇政雖是當時文壇的本土作家中最耀眼的新人，但這時能代表鍾肇政文學的重要作品，如《濁流三部曲》、《臺灣人三部曲》未現踪影，就是第一部發表的連載小說《魯冰花》也還八字沒有一撇，他卻拋開禁忌的疑慮，一肩擔起「通訊」的重擔，最重要的還是犧牲個人創作。

「文友通訊」遍邀全臺本土籍作家，也僅得七人參與，加上成立後加入的兩人，最終也只有九人，但有評論家說，裡面至少有五個人的文學志業是因爲「通訊」而得以繼續開展，鍾理和不僅是五人之一，還是受益最多的一人。「通訊」之所以存在，得歸功於鍾肇政與生俱來的領袖特質，「文友通訊」的生成，純粹是他的臺灣文學要打團隊戰的發想，他是犧牲了自己的寫作時間與氣力，刻寫鋼版、油印、郵寄，出錢出力——那個年代，郵資恐怕就是一筆不小的負擔，目的就是希望組成一支臺灣文學的戰鬥團隊。寫到這裡，不能不敬佩鍾肇政過人的遠見，以及寬闊的文學胸懷。從臺灣的文學發展史看，不起眼的「文友通訊」，卻發揮了巨人般的影響力。

也許「文友通訊」的存在，對鍾肇政個人創作的直接影響並不十分明顯，但卻是對形塑「鍾肇政文學」的格局，至關重大。從有「通訊」之後，鍾肇政似乎自然而然地扮演起臺灣文學領航者的角色，呵護臺灣文學，照顧文友；有的是長輩、有的是同輩，更多的當然是後生晚輩。「書信錄」除了是雙鍾之間的文學切磋，創造觀的討論，文學情報交換之外，更重要的是以文學戰場上的戰友關係，彼此互相掩護前進。「通訊」記錄下的兩人情誼，不僅是文學史不記的秘辛，還是那個年代臺灣作家共同的心靈史頁。

兩人的通訊始於一九五七年四月二十三日，鍾肇政發函邀請鍾理和參加「文友通訊」，最後一封信是一九六〇年七月二十三日、鍾肇政寫給鍾理和。兩人在交往的三年三個月間一共往還了一百三十七封信，鍾肇政寫給鍾理和的有七十封，鍾理和回或寫給鍾肇政的有六十七封，鍾理和沒有及時回信的原因都是「病了」，包括最後一封信寄達時，根據鍾鐵民的口述，父子兩人都病倒在床上，又逢南臺灣豪大雨，磨刀河洪流滾滾，出不去，外面的人也進不來，即使回了也寄不出去。八月四日，鍾理和病逝，鍾肇政回憶說，他接到通知後決定立即搭車南下，卻因八七水災、鐵公路交通全面停擺而作罷。顯然，鍾肇政記憶有誤，八七水災發生於一九五九年，不過，鍾理和過世時全臺因豪雨成災，交通停擺也是眞的。

雖然「文友通訊」成立前，鍾理和已經以《笠山農場》得過中華文藝獎金委員會的徵文大獎，但因爲他得獎後不久，文獎會便宣佈停辦，得獎作品同時獲得出版的慣例也停擺，原稿還遭到惡意留中不發還。因此，文友們對「鍾理和」大都只聞其名，不知其文。鍾理和自一九五〇年十月二十三日，結束松山療養院三年餘的療養、醫治，痊癒返家後。除了短暫擔任里幹事及在代書事務所任職外，可說發揮病弱身體能量的極致，全力投入摯愛的文學創作，是他一生作品成果最多的一個階段。但也因爲僻居美濃尖山山村，能得到文壇訊息的管道有限。包括《笠山農場》原稿的索回，都是經由「通訊」文友的協助。「文友通訊」爲鍾理和文學對外開了一扇窗，獨「文」而無友的鍾理和，也在這裡找到爲自己的文學觀做見證的同道。

加入「通訊」前已有相當豐富寫作經驗的鍾理和，無論是在奉天、在北平、在美濃，都是文學界的孤鳥，並沒有切磋寫作技巧或文學觀的夥伴。雖然他天賦異稟，文學的起步就貼近人、貼近人道主義、貼近人間的美善寫作，起手式就展現他是人道精神的捍衛者。他在回覆「通訊」邀集的第一封信上表示，對其中作品輪閱一點有疑慮，因為手上沒有已完成的作品，但「通訊」輪閱開始後，證明他不僅能侃侃而談，而且還有過人的文學見地，也有信心將自己的作品提供輪閱，鍾理和文學也由此走向臺灣文學的陽光大道。「通訊」的文友也是經由此道，認識鍾理和文學的眞貌。

「通訊」的外貌是文友聯誼，相信是迫於時勢、有意地低調，實質的內容，還是有設計過的嚴肅議題的討論，其中還隱藏了當時當世臺灣作家困境與出口的探索。細心的讀者必然能從這本「書信錄」的雙鍾對話裡看出端倪。鍾理和有〈祖國歸來〉的慘痛經歷，鍾肇政是當時文壇新興的本土作家領袖，很多話、很多想法，都是心有靈犀一點通。雙鍾是生前不曾見過面的知心好友，在那個通訊不發達的年代，除了急中之急的事，會以電報連繫，通常都是以牛步化的書信通訊。雙鍾在三年三個月的通訊期間，平均每個月都有接近四封信或往或還。寫到這裡，內心不覺莞爾，熱戀情人也未必能有這樣的週週一信的通訊熱度吧！「書信錄」提供讀者閱讀雙鍾文學的通關密語，也就是雙鍾內心都藏著一組「臺灣文學」共同的密碼，讓他們一遇如故，終身相知相惜。

逆流的時代，與一段史上最「純文學」的友誼

朱宥勳（作家）

談到臺灣文學史上最感人的友誼，很難找到能與鍾肇政、鍾理和兩人相提並論的。鍾肇政住在龍潭，鍾理和住在美濃，後者身體虛弱得禁不起長途旅行，他們因而從未見過彼此。而在一九五〇年代後半，別說沒有網路了，連電話費都非常昂貴。種種因素之下，使得這本並不算厚的《逆流：鍾理和與鍾肇政書信錄》，竟成了他們交誼始末的全紀錄——眞正是一字不漏，別無他訊的。

我們甚至可以說，這是最「純文學」的一段友誼了。他們的情感交流自始至終都是純文字的，並且也確實是因為文學結緣，且從第一封信到最後一封信，都呈現了兩人在文學路上的掙扎，純粹得不能再純粹。

如本書所示，兩人的結緣是從「文友通訊」開始的。一九五〇年代的臺灣文壇，有非常嚴重的省籍資源分配不均問題。本省籍作家經歷了漫長的日治時期，有著良好的日文讀寫能力，也透過日本文學和日文譯本，有著不弱於外省籍作家的文學素養。但在國民政府粗暴禁止日文、強推華文的政策下，本省籍作家一身技藝都難以發揮。在兩人的通信裡，我們可以

看到他們時以日本作家來比喻彼此的作品，並且同樣在投稿路上屢屢挫折，就是這一因素的體現。

更雪上加霜的是，國民政府因爲國共內戰的失敗，生怕共產主義思想滲透到臺灣來，開始在一九五〇年代推行「反共懷鄉文學」，以深化意識形態控制。這一政策本意不是打壓本省籍作家，但以此爲「主旋律」的選稿標準，卻變相達成了排除本省作家的效果。要說「反共」，本省作家哪裡比得上外省作家與共產黨短兵相接的經驗？要說「懷鄉」，本省作家人就在家鄉，哪裡有鄉可懷？本書兩人一直苦於作品的「時代性」不足，就是含蓄地表達了這種選稿標準所造成的苦悶。其中，無論是鍾肇政擅長的鄉村題材，還是鍾理和專擅的悠遠風格，都是後世讀者肯定、卻不能見容於一九五〇年代文壇的。

因此，鍾肇政發起的「文友通訊」，可以說是那一世代苦無出路的本省籍作家，首次集結起來互相協助、互相取暖的嘗試。即便屢遭退稿，但他們已經是少數能夠突圍、偶有稿件發表的「倖存者」了。而從後世的文學發展來看，他們更是保住了臺灣文學「微細的一線香」。沒有他們，就不會有後來的鄉土文學；沒有他們，日治時期的文學傳統也將全然斷裂。站在二〇二四的現在，我也幾乎可以說：沒有他們闖出的路徑，當今四十歲以下青年作家極爲興盛的本土題材書寫，想必會更加艱難。

帶著這樣的後見之明，我們可以從本書發現許多重要作家、重要文學脈絡的根苗。鍾肇政是臺灣戰後文學最核心的人物，以《魯冰花》成名之後，更陸續以一系列「大河小說」的長篇鉅製，奠定了臺灣歷史書寫的規模。在本書最後幾封信裡，我們就可以看到《魯冰花》站上文學舞臺的瞬間——而那也將是鍾理和生命的最後階段。鍾理和雖則早逝，但他的《笠山農場》和「故鄉」系列，卻已是臺灣文學史上毫無疑問的經典之作。當我們越知道這些作品的成就，就越會對本書所提及的，鍾理和作品處處碰壁、無法發表的困境，有著更多感慨與不平吧。

除了他們之外，本書提及的許多作家，也都在臺灣文學史上有不可忽視的地位。鍾肇政曙稱為「火泉老」的陳火泉，可說是他們之中寫作資歷最深的，早在日治時期就以小說〈道〉成名。不過，由於那篇小說完全站在日本殖民者的立場，屬於「皇民文學」，在國民政府統治下，是太過政治不正確的作品。所以，即使陳火泉資格老，在「通訊」裡卻很少提及當年的豐功偉業，對於是否繼續寫小說，都有某種戒愼恐懼之感。後來，陳火泉反而是以一系列勵志散文活躍於書市。銷量雖高，成就卻相對有限。但此一「有限」，與他的政治際遇不無關係吧。包括本書在內，鍾肇政不斷催促陳火泉寫小說都難有成果，背後就有政治的暗影。

而在「通訊」糾集的那一刻，寫作成就最高的恐怕是廖清秀了——他也是最早與鍾肇政聯絡上的本省作家之一。廖清秀曾經參加政府舉辦的「小說研究班」講習，同期的學員有王鼎鈞等後來的重要名家。根據王鼎鈞的回憶，「小說研究班」同學們講好了，每人要在結業時繳出一部長篇小說。結果，整梯同學幾乎都寫不出來，唯有廖清秀完成了。沒有「跨語」困擾的外省同學交不出來，本省籍的廖清秀卻出手不凡，顯見他天份之高。而這部作品，就是「通訊」裡面曾經輪閱的《恩仇血淚記》。以我的閱讀體驗來說，我認爲它是可以和《魯冰花》、《笠山農場》並稱一九五〇年代、本省籍作家代表作的水準，作爲少作的「起點」非常高。可惜廖清秀後續的寫作並不算積極，沒能再創高峰，也就慢慢被一般讀者遺忘。然而，睽諸臺灣文學史，《恩仇血淚記》應當有著本省作家突破語言限制的轉捩點意義。

此外，「通訊」成員文心、李榮春也是臺灣文學史不會遺忘的人物。鍾肇政屢屢稱讚文心有作家氣質，所言確實不虛。文心的中短篇水準都頗佳，擅長處理細膩的人際互動。不過，他在一九六〇年代轉向電視編劇，後續的小說作品不多。李榮春則剛好相反，他畢生未曾放棄小說創作，寫出《祖國與同胞》等一系列自傳性的大長篇。雖然受限於語言和資源，他的寫作成就不能算是非常高，但他對小說創作的熱情與執著，在整個文學史看來是非常罕見的。

「文友通訊」成員極盛之時也不過九人，其中就有六位持續被文學史研究的作家，關鍵地位可想而知。而到本書後半，「通訊」解散之後，鍾肇政、鍾理和兩人的通信裡仍有不少值得注目的人名。其中，因爲讀到鍾理和〈草坡上〉而來信致意的讀者「陳永善」，就是將在接下來三十年縱橫文壇的悍將陳映眞；而鍾肇政不斷稱讚的鄭清文，也是現今有著「臺灣短篇小說之王」美譽的名家。從世代來說，這兩人是兩鍾的後輩，屬於「戰後本省第二代」的文壇主將。

當然，最傳奇也最令人傷感的，還是鍾肇政、鍾理和這對摯友了。在本書裡，你可以看到他們彼此扶持、訴苦和打氣，一起走過了艱困的文學時光。而在本書最後一封信之後，鍾理和即因爲連日趕稿、過度勞累，而使得肺病發作驟逝。從書信看來，鍾理和的去世毫無預兆，讀者想必也能體會鍾肇政的錯愕與悲傷。此後數十年，鍾肇政一直活在深深的自責裡，認爲是自己催促鍾理和寫〈雨〉才害了他，直至八、九十歲的高齡，仍然每提必哭。然而，站在鍾理和的立場，他又何嘗不想把握鍾肇政爲他費心抓住的文學發表機會呢？

兩人的故事，拙作《他們沒在寫小說的時候：戒嚴台灣小說家群像》已有長文，在此不贅。可以補充的，是鍾理和去世之後，鍾肇政種種「帶著摯友的意志寫下去」之作爲。鍾肇政自一九六〇年代活躍於文壇，但對鍾理和的文學成就及遺志未曾或忘。除了協助出版《雨》和《笠山農場》，更爲鍾理和寫了傳記性的小說《原鄉人》，並且配合李行拍攝的《原鄉人》電影共同出版[1]。一九七九年，一群作家要籌建第一座臺灣作家紀念館「鍾理和

1 鍾理和一九五九年也曾撰寫〈原鄉人〉，與鍾肇政撰寫之傳記小說《原鄉人》、《原鄉人》電影指涉不同。

紀念館」時，鍾肇政當然也參與其事，出面號召。

在此之外，我對於兩人文學作品當中的隱微關係更感興趣。在本書裡，兩人數次討論要寫一系列長篇小說。鍾理和提出了「大武山之歌」計畫，鍾肇政則有「臺灣人」計畫。兩人的計畫不約而同，都想以「三部曲」來寫日治時期以來，臺灣人所面臨的時代轉折。英年早逝的鍾理和並沒能寫完這系列作品，但鍾肇政卻沒有忘記初衷，花了十多年的時間完成《沉淪》、《滄溟行》和《插天山之歌》三部曲——第三部書名，是不是看起來有點眼熟？容我斗膽揣測：「插天山之歌」和「大武山之歌」的書名相類，應該不是偶然吧？

兩人通信裡，曾說好各自寫完、互相比較，看看同一主題會寫出怎樣不同的風景。這個約定是不可能完成的了，但在鍾肇政版本的三部曲裡，還是留下了依稀可辨的鍾理和印記。更重要的是，鍾肇政在信裡曾說自己不知道適合寫長篇還是短篇，但在一九六〇年代，他動手撰寫「臺灣人三部曲」和「濁流三部曲」之後，基本就確立了他在長篇小說方面的地位。如前所述，鍾肇政以「大河小說」留名文學史，這已是文學研究者的定論了。而一切的起點，就在這本《逆流：鍾理和與鍾肇政書信錄》。

兩名文友彼此討論，一人繼承了另一人的文學意志，從而找到了自己的文學天命——還有哪段關係，是比這兩人更「純文學」的嗎？至少，我是想不到其他例子了。文學是孤獨的，因爲在寫作時，你只有你自己；但也正因爲如此，文學的友誼是重要的，在寫作以外的時間，你需要另一個相類的、能夠理解你的靈魂。他們兩人從未謀面，但毫無疑問，是彼此靈魂緊緊牽繫的一對好友：純粹，高貴，誠摯而無一絲雜質。全部都在這裡了。

凡例

一、本書收錄鍾理和與鍾肇政一九五七年四月二十三日至一九六〇年七月二十三日間通信，以時間先後爲序，包含一九五七年四月二十三日至一九五八年九月九日之「文友通訊」。

二、本書內容重新對照現存原稿，少數無原稿者參照《台灣文學兩鍾書》（臺北：草根，一九九八年二月）或《新版鍾理和全集》（高雄：春暉出版社、鍾理和文教基金會，二〇〇九年六月）版本收錄。

三、鍾理和去信鍾肇政之現存「通訊」手稿，與「文友通訊」刊稿略有出入，本書兩者皆收。

四、原文有簡體、異體、行草字，或用字不統一情形，本書參考教育部各式辭典調整爲現代用字，如「台」改爲「臺」、「祇/祗」改爲「只」、「沈」改爲「沉」……。若通同字於辭典中兼收，則依原稿，如「計畫」或「計劃」、「盡量」或「儘量」、「工力」或「功力」、「連絡」或「聯絡」、「發見」或「發現」……。

五、本書統一原文數字用法，如「廿」改爲「二十」、「卅」改爲「三十」、落款日期「正」月改爲「一」月，其餘阿拉伯數字皆改爲國字，項目編號除外。

六、「文友通訊」各期項目編號格式不一，本書統一格式，依照一、（一）、1、（1）的層次呈現。

七、原文錯字逕行改正；缺字者，本書依文意擬字補入，並用〔〕標示。

八、鍾理和信件或見鍾肇政批注文字，本書以括號夾楷體標示，並加註說明。如：（必得作者說破，便已屬失敗）

九、爲方便閱讀，調整原文格式如下：

（一）無標點符號，或文句過長者，本書以新式標點符號逕行句讀。

（二）本書不予保留抬頭。

（三）字體尺寸不一者，本書統一大小。

（四）「文友通訊」中之文友意見部分，姓名前有○或◎等符號，本書皆刪除，另行排版。

（五）書信結尾敬詞，原稿或限於書信紙張並未統一，本書統一調整爲齊頭。

十、報刊雜誌不論全名或簡稱，皆以書名號《》表示。如《聯合（報）》副刊或《聯副》、《新生（報）》副刊或《新副》、《中央日報》或《中央》副刊……。另，因

「文友通訊」非正式出版品或刊物，故以引號專稱呈現。

十一、鍾理和作品〈竹頭庄〉、〈山火〉、〈阿煌叔〉、〈親家與山歌〉統稱爲「故鄉」，因當時尚未成書，本書統一以「故鄉」表示。

十二、鍾肇政原信件署名並未統一，本書保留自稱，有空格者統一使用全形，日期部分增加月、日。

十三、鍾理和原信件日期格式，多爲另一行呈現，少數有例外，本書統一調整爲另一行呈現。

十四、部分名詞或事件爲便於理解或另行查閱，簡要加註說明。唯年代久遠，資料未能查找完全還請見諒，歡迎讀者不吝給予指教。

一九五七年

一九五七年四月二十三日・「文友通訊」第一次

理和先生大鑒：

今年三月間，弟以一偶然機緣，與廖清秀先生開始通信[1]，約略得悉我們臺籍青年在今日中國文壇所處的境地。當時，弟即深切感覺到，我們這幾位少數人應經常聯絡，俾能在寫作上收到切磋琢磨的功效，以期百尺竿頭更進一步。無可否認，凡百事業的成功固有待個人持之以恆，長期奮鬥，然友朋間的激勵扶掖，亦為有力因素之一，文學事業何獨不然！而一部人類的成功史上，賴此卒底於成的往例，不勝枚舉。反觀我們在中國文壇上的臺籍青年，據個人經驗與臆測所及，能夠保持聯繫的縱非全無，亦僅屬部分的或間歇的而已，至若具體的切磋觀摩，可說一無所有。我們不能妄自尊大，也不應妄自菲薄，我們是臺灣新文學的開拓者，將來臺灣文學之能否在中國文壇上——乃至世界文壇上，占一席地，關乎我們的努力耕耘，可謂至深且大，依此而言，我們之間豈可無一經常而恆久的聯繫？弟明知這事需要不少的勞力，但弟不敏，願為效犬馬之勞，區區微忱，敬祈諒察！

下面列舉弟所初步擬就的辦法：

一、發行油印刊物一種：每月一期，每期九開白報紙兩張爲度，擬定名爲「文友通訊」（不收費亦不發稿費），內容著重下列各項文字及各文友動態，旨在免去各文友個別通信之勞。所有文友硬性規定每月寄稿一次。

二、作品輪閱：每月一位文友將自作一篇寄給各文友輪閱（次序另訂），閱後將批評寄下，以便在「文友通訊」彙集登載（對此項辦法，請多提供高見）。

三、作品評論：此處作品係指已登在報刊者，文友於每月末通信時將該月內發表作品篇名、刊物名稱、期別示知，在「文友」刊布，各文友於次月內設法審閱，作成批評寄來登載「文友通訊」。

上列數點只是初步計劃，請先生多多提供高見，只要弟力所能勝，當竭力以赴。目前，在弟計劃中的文友只有八、九位，爲顧及個人時間、物質上的負擔，不擬增加，但各文友如在自己所認識的朋友當中，有確實願意致力小說創作的，且確已有若干作品的（限臺籍），自無妨介紹，參加陣容。

1 據鍾肇政回憶，有下列二說：一、鍾肇政經由楊品純（即梅遜）介紹認識廖清秀，遂展開通信。見鍾肇政，〈也算足跡——「文友通訊」正式發表贅言〉。二、廖清秀將中華文藝獎金委員會得獎作《恩仇血淚記》成書寄予鍾肇政，兩人才開始通信。見鍾肇政，〈那一段青春歲月——記「文友通訊」的青春羣像〉。二文皆收錄於《新編鍾肇政全集》（桃園：桃園市政府客家事務局，二〇二二年七月）。

另紙是弟爲頭一次通信所做的表格，請你火速塡好於本月中寄下，俾便於五月四日作第一次通信。如果先生不贊成旨趣，也務請賜覆。

古人「以文會友」，至今引爲美談，何況我們有不可推卸的責任，願我們在精神上聯成一氣齊一步伐，互相策勵，爭取光榮的一天。耑此謹祝

時安

弟　鍾肇政拜上　四月二十三日

賜教處：桃園縣龍潭

姓名	
生年月日	年　月　日生
職業	
確實住址	
學經略歷	
家庭概況	（如父、母配偶子女等）
過去所發表重要作品（出版情形、或刊登刊物亦請註明）	

請答覆事項：
一、您是否願意提供作品參加輪閱，或僅願意參加評閱及評論？　答：
二、您認爲輪閱作品各文友應隨時修改或潤飾？　答：
三、四月中你有什麼作品發表？請一一列出來。　答：
◎自我介紹：（爲增進彼此感情，請坦白發言，如對文友們有什麼話，亦請一併寫出，唯以一百字左右爲度。）
（本表如有不願塡寫之欄，請聽便）

一九五七年四月二十六日・鍾理和致鍾肇政

肇政兄：

四月二十三日大函拜悉，吾兄大名已於三月間由廖清秀兄通訊中仰悉一二。苦恨無緣相會，又因貴址不詳迄未能連絡深以爲憾，今忽得大函自天而降心中喜慰莫可言狀。兄所擬辦法甚佳，我們正需有一經常通訊機構，藉以連繫，茲謹塡成表格同封寄上。惟對所擬辦法三點中之第二點，弟有一點意見願聲明如下：

弟自十二年前損壞健康後即停止寫作[2]，僅於前二年因身體漸有恢復之象始再執筆，完成一部長篇〈笠山農場〉及幾篇尚未發表的短篇而已，故於第二點作品輪閱一項似無資格參加，若照吾兄硬性規定則不啻與我爲難了，此點是要請多多原諒的。謹此並候

撰安

弟　理和

四月二十六日

一九五七年五月四日・「文友通訊」第二次

理和兄：

四月三十日晨，我含淚讀完了一位文友李榮春兄的復信，然後又淌著熱淚給他回了一信。他的信中說：「我的一生爲了寫作什麼都廢了。至今還沒有一個自立的基礎，生活一直依賴於人。……爲了三餐，將寶貴的時間幾乎都費在微賤的工作上……[3]」我當時就深切地

感到，我這一看似多餘的工作是有其存在價值的，我們爲什麼不藉此彼此安慰，互相鼓勵呢？於是，我有了更堅定的信心——我要竭力幹下去！然而就在這天午後，我又收到一位文友來信，他暗示此舉恐干禁忌，希望我的企圖歸於失敗！這眞不啻是一盆冷水從頭上澆下。爲此，我苦思了一整夜，自問此舉動機純正，且個人亦有毅力承當一切責任；但若給每個文友惹來無謂的煩擾，則這個罪愆我又怎麼擔當得起呢？爾後，我陷入極度的矛盾當中，無所適從。

此處請先報告籌備情形：第一次函件發出七封，贊同而塡表寄來的僅三位，另外一位雖贊成而未塡表（就是榮春兄，他說沒有時間），一位表示不同意，其餘兩位迄今無片言隻字回覆。總之：目前我們的陣容就只有塡表的火泉、清秀、理和和我四人（榮春也可能參加，至今未覆，故不敢擅列）。我們的陣容是如此貧弱，實非我意料所及，然我仍擬了幾件辦法，唯人數這麼少，能否支持實屬疑問，但我只是要徵求各位意見而已，請兄能從速來示。

一、刊物名稱取消，由我具名以通函方式印發，內容仍照原定。

2 指一九四六年鍾理和發現染上肺結核。

3 鍾理和一九五七年也曾寄信對李榮春處境表達難過與同情，並告知自身情況與李兄相比是有過之而無不及。見〈致其他文友書・二、民國四十六年與李榮春信〉，《新版鍾理和全集・第七冊・鍾理和書簡》（高雄：春暉出版社、鍾理和文教基金會，二〇〇九年六月）。

二、作品輪閱，每月由一位文友提供作品（已登未登，新作舊作不拘）一篇，輪值如下列次序：火泉、清秀、理和、肇政（由北而南，年長的先），輪閱次序亦照此（例如清秀輪值，則首寄火泉，次理和—肇政），閱後評論一律寄給我，集中印發，藉收討論之效。作品寄遞郵費由每一位寄件人負擔，提供者不必另寄郵資，減少麻煩。

三、如各位願照此辦下去，我打算爭取第一次向眾文友請教的榮譽。如各位認爲因人數少，無維持希望，就改由各人將作品寄給願意討教的人，自行聯絡，如是則刊物亦無需印發矣！

朋友！老實說，我非常苦悶，不，寧可說悲哀。但唯一的慰藉是我已認識了幾位陌生的朋友，而我能夠爲各位略盡紹介之勞，也是我所引以爲慰的。不管我們此舉將來如何，我都願意與各位結成精神上的至交，共同努力；同時，也深信我們彼此間能經常聯絡建立起永恆的友誼。

最後讓我向各位文友致最高的敬意！

弟　肇政　拜上　五月四日

鍾理和	廖清秀	陳火泉	姓名
民國四年十二月十五日生	民國十六年五月一日生	民前四年八月二十八日生	生年月日
無	公務員（氣象所科員）	林產管理局技正	職業
高雄縣美濃鎮廣林里12號	汐止鎮水碓街11號	臺北市杭州南路二段61巷51號	住址
日人高等科畢業 曾任公務員，初級中學代用教員	高考及格，中國文協小說研究組結業，曾任國校教員、交通處科員	一、前臺北州立工業學校（現省立臺北工專）應用化學科畢業 二、曾任前專賣局技手，光復後任樟腦局工程師	學經略歷
妻、子二、女一，父歿，母與長兄共戶（兄弟六人已分家） 妻業農	父親已於去世，母親健在，目前弟兄六人共同生活，尚未結婚	父親業中醫，已故。 母親尚健在 到現在為止，已有七子一女。將來是否可能再增加？唯有天知道，因為這對老夫妻尚浴在溫情蜜意[4]之中	家庭概況
有短篇集《夾竹桃》[13]，民國三十四年於北平印行 長篇〈笠山農場〉尚未印書	曾出版短篇小說集《冤獄》[8]及長篇小說《恩仇血淚記》[9]、〈賊仔龍〉發表在《自由談》雜誌[10]並轉載《自由中國文摘》、〈阿九與土地公〉編入《百家文》（反攻出版社印行）[11]、〈父與子〉編入《自由中國文藝創作集》（正中書局印行）[12]	〈溫柔的反抗〉、〈失足〉、〈天涯何處？〉、〈庭訓〉等短篇小說[5]，都是習作，分別刊於《中華文藝》[6]、《公論報》[7]等刊物，尚未出版	重要作品

鍾肇政
民國十四年一月二十日生
國民學校教員
桃園縣龍潭鄉
淡水中學畢業 彰化青年師範畢業 任國校教員十二年
父母俱健，父現為國校校長 結婚七載，生男、女各二
〈老人與山〉（《文藝創作：自由中國戰鬥文藝選集》）[14]、〈老人與牛〉[15]、〈老人與豬〉（得文獎會[16]稿費）、〈阿月的婚事〉[17]（《豐年》小說比賽中篇第三獎）、〈窄門〉[18]、〈石門花〉[19]（《自由談》每月小說）。翻譯理論集《寫作與鑑賞》（四五、九，重光文藝出版社印行）[20]

◎自我介紹

陳火泉：文學這條路，任你怎樣走都走不完。我還在摸索[21]中，但願各位文友隨時隨地指

4 原稿作「密」意，「文友通訊」第三期逕行勘誤。

5 陳火泉，〈溫柔的反抗〉，《中華文藝》一卷三期（一九五四年七月一日），頁二一～二三。陳火泉，〈失足〉，《中華文藝》四卷三期、四期合刊號（一九五六年五月四日），頁一〇、三〇。陳火泉，〈天涯何處〉，《公論報》副刊（一九五四年八月六日）。陳火泉，〈庭訓〉，《公論報》副刊（一九五四年十月五日）。

6 《中華文藝》（一九五四年五月一日～一九六〇年六月一日），為月刊，共發行四十期。

7 《公論報》副刊（一九四七年十月二十五日～一九六一年二月二十八日），《公論報》曾推出二十幾種副刊，其中藝文性質副刊以「日月潭」副刊維持最久。

8 廖清秀，《冤獄》（臺北：中興文學出版社，一九五三年九月）。

9 廖清秀，《恩仇血淚記》（臺北：自費出版，一九五七年一月）。

10 廖清秀，〈賊仔龍〉，《自由談》五卷四期（一九五四年四月一日），頁四七～四九。又，《自由談》（一九五〇年四月十五日～一九八七年十一月一日），為月刊，共發行四百五十一期。

11 廖清秀，〈阿九與土地公〉，臧啟芳主編，《百家文》（臺北：反攻出版社，一九五四年四月），頁四三九～四四七。

12 廖清秀，〈父與子〉，中國文藝協會編，《自由中國文藝創作集》（臺北：正中書局，一九五四年五月），頁一九二～二〇五。

13 鍾理和，《夾竹桃》（北京：馬德增書店，一九四五年四月）。

14 鍾肇政以筆名九龍所作之〈老人與山〉，應收錄於《文藝創作》四十二期（一九五四年十月一日），頁一～二二；並收於虞君質主編，《現代戰鬥文藝選集（一）》（臺北：中華文化出版事業委員會，一九五六年一月），頁一～二四。又，《文藝創作》（一九五一年五月四日～一九五六年十二月一日），為月刊，共發行六十八期。

15 後刊登於《創作》雜誌。九龍，〈老人與牛〉，《創作》（一九六五年九月十日），頁九七～一五五。

16 中華文藝獎金委員會之簡稱。中華文藝獎金委員會於一九五〇年三月一日成立，一九五六年十二月結束，每年舉辦二至三次徵文比賽，獎勵反共抗俄的文學作品，得獎作品多發表於旗下刊物《文藝創作》，並發給獎金，是一九五〇年代最具有代表性的文藝獎項。

17 九龍，〈阿月的婚事〉，《豐年》六卷五～七期（一九五六年三月一日～四月一日）。

18 九龍，〈窄門〉，《自由談》五卷六期（一九五四年六月一日），頁六一～六三。

19 九龍，〈石門花〉，《自由談》六卷六期（一九五五年六月一日），頁三七～四〇。

20 木村毅等著，路加譯，《寫作與鑑賞》（臺北：重光文藝，一九五六年九月）。為鍾肇政第一本出版書籍。

21 原稿作「模」索，「文友通訊」第三期逕行勘誤。

點，以開茅塞。

廖清秀：我自從十七、八歲時就喜歡寫隨筆、雜誌之類，但我做夢也想不到自己會從事寫作，因那時我一直讀著法律、政治等書，想在行政界活躍，到了民國四十年我的做官夢醒了，才開始研究文學，這幾年來雖然不斷地努力，根柢太差，還不能寫出像樣的作品來，請各位文友多多指教，鞭策爲盼。

鍾理和：抗戰中曾旅居瀋陽、北平等地，光復翌年因身患重疾，辭去任職僅一年的某縣立初中教員而入松山療養院，於民國三十九年冬退院，回至鄉下。現過著半寫作半療養的生活。

鍾肇政：民國四十年寫生平第一篇文章參加某刊徵文[22]，僥倖錄取，此後開始經常學習寫作，凡小說、詩歌、散文、戲劇、童話、翻譯均曾染指，過去所用筆名有九龍、鄭先、正仙、鍾正，翻譯則用路家、路加，往後擬固定用鍾正。願與諸文友結爲精神至交，共同努力，至祈不吝賜教是禱是盼。

一九五七年五月五日・鍾肇政致鍾理和

理和兄：

我不得不承認我的計劃已面臨失敗的厄運了，但我仍覺喜慰，因爲我認識了兄。對於兄的遭際，我很覺同情，兄的才華爲病所掩蓋不能盡情發揮，這眞是人生一大憾事，但願貴恙能早日痊愈，源源寫出代表吾臺灣的名作來。請您永久和弟做一個朋友，不斷地給我指教，您願意嗎？好了。

祝

早日康復

弟肇政　五月五日　拜上

22 九龍，〈婚後〉，《自由談》二卷四期（一九五一年四月一日），頁四一～四二。

一九五七年五月十日．鍾理和致鍾肇政

肇政兄：

頃接大函，內附兄文告及幾位文友簡介，兄文告令人嘆息唏噓。兄這種捨己爲公的崇高精神，個人除致謝忱外並由衷感佩。先此，當兄寄來表格並對「文友通訊」徵求意見時，弟對所列各點但有同感，認爲我們之間若能藉此經常連繫，收砥礪切磋之助實在是很好的，故除衷誠接收外，便不再想到其他。但是如今展讀兄文告才知道別的文友的想法，竟有不以爲然者，實出意想之外。一邊對其能以不同角度來看同一事件的冷靜和機警卻也發生了某種感觸。那位文友「暗示此舉恐干禁忌」寥寥幾字已夠使人觸目驚心，誠如兄言不啻被當頭澆了盆冷水。

「文友通訊」既然有這種顧忌，則若把範圍縮小到只限於作品輪閱又如何？但以人數過少爲憾耳。

對榮春兄的遭際我很同情予以理解，文人似乎命定了必須肩負無窮阻難，但願他能夠從艱苦的處境中創造出輝煌的成就來。兄倘看見他時請代致吾景仰之意爲盼。

弟一介凡庸之輩能認識兄及諸位文友既是三生有幸，倘又蒙不棄結爲精神上的至友，則

喜慰莫大矣。尚祈時時給我指導並經常連絡爲禱。敬候
撰安

弟　理和　拜上
五月十日

一九五七年五月十六日・鍾理和致鍾肇政

肇政兄：

前信諒已達覽：關於「文友通訊」一事，後來我再仔細想想，覺得只要我們立場清楚不干涉政治時勢則有何干犯可言？那位文友，顯過杞憂。只是人數太少，還是希望所有省籍文友們能全部參加。今接得清秀兄來信也提及此事，他與我同感，認爲「通訊」是我們目下所切需，不可因少數人的異議而作罷，不過因此要勞累兄太多精神和時間，心裡著實不安，似又未便相強。至若作品輪閱一點，作起來則煩勞兄精神時間將更大更覺對不起了。

然而很明顯的，兄此舉的意義將來必有不可磨滅者，我們必先有所耕耘然後才能有所收

穫，我們無妨給將來的臺灣文學預鋪道路吧。

據清秀兄信，則施翠峰兄似尚未接獲兄信函，因爲他最近搬家，以此信函傍落亦未可知，請兄再與連絡。還有李榮春兄也是應予羅致的一位，想爲了互相勉勵和更密切的連繫都必樂於參加的。

又弟贊成並歡迎兄第一次惠賜作品輪閱，今即以愉快的心情佇望大作惠然降臨，專此再覆，順祝

文安

弟理和拜上

五月十六日

一九五七年五月十七日．鍾肇政致鍾理和

理和兄：

接連兩次來示均已奉悉矣，承蒙關注，至感。兄言極善，弟當排除萬難竭力以赴。現榮

春已有信至，時機已熟，不日中，當再作一次「通訊」，宣布具體推行步驟，屆時，拙作亦將開始其光榮的環島行腳矣！

請期待可也，先有耕耘，後方能收穫，誠如兄言，願與兄共勉。匆復，並祝

近佳

五月十七日

一九五七年五月十八日・「文友通訊」第三次

理和兄：

經過一波三折，我們的「通訊」工作總算露出了曙光了。第二次「通訊」發出後，幾位文友對榮春兄的遭際表示深切的關懷，要我再三致意，我們彼此間的感情已得到了共鳴，我認為這就是莫大的收穫。文人坎坷自古已然，經這次接觸後，我們可以發見到不少文友的境遇正是如此，因此，我對維持「通訊」工作的決心益堅。目前對此事有具體意見的僅兩位，理和兄認為：「只要我們立場清楚，不干涉政治時勢，則有何干犯可言？」翠峰兄認為：

「萬一某一文友或者某文友之朋友有問題，全體文友必受窘……本人看法，應以互相連絡友誼爲主，其他計劃尚屬其次……。」翠峰兄的看法正是我的計劃宗旨所在，至於作品輪閱問題，願提供作品者，目前僅火泉、清秀兩兄及肇政三個，其餘都只願參加評閱。故我認爲這三個的作品閱完後，依試辦情形可另擬計劃。唯每月一次的「通訊」仍決定維持，請各位文友每屆月末寄「通訊」稿來，內容暫定如下：一、對輪閱作品的評論。二、對文友所發表作品之評論。三、自己的動態（除了生活上的以外，如該月中有作品發表者務請註明，讓大家評論）。四、其他意見或質疑（但限於文藝範圍內者）。以上各項硬性規定各文友每月作一次「通訊」（非如此恐不易作到每月大家都發言，則不免有違保持接觸的初衷了）。六月五號左右，擬作第四次「通訊」，現在我提出一個問題來讓大家討論：「關於臺灣方言文學之我見」（字數不限，由我撮要刊露但勿太長），請各位除上述三、四項外，對此發表高見，並祈於月底前賜寄。

作品輪閱事，我已決定將拙作首先提供，寄遞順序如次：榮春→火泉→翠峰→清秀→文心→理和→肇政。每一位五、六日，預定於六月下旬完畢，七月分「通訊」將各位文友的意見綜合發表。

下面是幾點注意：

一、批評切忌空洞不著邊際，最好優點缺點一併指出，如有修改意見，更佳。

二、收到文稿日起算第五天，一定負責寄出給次一位。
三、寄件最好是利用「刷件掛號」，郵資各文友負擔。
下次提供者，火泉兄請於六月二十日發出，順序仿前（榮春→翠峰→清秀……），清秀兄請於七月二十日發出順序仿前。各文友對各該作品的意見請先寄給我，集中發表後檢齊寄交原作者（這手續太麻煩，但各位文友如能把自己的意見和他人的印證一下，裨益當不少，故如此辦理）。

另外，許多文友都顧慮我精神上時間上的負擔，我很感激，但我認爲這種犧牲是值得的，況且，我又有一位朋友願意幫我寫鋼板。理和兄說：「必先有所耕耘，然後方能有所收穫。」誠然如此；至若物質上的用度，各位一算便知是微乎其微。不過假若各位需要求得心安，則不妨每次寄「通訊」來時附來郵票四角以充寄遞「通訊」之需，好了。下次再談。祝

筆健

弟　鍾肇政　五月十八日

姓名	施翠峰	李榮春	許炳成
生年月日	民國十二年十二月九日生	民國三年十二月二十八日生	民國十九年二月十一日生
職業	師範大學文學院講師 良友雜誌社主編	擦腳踏車	自由職業
住址	臺北市齊東街82巷22號	宜蘭縣頭城鎮城南里和平街78號	暫時通訊處 新竹信箱66號
學經略歷	曾任報刊雜誌編輯四年 在教育界服務七年	公學校 流浪大陸九年	嘉義高農森林科畢業，曾任臺灣省林業試驗所技術員、家庭教師、繕寫員、會計員，並曾有一段時期靠賣稿為生
家庭概況		獨身	家業商，家裡一共十一個人。本人排二，尚無家室，生活清苦，新近覓得工作，漸能自立
重要作品	散文集《風土與生活》（《豐年》半月刊連載兩年[23]）、長篇譯作〈愛的十字架〉（《大華晚報》連載半年[24]）、長篇譯作〈億萬富翁〉[25]（《聯合報》[26]連載兩個月）、〈蜘蛛之絲〉為正中書局初中三年國文課本採用。〈蜘蛛之絲〉與〈青蛙〉為《古今文選》採用[27]。長篇創作小說〈愛恨交響曲〉在《良友》連載中[28]，短篇創作、譯作、論文等發表在《中央日報》[29]、《聯合報》、《中華日報》[30]等副刊（文題從略） 單行本 世界短篇小說集《哈里我是純潔的》，東方出版社三版[31]。戰後日本小說選《牧場之春》（良友書局）[32]。《中國美術史論集》（第三冊）（中華文化出版委員會出版）[33]。《紅塵三女郎》（劇本由長江公司拍成影片，中日合作片）[34]	《祖國與同胞》[35]去年出版第一部（一千冊），每冊成本八元，定價十四元，大中國圖書公司經銷以五折照算，每冊虧本一元，有一部分送朋友仍剩四百多冊，全書四部無法繼續出版	〈命運的征服〉獲四十四年青年節文藝徵文社會組第一名[36]，〈古書店〉參加《新生報》五四小說徵文佳作入選，自四十五年九月十六日起連載《新生》副刊五天[37]。〈吾師〉，《自由談》第六卷第一期[38]。小說〈諸羅城之戀〉，《文藝創作》五九期[39]

23 施翠峰撰寫之「風土與生活」專欄原於《豐年》雜誌連載（五卷十四期～六卷二十四期，一九五五年七月十六日～一九五六年十二月十六日），後集結該專欄與《自由青年》「寶島風情」專欄，出版成書《風土與生活》（臺北：中央書局，一九六六年）。又，《豐年》（一九五一年七月十五日～），原為半月刊，二〇一六年九月起改為月刊，至二〇二三年底已發行七十三卷。

24 牧野吉晴著，施翠峰譯，〈愛的十字架〉，《大華晚報》副刊（一九五五年五月三日～一九五五年十一月七日）。又，《大華晚報》（一九五〇年二月一日～一九八八年十二月三十一日），副刊版面於發行期間皆存。

25 應為〈億萬富豪〉。源氏雞太著，施翠峰譯，〈億萬富豪〉，《聯合報》副刊（一九五四年十二月四日～一九五五年一月八日）。

26 《聯合報》副刊（一九五一年九月十六日～），自《聯合報》創刊日即發行至今。

27 原稿作〈蛛蜘之絲〉。芥川龍之介著，施翠峰譯，〈蜘蛛之絲〉、〈青蛙〉，《古今文選》第八卷合訂本（臺北：國語日報社，一九五四年），頁七二九～七三二。

28 施翠峰，〈愛恨交響曲〉，《良友》一～十四期（一九五六年五月二十日～一九五七年九月三十日）。《良友》，一九五六年五月二十日創刊，為月刊，於一九五九年左右停刊。

29 《中央日報》副刊（一九二八年二月～二〇〇六年五月三十一日）。

30 《中華日報》副刊（一九四六年二月二十日～），自《中華日報》創刊日即發行至今。

31 阿坡里納爾等人著，施翠峰譯，《哈里，我是純潔的！》（臺北：東方出版社，一九五二年十二月二十日）。

32 菊田一夫等人著，施翠峰譯，《牧場之春》（臺北：良友書局，一九五五年四月）。

33 施翠峰主要負責翻譯第三冊中的〈現代中國美術的趨勢〉這一章節。見虞君質等著，《中國美術史論集（三）》（臺北：中華文化出版事業委員會，一九五五年十一月）。

34 《紅塵三女郎》為首部由日本人來臺執導的臺語電影，為臺日合拍片，臺灣公司應名為長河影業。導演岩澤庸德、攝影宮西四郎、燈光法島繁義皆為日人，編劇施翠峰，演員有游娟、方紫、江繡雲、鍾林等，一九五七年八月二十八日於臺北大光明戲院、大觀戲院首映。

◎自我介紹

施翠峰：文藝的大道是沒有止境的，不是進步就是退步。現在本省文壇空虛荒涼，一些眞正的老作家，因文字上的困難而擱筆，一些只懂得桌上空論之沒有作品的老「作家」，以文壇先輩自居而睨視後起。哀哉！希「眞正」的作家們協力開拓本省文壇之荒地。

李榮春：無。

許炳成：我從事寫作，至今四載有餘，愧無進步，幸蒙編輯先生和各位文友鼓勵與提挈，才有視寫作爲己職的今天。我寫作的動機，是由於我必須寫作，此外，也許是因爲我身上的一個缺陷，必須要有一種東西來彌補[40]。於是我寫，寫，拼命地寫，「墨水寫乾了，蘸上眼淚再寫。」經過漫長歲月的苦鬥，我克服了缺陷，開始邁上新生活的第一步。但是現在我卻必須爲每天的麵包忍氣吞聲！愚見認爲：目前我們最重要的課題，就是怎樣提高我國文字水準，以至達到世界文學的領域！我們切不可爲求名利而喪失藝術良心。願與各位前輩文友共勉。

更正：第一次印發表中錯誤甚多，經火泉先生指出，有如下兩處，「溫情蜜意」之蜜誤爲密，「摸索中」摸字誤爲模，謹此更正並向火泉兄致歉！

一九五七年五月二十九日・鍾理和致鍾肇政

肇政兄：

「關於臺灣方言文學之我見」一題，似乎應分做兩下來說：一，是加於過去的，即對從前臺灣方言文學的檢討和評論；二，是施於未來的，即對今後推行臺灣方言文學的意見。據

35 李榮春，《祖國與同胞》（宜蘭：自費出版，一九五六年一月）。
36 為《中央日報》所辦。
37 文心，〈古書店〉，《台灣新生報》副刊（一九五六年九月十六日～二十日）。《台灣新生報》副刊（一九四六年五月二十日～二〇〇一年一月二十三日）。又，《台灣新生報》自一九四五年十月二十五日發行至今，一九四六年五月二十日始有副刊版面，二〇〇一年民營化後取消。
38 文心，〈吾師〉，《自由談》六卷一期（一九五五年一月一日），頁五四～五五。
39 文心，〈諸羅城之戀〉，《文藝創作》五十九期（一九五六年三月一日），頁二四～三八。
40 許炳成二十一歲時因公意外跌傷，導致右腳重創，就此棄農從商，也讓他開始接觸文學。

我推測，吾兄此處用意，似偏於後者，故以下的文字也就以此爲討論的對象。

我的意見很簡單。第一，開宗明義我是不贊成這主張的。倒不是因爲方言文學本身有問題，而是基於現實環境的考慮。吾兄所謂臺灣方言並沒有明白的指示，不知究指何種語言。一般人提起「臺灣話」一詞幾乎就是指閩南語，然則吾兄所指大概也就是閩語了。以閩語爲基礎，爲工具，推行臺灣方言文學，至少應具備如下二條件：一，人人皆諳閩語；二，人人能以閩音閱讀。現在分別加予考察。

在臺灣，外省人不算，高山族不算，還有閩粵二族。拿我個人的經驗而論，我的閩語，在客家人中自信尚在中上之列，然而過去我閱讀用閩語寫出的文章只能看懂十之七八，餘可類推。至於說到寫那更該是夢想吧。雖然閩胞在臺灣占絕大多數，但終不能以此而否認粵胞的存在。今若以「臺灣方言」嚴格自限，把粵胞拒之千里之外，姑無論行不行得通，時在今日究非明智之舉。這是一。

即以閩胞自身而論，大抵在二十五歲以上的人過去所受皆爲日文教育，若予日文差可閱讀，中文（實在點說是閩語漢文）則能閱讀者恐怕甚少。二十五歲以下的人，讀的盡是國語，方言語文未必能懂。能操閩語是一回事，能以閩音閱讀又是另一回事。此事可證之於小兒[41]。小兒現爲初中二年級生，能讀能寫（當然他是會說客家話的）然而就不能以客家音讀國文。這種現象我認爲是非常普遍的，不獨小兒爲然，亦不獨客家人爲然，年輕一輩的閩胞當無例外。三除四扣，能夠親近方言文學的人自必少之又少，勉強行之，無異把文藝封閉在一不通空氣的密室之中，縱能維持，也斷難生長茁壯。這是二。

吾兄之意，似在給文藝尋求出路，希望藉此或可打進一般大眾之間，果然如此，則結果適得其反。

還有，我們中國（臺灣亦復如此）自來受制於複雜的方言，因語言不通發生隔閡，甚至發生誤會的事屢見不鮮，可謂已受盡方言之苦，吃盡方言之虧。今有國語文通行上下，在它之下，無論老少，不分閩粵，不分本省外省，意思通達，感情融洽。我們大可不必標奇立異自分畛域。

過去，雖也有一個時候，有人提倡過方言文學，那是日據時代在異族統治之下，一方面爲了團結臺胞和保存固有的文化傳統，一方面又沒有通行廣泛的語言，可資採用，便不得不如此倡導。在這裡除開文學的理由外，還有相當的政治的理由。

以上幾點鄙見，兄以爲何如？

三、四，二項無可奉告。

關於作品輪閱一事，前此我所以不願意參加的原因，是因自己沒有新作，所有率是舊

41 即作家鍾鐵民。

作，或者是未曾刊登的作品，如果這些都在適用之列則我也打算拿幾篇獻醜。（又登在雜誌的作品或者書中某一短篇欲參加輪閱時如何寄法？是否將雜誌或書寄上？抑或另抄好寄上？祈賜知。）

歡迎吾兄大作早日降臨以慰渴念。請代問各文友好[42]。匆此不一。敬候

大安

弟理和謹上

五月二十九日

一九五七年六月五日．鍾肇政致鍾理和

理和兄：

兄願提供大作輪閱，至爲歡迎！鄙意，作品輪閱旨在觀摩、比較、研究，故毋論作之新舊，或登與未登，均無所謂。如係登在書報中的作品，請將該書提供出來可也。另抄未免太麻煩。是不？

請兄下次作「通訊」時，告知一點近況。好了。不多談。此祝

近佳

弟　肇政　拜上　六月五日　深夜

又：兄提出作品時，當於下期刊布，勿念，還有兄對方言文學之高見，迫不得已只有那樣地壓縮一下，這是我必須致歉的，請諒！

一九五七年六月五日・「文友通訊」第四次

理和兄：

42 原稿作「各文位好」。

這一次以臺灣方言文學問題爲討論題目，弟很欣慰地奉告各位，我們已有了一個好的開端，我們應該多多發掘我們共通的問題，合力尋求一個妥善的方法。下面就是這個「好的開端」的豐碩果實。

關於臺灣方言文學之我見

火泉：一句話，還是別去嘗試它，使用方言的目的，無非是要表現地方色彩，除非不用它就不可以表現地方情調，還是不要去碰它爲妙。就是要用，也要用括弧把它特別指出，或用腳註把它說明出來，以免含混。

清秀：方言應用問題：我們寫東西時，往往發生可否使用方言這個問題。我覺得只要把方言使用得恰當，不但能使全篇文章生動，還能增加鄉土氣息。不過，如果所用的方言太多，往往文字變成生硬，讀者也不易看懂，我認爲敘述、描寫最好都不要用方言，方言只能用在對話。但對話裡的方言，最好選有地方色彩，外省人一看就會明白的句子較好，因我們所寫的不但是要給本省人看，也要給全國人看呀！

文心：一、臺灣方言文學，極值得嘗試，然臺語先天不足，龐雜而不細緻，是否適用爲文學用語尚待吾人研究。

二、文學本無畛域，故以小小臺灣似無建立方言文學必要，現今國語普遍推行，以國語取代方言似無不可。

三、方言文學似不易爲不懂該方言者接受，無異作繭自縛。

四、總結：無妨嘗試折衷辦法，即以國語爲主方言爲輔，問題在乎方言應用的技術，這有待吾人研討。（摘要）

理和：一、推行方言文學應具下列兩條件：（一）人人皆諳臺語，（二）人人能以臺音閱讀。關於（一），臺灣方言，山地不算，尚有閩粵二種，則難免顧此失彼[43]。關於（二），臺胞能閱臺灣方言文章者，恐爲數不多。

二、我國自來受制於複雜的方言，彼此隔閡誤會的情形比比皆是，今有國語文通行，則不分省籍，皆可藉以溝通情感。基於上述兩點，方言文學實屬多餘也。（摘要）

43 原稿作顧此失「此」。

方言文學誠然是個重大的問題，要想得到徹底的結論，實在不是一件容易的事。綜觀各位發言者的意見，都不很贊成臺灣方言文學之建立，然方言在文學中的地位是不可一筆抹殺的，外國文學作品中方言所占的分量可爲例證，即以我國文學而言，雖曰國語，實則北方方言，數量爲數至鉅，它們已逸脫了方言的地位，駸駸乎爲一種正常的文學用語了。因此，我們似不必以臺島地狹人少爲苦，問題在於我們肯不肯花心血來提煉臺語，化粗糙爲細緻，以便應用。我們是臺灣文學的開拓者，臺灣文學有臺灣文學的特色，而這特色——方言應爲其中重要一環——唯賴我們的努力、研究，方能建立。我們在這一點，實在也是責無旁貸的。

（註：理和兄尚提出閩粵兩種方言的問題，此點極需注意，幸好文友們中講粵語的有理和兄、肇政兩個，如果我們能共同研究，當有不少方便。）

最後這個問題相信各位都還有一些高見，請再提出來，弟願儘量發表，以供各文友參考。

文友近況

各文友對近況報告，實在有加強的必要。這一次有具體發言的僅只清秀兄一位，其餘都是弟從來信中擷取的零碎消息。盼各位文友往後每月作「通訊」一次，如果沒有什麼可報告就寫一點感想也好。

清秀：這一、兩個月內我很少寫作，把許多精神放在「讀書」上面。我曾看完一百二十萬字左右的日本《文壇出世作全集》，還讀過《梵谷傳》、《巨星的隕落》、《官場現形記》等，目前就計劃從日本《文壇出世作全集》選幾篇翻譯，發表不發表都無所謂，只是藉這個機會學習別人的技巧和鍛鍊自己文字，各位文友對此不知有何見教？五月分發表的沒有創作，只有翻譯〈共犯者〉上半篇刊在《自由談》雜誌五月號[44]。

榮春：對肇政兄的熱情表示最高敬意，並希望我們從此朝著同一的目標更勇敢地互相提攜邁進。

火泉：我現在正忙於爲清秀兄作月下老，希望他能得到一位賢內助，安心從事文藝工作。

44 松本清張著，廖清秀譯，〈共犯者〉，《自由談》八卷五期（一九五七年五月一日），頁四一～四三。另有〈共犯者〉（下篇）續登於《自由談》八卷六期（一九五七年六月一日），頁五五～五七。

（肇政願僭越地代表全體文友向我們的月老致敬！）

（翠峰兄近忙於《良友》編務和師大教務。）

（文心兄近謀得新工作，故有下列話：「爲應付新工作而無法讀、寫，爲了麵包，人才夠悲慘哩！」願兄珍重好自爲之。）

理和：歡迎肇政兄提供的大作早日降臨，以慰渴念。並向各位文友問好！

又：文心兄提議，我們應該聚會，彼此見見面，清秀兄來信表示贊同，至少，北部的文友應該聚聚。不知各位意下如何？如贊成，請示知容再研究辦法。

再：第一篇輪閱作品業已依定寄出，且已接獲不少驚人的坦白、客觀意見，請各位文友千萬不要客氣，則收穫可期而待！第二篇作品由火泉兄提出，定於本月二十號前寄出，順序是火泉→榮春→翠峰→清秀→文心→理和→肇政。各位的批評仍請寄給我，以便整理刊登。

耑此，敬祝

快樂

弟肇政拜上　六月五日

一九五七年六月十五日．鍾理和致鍾肇政

肇政兄：

大函及「文友通訊」已於數日前收下，〈關於臺灣方言文學之我見〉一文，承兄扼要摘出，並予發表，謝謝。不過我細讀各位文友的「通訊」，卻發見還有一個問題，有待弄清。這點，我在前文雖沒有明白提出，但已在無意中暗示過了。我的意思是：我們應該把「文學中的方言」和「方言文學」分開。這應該是二個問題，我們似乎都各自對著不同的命題發言了，結果是我們各說各的話，沒有清楚、統一的界說。我覺得（只是覺得）火泉、清秀二兄所說的似乎是關於「文學中的方言」問題。而文心兄的論說，則屬於後者，我前文所述也在於此。也基於此，我才提出了反對的意見。（我相信各位文友大概沒有看過在日據時當眞純粹用方言——全文——寫作的文學作品，我卻看過了。也許只由於此，我們才會有不同的說法。）兄說「臺灣文學有臺灣文學的特色」固是切中肯要之論，但臺灣的客觀環境卻限制了方言在這方面的發展，只容許它在「文學中的方言」（如火泉、清秀二兄所檢討者）範圍中求取地位。若在這方面，我是贊成方言的。相信在拙著〈笠山農場〉一篇中，個人已儘量予以應用了。

也許貴處客家人，人人能懂「臺灣話」，並能以「臺灣語音」（指閩語發聲。從前我讀過的所謂方言文學是必須以閩音讀出才會懂得意思的）閱讀，據我所知，南部的客家人是多數不懂閩語的，至於用閩音閱讀那就更不用提了。試問不懂「臺灣話」的客家人也效法來一個客家人自己的「臺灣方言文學」那又如何？是不是將在地狹人少的臺灣更弄得支離滅裂了嗎？

然而臺灣文學又確乎有臺灣文學的特色，這是不容否認不容推拒的，我們應如何予以研究，並培植、發揚，使之成爲「重要的一環」倒的確是「責無旁貸」的。因此我們似乎應捨去方言而只標榜「臺灣文學」，只把方言作爲其中一個重要的因素，似乎即已把「臺灣文學有臺灣文學的特色」這意旨凸示出來了。

火泉兄「忙於爲清秀兄作月下老」，這是好消息，我們一開頭便有這種吉慶事點綴其間豈非人間一大快事，兄「僭越」得恰到好處，願他不是老人的「老人家」馬到功成，給清秀兄覓致一位好夫人。

聚會之議甚佳，我們確應有機會彼此見面認識以增深友誼，恨我遠在南方恐至時不克參與盛會，只能希望各位文友，盡情暢敘多多快樂，並希望將盛況披露出來讓我也分享點餘樂。

大作〈過定後〉前日由文心兄寄來，現正拜讀中，容下次再補敘個人的讀後感。

拙作參加輪閱，只要兄一聲命令，即可按時寄出。

透過「文友通訊」可以想像兄在精神上、時間上、體力上所受犧牲之大。似此艱鉅煩難工作兄一個人獨任，我們卻在一邊享清閑福，眞是罪過，但願上蒼降福與兄。祝

快樂

理和

六月十五日

一九五七年六月十八日・鍾理和致鍾肇政

肇政兄：

大作〈過定後〉我連看了二遍。這裡似乎應該寫點批評了，然而說來非常洩氣，我從事文藝工作頭尾十數年，就從沒搞過批評。對於一篇作品，我只會欣賞，批評是不曉得的，而且也不合我的性格。叫我批評，不啻是拿了大學的考題讓國校的學生去做，只是叫人搔頭皮罷了。下面只談談個人讀後的一點感想吧。

作品的主題我不大看得清楚，好像是在給舊式婚姻打氣，又好像在嘲笑女主人公秀蓮不夠堅強，在舊禮教之下低頭。雖然經過秀蓮一番掙扎，並且阿鳳姐也著實出了一番力，然而結果還是嫁出去，結果是獲得美滿的婚姻。如此看來，秀蓮的掙扎，阿鳳姐的出力，都變成多餘的了。由這一點來說，它似乎是屬於前者。

但是如果是屬於後者，則有一點似乎有待澄清的必要，便是女主人公秀蓮和李發達的關係。秀蓮心中私愛李發達，但後者卻只以普通的同事相待，雖然他也給她通信，這就很難使秀蓮不向舊禮教低頭了。像這樣的「反抗」，若沒有明確而強力的支柱是難得持久的，不是嗎？

不過全篇把鄉下人的樸實、和善、純良的天性和面孔，描寫得非常活鮮。只是結構略嫌鬆散點，若能稍予收縮，相信必會更好。

還有：方言，似應加註明。例如第一頁第二十一行「恩大家」的「恩」和「見面唔相識」的「唔」，除非是客家人，否則是不會明白的。

第四頁第六行「心裡有數」——這是說遣詞了——在這裡似乎不若乾脆就寫「心裡明白」。因爲「心裡有數」的意思似乎是「主意；有主意」和「明白」，二名詞，各有不同。

以上是我的一點感想，是否如此，那就不敢說了。我固想「體無完膚」的加予解剖，無奈醫性笨拙，無法下刀。不但如此，倘使病者患的是盲腸炎，而這位「藪醫者」卻誤認爲是胃家[45]有毛病，把好好的胃割掉，那不但無益於病人，對病人將是一個嚴重的過失吧。

承問近況，本應詳明奉告，但說來話長，只好容後慢慢再說了。敬問

近好

理和上

六月十八日

一九五七年六月二十一日・鍾肇政致鍾理和

理和兄：

十五、十八兩次來示及拙稿〈過定後〉均已前後收到。兄的熱誠使我感動。我一面也慚愧，受到信件不能即時作覆。說實在，我目前的工作太忙了。學生的畢業期轉瞬即到，接著便是升學期，近來搞得我頭昏腦脹，幾乎要怨天尤人了。現

45 「胃家」指胃腸。

在還有畢業成績、證書書寫（將近三百張）等待理，非到典禮完了，也許不能喘氣的。

兄對方言文學的高見，設想得異常周到。上次大家發表意見時，由大示中我當然已看出兄所論述的那一點。當時我便想，我出的題目有欠準確，那樣籠統的命題，實在該死的。正如兄所言，方言文學最大限度只能在文章中穿插某些方言而已，純粹方言的文學，實為事實所不許，因此，刊露大家意見時，我所說的臺灣（方言）文學，都是指的「文學中的方言」。這裡我得鄭重地道歉，也許是工作忙昏了頭，而致漏洞百出了。

我想，方言我們應該多研究、嘗試的，我一向的意見是擷取閩、粵通用的方言，而且又能用漢字表達出來，而為一般外省人能夠望文生義的加以運用。在此，我對兄見：「只標榜臺灣文學而僅把方言作為其中一環」由衷表示贊同。

對〈過定後〉一作的批評，我覺得兄太客氣了些了。其實，這只有怪我，把那樣的劣作提供出來，那樣子，我想任何人看了都要「卻步」的，它簡直差得不成話說，無從批評，我又怎能多望於兄呢？

我寫該文的動機，只在描繪目前鄉村婦女有關結婚的生態，我對它鄙棄，但也同情，故不忍出以峻酷的批評態度，我們這裡的女孩子，大體還那個樣子的，而當她們結婚後，又往往能「美滿」，它需要改革嗎？看結果，我們就要失去根據，給舊式婚姻打氣嗎？作為一個知識分子，自然又是「斷然不能」。總之一句話，處理手法不高妙是病症所在。同時，我也得到了一個教訓，觀點模糊意識不鮮明的作品，還是不可嘗試的！

好了，馬上就要工作開始，就此打住。謝謝您費了那麼多工夫爲我看作品，給我指點。我由衷感謝！

大作提出輪閱事，七月分爲火泉兄，八月分爲清秀兄，其次，才輪到吾兄，寄出時間爲八月二十日左右，還遠呢！

屆時我會再在「通訊」裡宣布的。祝

近佳！

弟　肇政上　六月二十一日

一九五七年六月二十七日・鍾肇政致鍾理和

逕啓者：

適閱報載，此番颱風，貴地災情慘重，不勝駭異，不識我兄曾否受害，至爲關懷，但祝無恙！

此間毫無颱風景象，僅幾陣驟雨而已。盼見字後即賜告，以慰賤念是幸。

專此謹致最深切的慰問之意！

弟肇政匆上

一九五七年七月二日·鍾理和致鍾肇政[46]

拜覆者：大函敬悉。承問災況，殷切關注之情至深感銘。此次敝地因颱風挾來傾盆大雨，連山崩陷湖堤決潰造成空前浩劫，死亡數十，倒屋無算，狀至悽慘，幾每家每戶均遭其害，只有程度大小不同之差而已。弟托天之佑合家大小幸告無恙，僅田圳稍受淹沒，然身外之物不足掛懷，請釋錦念。專此拜覆，敬候

大安

七月二日

46 原稿幾無標點，內文標點為編者所加。

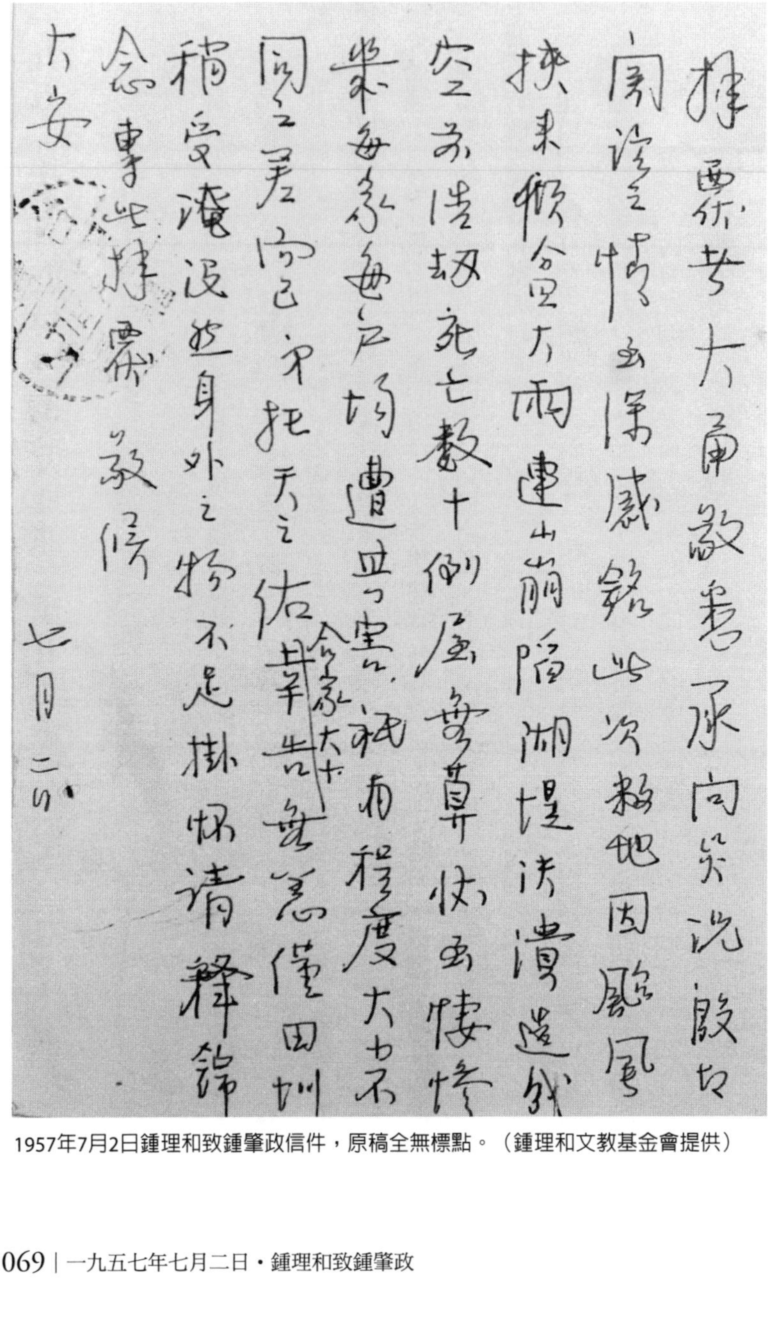

拜覆大函敬悉承問災況殷切關注之情至深感銘此次敝地因颱風挾來傾盆大雨連山崩陷湖堤決潰造成空前浩劫死亡數十倒屋無算狀至悽慘災來每家每戶均遭此害祇有程度大小不同弟寒舍已承托天之佑合家大小幸告無恙僅田圳稍受淹沒然身外之物不足掛懷請釋錦念專此拜覆敬候
大安
七月二日

1957年7月2日鍾理和致鍾肇政信件，原稿全無標點。（鍾理和文教基金會提供）

一九五七年七月九日．「文友通訊」第五次

理和兄：

歲月匆匆，又屆盛夏了。謹在此首向各位致候！

很抱歉，這一次的「通訊」較預定遲了數天，這是因爲我近日工作忙碌抽不出時間的緣故，請各位諒宥。這一次「通訊」中心題目在〈過定後〉一作的評論，下面以一位文友的批評爲主，另加別的文友的意見撮要刊布於後：

總評：這是一篇不堪一讀的劣作。作者想建立臺灣方言文學，結果是畫虎不成反類狗，第一國語與方言分不清，第二白話與文言相混，不文不白亦文亦白，便成不倫不類。下面就主題、結構、修辭三點加以分析。

一、主題模糊：是寫女主角失戀之苦嗎？文中的她並沒有深刻的愛。描寫迷信之不可靠嗎？但她初中畢業且服務社會達兩年之久，似不會有那麼深的迷信。是表揚封建式結婚嗎？於時代不合。因有此病，致全篇不夠明朗，而顯散漫平淡。

二、結構：平鋪直敘，猶如老太婆話家常。

三、修辭：初看似平順流暢，但細加分析，便見多處意義含混，字句累贅，不夠洗練，且欠

生動。計有（字句引用從略）（一）累贅囉嗦。（二）誇大過分。（三）文白相混。（四）意義含混。（五）用字重複。（六）不夠洗練。

其他意見：（一）尾聲裡一對年輕夫婦的出現，丈夫是誰不明白。（二）使用方言必須有其普遍性，文中閩粵交用不妥。

優點：（一）描寫鄉村人物頗爲成功。（二）部分心理描寫尚深刻。（三）最後一封信的插入，具見匠心。（四）氣氛的醞釀很夠。

原作者自白：站在原作者的立場，我必須表明，對於這次的評閱工作，各位不惜割出不少寶貴的時間（有兩位文友寫滿了五張信紙），我是由衷地感激，而對這種坦白的指陳，更是萬分的感謝。不瞞各位，我所得到的益處是無法估量的，套句陳腔：「迷夢忽醒，茅塞頓開」，不過這句話在我卻百分之百寫實！拙作寫作動機如下：我於今年三月間開始以本地婚俗爲主要內容的短文的創作，並曾陸續寫成〈偷看〉[47]、〈過定〉[48]、〈接腳〉[49]、〈上轎後〉[50]〈均在《新生報》副刊發表〉，〈過定後〉一作在順序上是第三篇。我原意是在求籤

47 鍾正，〈偷看〉，《台灣新生報》副刊（一九五七年三月十三日）。
48 鍾正，〈過定〉，《台灣新生報》副刊（一九五七年四月九日）。
49 鍾正，〈接腳〉，《台灣新生報》副刊（一九五七年五月十六日）。
50 鍾正，〈上轎後〉，《台灣新生報》副刊（一九五七年六月九日）。

與摸手兩者中擇其一而寫成兩千餘字短文，剛要寫時作品輪閱事適成事實，我爲寫成較夠分量的作品便把兩者都寫進去，並稍加引伸成爲較具體的小說，旨在客觀地描寫鄉村青年婚姻生態。故事雖出於虛構，但那種情形卻司空見慣。現在，我承認企圖已全盤歸於失敗。上述的許多缺點，我都完全接受，火泉兄還寫出三點修改建議，異常珍貴，都銘刻於心了。可憾的是暫時沒有工夫改寫，再供各位閱覽，謹此重申衷心謝意！

文友近況

榮春：月前因事曾到臺北，本想拜訪翠峰兄，但因阮囊羞澀，不便空手相擾，逡巡再四廢然而返，殊覺痛心。也許翠峰兄要見怪不該以區區物質估量熱情，但請原諒吧！我並不是這個意思的。文心兄提議聚會，我至爲贊同，屆時一定要設法參加，新知舊雨握手言歡，該是人生一大樂事，但現在天氣太熱，何如等到涼秋？關於現在進行中的長篇寫作，大約要在十月中始能略具眉目，內容係光復後的社會現象，角色都是鄉村小人物。如有獻醜的一天，請諸兄勿吝指教。（摘要）

翠峰：關於作品輪閱事，我的杞憂是有根據的，幾年來從事批評工作（大多美術批評）得罪了不少朋友，故決心不再作評文。文藝批評往往被視爲文人相輕，吃力而不討好。幸虧我們文友目前還很瞭解批評之重要。暑假瞬屆，拙作〈愛恨交響曲〉（按此文連載於《良友》雜誌——肇政）連載一年多已臨尾聲，爲了生活費，擬再從事譯作發表。

清秀：這一個月來，我忙著看書，忙著寫作，忙著應酬；可是愈忙身體愈好，精神也愈愉快。本月讀的書有《簡愛》、《二十年來目睹之怪現狀》、《半下流社會》等，翻譯好的有：菊池寬作〈投水自殺營救業〉及尾崎士郎作〈橘子皮〉兩個短篇小說，創作〈乞丐爹〉、〈斗六小姐〉發表在六月十二日及二十七日《中央》副刊，翻譯〈共犯者〉（下篇），續登《自由談》雜誌六月號。

文心：（按文心新近就職於合作金庫新竹支庫）月來忙於公務的研究，忙裡偷閒讀完《半下流社會》。這是一部極精采的書，在中國白話文學裡，我從未看到過如此有分量的作品。它是這個年代的中國人的血與淚的結晶。它會把我們從頹唐的深淵裡救起來。

理和：（按此次南部遭受颱風侵襲，我於翌日見到報紙上關於美濃附近災情慘重的報導，即時去函慰問）承問災況殷切關懷之情至深銘感，此次颱風挾來傾盆大雨，連山崩陷，湖堤決潰，造成空前浩劫，死亡數十，倒屋無算，幾乎每家均遭其害。弟托天之佑合家無恙，僅田圳稍受淹沒，身外之物不足掛懷請釋錦念。

肇政：近因畢業典禮、學生報考初中等，瑣務踵接，致忙得心身俱瘁，胃腸都弄壞了。現雖算告一段落，但考試將至，且須八月中旬以後方可結束，暑假將爲此耗盡，思之撫然矣！再者，前承翠峰兄介紹楊紫江先生參加我們陣容，幾經通函這裡能介紹給各位了。謹冒昧代表諸兄致歡迎之熱忱。下面是楊兄的概況：

「楊紫江兄民國十四年十二月十五日生，業教員，住苗栗鎮中正路三九六號，畢業於省立師範大學國文系。父母俱健，子二、女一。重要的作品：短篇創作〈前世的因緣〉[51]、〈鄉愚的奇遇〉、〈行善之果〉及長篇編著〈作文章的要領〉，發表在《北市青年》[52]、《綠洲》[53]……等雜誌。短篇譯作〈風流公主〉、〈閒的星期天〉[54]、〈驟雨〉[55]、〈少女地獄〉、〈家庭的風波〉等發表在《中華日報》、《聯合報》、《公論報》等副刊。」

紫江兄來信：弟以前雖嗜好文學，唯近來爲商務所煩，對寫作雖有滿腔熱情，只怪天天奔走於生活，且淺學菲才，執筆時間愈來愈少。望各位今後多多賜教。

此外尚有數事列舉於後：

一、本月分輪閱作品係火泉兄〈溫柔的反抗〉業已寄出，請各位將意見寄給我，以便集中發表。

二、下月分提供者爲清秀兄：兄來示說：「請各位就《恩仇血淚記》作評，唯至祈各位能體無完膚的批評，俾供再版時做爲修改參考，如文友中有遺失拙著者，請即來信，當再寄上。」

三、理和兄亦表示願提供作品請教，辦法容在下期公布。

四、文友集會事，尚有部分文友未表意見，翠峰兄說：「如果大家認爲在臺北聚會的話，我願意提供茅舍爲地點，並願供茶點招待。」文心兄認爲桃園地點適中，不妨在舍下舉辦。但敝處偏僻不見得方便。下面我依文心兄來信舉幾點具體的辦法請各位速即賜答：（一）地點何處爲佳？（二）時期在哪個月好，是否一定要星期天？（三）需要擬定討論事項嗎？或者大家見見面談談就好？（四）要聚餐嗎？一個人多少錢爲宜？

五、清秀兄在來信中偶然談起理論與實踐的問題，他說：「從許多成功作家所走的路，領略到寫作並沒有什麼捷徑，只在不斷的觀摩、創作中苦鬥出來。因此，弟以爲理論不可看得太多，理論懂得太多易成眼高手低，弟有許多同學就因而不敢下筆，好久沒有作品，

51〈前世的因緣〉推測與一九五八年五月五日「文友通訊」第十四次輪閱作品為同一篇文章，後文寫成〈前世的姻緣〉，因刊登資訊不明，故保留原稿兩種寫法。

52《北市青年》（一九五六年九月～），為月刊，實際發行頻率不一，至二〇二四年一月已發行四百七十七期。

53《綠洲》，一九五二年七月創刊，為月刊，不定期發刊，確定發行紀錄至二卷九期（一九五五年十月三十一日），停刊時間不明。

54宇井無愁著，楊紫江譯，〈閒的星期天〉，《聯合報》副刊（一九五五年九月十五日）。

55鹿島校二著，紫江譯，〈驟雨〉，《聯合報》副刊（一九五五年八月二十九日）。

有的甚至改行幹理論去了。……」，這是個頗値得重視的問題，我們不妨當作一個問題來加以討論、交換意見。故下期特加一「理論與創作」意見欄，希望每位文友都表示意見，字數長短不拘。如係屬經驗之談更所歡迎。

六、「通訊」出刊這次已是第五次，以往每次大多在百忙中匆匆撰寫，遺漏錯誤，在所難免，不知諸位有何改進意見，或有無其他事情要弟效勞，祈能隨時示知，倘若各位有所不滿意而又不肯見告，則我們這種工作豈非成爲白費心機？萬請切勿吝玉，至幸至幸。

耑此，謹頌

暑安

弟　肇政　上

七月九日

一九五七年七月十日・鍾肇政致鍾理和

理和兄：

好久未奉函致候了，近況如何，常在念中。茲奉寄「通訊」乙份，敬請賜閱。兄對方言文學問題的高見，甚是，因文友們多沒有再表示意見，只好不再討論了。對不起得很。兄的熱心，眞使我感動。希望多多就「文友通訊」工作賜教。讓我們的心和心永久緊靠在一起。因事忙不多贅。

匆祝

近祉

燈下　弟肇政上　十日

一九五七年七月三十日・鍾理和致鍾肇政

肇政兄：

這一個多月來，一來因生活上的瑣事，接著又是一場水災，一直沒能定心坐下來寫字，音問暫隔，疏慢之處，尚祈原諒。

關於大作〈過定後〉，我還有幾句話，想予申述；「通訊」中文友們的評語，覺得亦有不能盡予同意者，所以想藉此信再暢敘一下。但我只願談談作品的主題，或它的社會背景，把其餘略過。

兄前信中，已曾對目下鄉村中的婚姻問題，予以概括的透視，並聲言〈過定後〉便在記述這種婚姻的生態。你的意思，我十分理解；而你所談及及所處理的主題，我也是非常熟識的。在鄉村中，這種事，眞是司空見慣，不以爲奇，生長鄉村中的人，莫不清楚。婚姻問題，在我們的農村中，正在一個過渡期中，新的固然很新，舊的仍然到處存在。一邊是自由戀愛，結婚；另一邊，憑父母之命、媒妁之言的老式婚姻，仍舊在風行著。不但是握鋤頭柄目不識丁的村姑如此，你還可以看到受過相當教育的所謂現代女性也唯唯從命委身於此，使你不可思議。不但如此，更奇怪的是這種盲目的結合，如兄所觀察，往往又是那麼美滿，更是使你百思不得其解。我理解並同意你的心情；對它卑鄙，但同情。由這看點，這立場，再來讀〈過定後〉，那麼，對這篇作品便可以得到不同的感想了，更容易理解了。作者已那麼忠實地按著自己的意思去產生他的故事，和他的主人公。在這一點上，作者已盡了他創作的良心。因此，他並不曾白寫，他依舊有他一份收穫。在處理上，在結構上，在修辭上，雖然欠些工夫，〈過定後〉卻不失爲一篇寫實主義的作品。希望兄不要把它看得一文不值，有機會時，再予提煉凝縮一下。

（必得作者說破，便已屬失敗）

56

又關於傳統婚姻成功的神秘性，有一段軼事，似乎可予某種照明。這軼事出自清朝名宰相李鴻章。據說李氏出使德國的時候，有一次在公餘之暇，曾和德國人談起東西二洋間男女愛情及結合方式的異同，及其優劣。當德國人在嘲笑東洋人野蠻和包辦式的婚姻時，李氏便以一個幽默而機智的比喻把情形顛倒過來了。他把西洋的戀愛結婚喻為滾沸中的開水，往下，是冷卻的過程；相反地，東洋的父母把他們二個素不相識的年輕兒女放在一處，就好比把冷水放灶爐上，越往下去，就越滾熱。因此後者比前者美滿，幸福，永長。

我以為在李氏的比喻中，無形中已觸到了宇宙間一個普遍存在的強有力的大原則：性愛，性的引誘。舊式婚姻之所以能維持，主要不是靠這力量還有什麼呢？我說維持，不說美滿，是有理由的。這種婚姻，外表看來，似乎美滿而完整，其實只是靠僅有的一點性的引力、慰藉勉強維持著，若是把這性的成分分開，我相信那結果將是很悽慘的。

但是，性是生物的起點，並不是人的起點，既然是人，則性以外的東西如個性、趣味、嗜好等，便有用同等關心去考慮的必要了。所以舊式婚姻之卑鄙，雖能同情，卻不能贊成的地方便在這裡。你說不是嗎？

火泉兄的〈溫柔的反抗〉是一篇好作品，優美、幽默、含蓄。對此，我以為只要這樣說

56 此句為鍾肇政在原稿上批示的文句。

便夠了；我高興自己有機會讀到一篇好作品！
我的輪閱作品是〈竹頭庄〉。敬此順頌
大安

理和
七月三十日

一九五七年八月十二日・鍾肇政致鍾理和

理和兄：

大示收到已多日，兄對鄉村的婚姻問題的見解，弟甚覺同感，唯兄言以爲性愛是維持舊式婚姻的要素，似未免有失公允。鄙意，性愛好比是橋樑，藉此達到靈肉合一的境界，這才是促使婚姻美滿的主要動力。當然，傳統的道德觀念，作用亦甚大的。性的引誘只是對本能的一種刺戟，人，有時而對此（指同一個對象）生厭，苟非有經過「性」而達到「靈」，婚姻之破滅是在意料中的。弟即係一完成舊式婚姻者，目前，自不能論其成敗，而對上述鄙見卻是經驗所得，但是，弟對舊式婚姻，雖予同情，卻仍不表完全的同意。這一問題現在來討論，誠難免不合潮流之譏，不過在這一個問題內，我們似可大大地寫一番的。走筆到此，我又不得不爲兄之輟筆多時而惋嘆了。我眞奇怪，以兄之才華，佳作之產生是可期待的。

又者：承論及關於拙作〈過定後〉一作之主題，如果一篇作品必待原作者說破其中心意識，則無疑此作已失敗了。基於此，我已確信該作的改寫是須要費一大把工夫的。以目前弟之處境而言，是心有餘而力不足的，故只有俟諸異日了。弟邇來所寫都是一些一、二千字左右之短作，在報紙副刊發表，我覺得這種作品雖不會有什麼價値，但爲鍛鍊文筆，在目前階段的我是頗爲重要的。

〈過定後〉一作，文友中持有與綜合批評完全反對意見者亦非沒有，而能猜中我的寫作動機者，則只有文心一位。文章千古事，得失寸心知，我是很覺快慰的。順便奉告，文心近有一篇作品在《新生》副刊發表[57]，我這裡剪下來寄奉。兄在南部，當未曾見及。此作，我認爲是副刊文學中不可多得之佳作，不知兄見如何，盼能見教。

聚會事，兄當不能參加，請寄半身照片一幀，以便攝影時印入。

57 文心，〈頭前溪的船夫〉，《台灣新生報》副刊（一九五七年七月二十一日）。

信寫得潦草了，請諒。

謹頌

暑祺

弟肇政拜上　十二日

一九五七年八月十二日．「文友通訊」第六次

理和兄：

這一次「通訊」又遲了很多天，我這些天來公私事忙，心身交瘁心餘力絀，深感歉疚，萬請諒宥。

這一月的中心工作是火泉兄大作〈溫柔的反抗〉的評論。翠峰兄來信表示像上期拙作評論的綜合發表方法有些欠妥，對一篇作品各人看法不同，實無從綜合，不如將評文照登。這個意見很好，對拙作的評論，因爲我是原作者，故將完全相反的意見未予刊出，第二次起，

自應將相反意見一併刊布，下面遵照翠峰兄高見，將批評個別刊登於後。

榮春：以特殊的題材和手法，描繪征服者的驕橫優越，處理得甚爲諷刺，描述生動有趣。作者本身創作力與文學的修養，值得欽佩，實有其特殊的光輝與成就。

翠峰：主題正確，全文構成，大致上是很穩當的，尤爲值得稱道的，是文筆完全採用「描寫」的手法，以期暗示出主題以及作者的意識觀念。不過，我對此作尙感到美中不足者有二：

一、文筆不夠流利，用詞不妥當的地方，偶而可見，値得推敲的地方不少。

二、此作的tempo從頭至尾是一種slow tempo，可是，到了最後卻忽然結束了，未免有「虎頭老鼠尾」之嫌，此作高潮顯然在最後，可是，偏偏在此結束，顯然作者以此企圖保留一點「餘韻（或餘味）」，其用意不可說不可，不過，結束得太突然，致使讀者有如從高峰一落千丈之感，於是，作者所企圖的「餘韻」被破壞了，全文的「氣氛」在結束時遺失了，不知作者以爲如何？

清秀：優點：這篇作品的主題、人物性格的刻劃均顯明，表現技巧優良，描寫細膩，尤其結尾好，令人激賞。缺點：開頭稍嫌冗長，如果從喝酒開始，似更緊湊些。文字不夠簡練，成語用得太多，有些文字用得不妥。

文心：優點：主題鮮明，情節發展入情入理，配角的幾句插話和動作，造出奇特的效果。缺點：對白艱澀不自然，高潮處理稍弱。總之是一篇成功作，我們做爲後輩者，應向他看齊，並希火泉兄加倍努力。

理和：是一篇好作品，優美、幽默、含蓄，佳作當前，更無其他話可說了。我高興有機會讀到一篇佳作。

文友近況

火泉：近來白天忙於公務，下班後熱中於網球，晚上睡得像條豬，最主要的，還是我想放棄寫作，做個旁觀者來得輕鬆，乍熱乍冷，一暴十寒，正是我的老癖氣。

清秀：本月曾開始寫一篇兩萬字的中篇小說〈老乞丐的悲哀〉，因材料不充足，寫六、七千字便寫不下去，暫時擱下來，等蒐集材料再重寫。目前計劃寫兩、三千字的短作，修改、發表也較容易。本月還花了許多時間看完《安娜・卡列尼娜》，頗受感動，尤其對托爾斯泰寫作的精勤甚爲佩服。

文心：這個月初（七月）被調至營業組辦理匯兌，工作很忙。作品有兩篇：〈頭前溪的船夫〉（二十一日《新生》副刊）、〈彌留〉（二十四日《中央》副刊[58]）請文友們指教。

肇政：學生第二期考試於八月七日畢，但私事踵接，無暇看書寫作，唯為應付稿債，不得不忍苦於八月一日——十日之間翻譯了一篇萬餘字的小說，此後工作當可稍微輕鬆了。

其他報告事項

一、上期曾擬具一討論題目「理論與創作」，這次發表意見者僅清秀兄一位，意見如後：我認為「理論」是靠「分析」得來，「理論家」所需的「理智」，但「創作」則要靠「感情」（雖然表現的運用要靠理智，所表現的內容非有感情是不能引起別人共鳴），兩者所走的路是不一樣，要照「理論」應用「創作」似不可能，外國雖有一些作家——像毛姆能雙管齊下，還是為數不多。我覺得「理論」只能做做參考，若果被它束縛了，就要變成「創作」的絆腳石。

二、文友聚會事，綜合幾位文友意見後，大體照翠峰兄提議擬定如後：

（一）日期地點：八月三十一日（禮拜六）下午五時在翠峰兄宅集合——齊東街八十二巷二十二號。

58 高文峯，〈彌留〉，《中央日報》副刊（一九五七年七月二十四日）。

（二）會費：三十五元，由翠峰兄代辦（會費於參加時繳納）。
註：外埠文友的住宿，可打擾翠峰兄，勿慮。會費包括聚費（「家庭料理」）。
（因故不參加者，請寄一張照片給我——儘速。）

（三）聚會若臨時不克參加，請預先通知翠峰兄。

（四）理和兄因遠不能參加，已有來信言明，他預祝集會成功各文友快樂！

（五）本月輪閱作品：清秀兄之《恩仇血淚記》，評文請最遲於九月四日以前寄下。

（六）下月輪閱作品爲理和兄之〈竹頭庄〉，八月二十日寄出，順序——榮春、火泉、翠峰、清秀、文心、紫江、肇政。（附啓：紫江兄參加陣容稍遲，〈溫柔的反抗〉一作之評論，未及排定順序，茲依由北而南順序，排定於文心及理和二兄之間。並此致歉。）

（七）評論文字請另紙撰寫，以便刊露後寄交原作者。

謹祝

暑祺

弟　肇政敬上

八月十二日

一九五七年八月二十一日・鍾理和致鍾肇政

肇政兄：

關於舊式婚姻，自應以兄所見爲是。我究非親身經歷；鄙見但據觀察和推想而得，自難免隔鞋搔癢之嫌。但如果說性愛在維持舊式婚姻上（我覺得甚至對於自由婚姻也未始不可這樣說）有基本的作用，大概不會有很大的誤差吧。這句話，並不即意味舊式婚姻的不合理。那是兩回事。舊式婚姻之所以應予反對，係在它的包辦的方式，不在它之是否靠性愛維持。性愛，在它本性是美的，無可疵議。順並表白：有些人捧得天高，視爲神聖的純精神的愛，像在某些小說中被描繪成英雄主義式的愛，我是不能理解的，當然也不能接受。在我看來，這種愛只是文明的一種病態。不過這又是題外的話了。

文心兄的〈頭前溪的船夫〉寫得很成功。這種短文，看來小可，但寫來每不易討好。過去，我很少寫過。以我粗野和笨拙的感受性，要捕捉這種優美細膩的思想和感情，相信是很難的。這就〔是〕爲什麼我之不常寫它的理由。

〈竹頭庄〉已寄出輪閱，請兄不客氣的予以批評。

像片一張同封寄上，請查收。敬頌

大安

理和上

八月二十一日

一九五七年九月九日・「文友通訊」第七次

理和兄：

八月三十一日是令人難於忘懷的，值得紀念的一天；至今憶起，回味無窮。五日清秀兄來信說：「如果我們臺灣文學將來有發揚光大的一天，那麼這次小聚可能在臺灣文學史上值得大書特書的。」誠然，我在回信中，請求他爲我們的聚會作記，他認爲籌備經過還是我比較熟悉，應由我執筆，我只有驅遣禿筆應命了。事先翠峰兄在信中表示，酒和汽水由他招待，後復來函說，臺北的三位文友接洽結果，一致決定由他們三位共同負擔飲料費，以盡地主之誼，我在卻之不恭之情形下接受。當天，我於預定時間下午五時正，到達集會地點——翠峰兄處。此時，除了臺北的三位以外，宜蘭的榮春兄早已候在那裡了。我和四位是初次見面，因此分外親切。約半小時後，新竹的文心兄駕到，他在月末、週末雙重的忙碌中這麼早就趕到，令人欽佩。於是六個人照了幾張相，就天南地北地談起來。直到七時，苗栗的紫江兄仍未到，大家認爲也許因故不能參加，決定不再等候，便開宴，費時約兩個小時才完畢。因爲我另有約會，匆匆辭出，盛會就此告終。火泉兄眞是位風趣的人物，戴一副近視眼鏡，頭頂半禿，予人的印象是端莊凝重，大家閒談時，他總是默默地傾聽，一枝接一枝地吸著煙，一包雙喜馬上便給吸光了。可是開宴以後幾杯下肚，他忽然雄辯起來，前後判若兩人，他雖年屆知命，但由此可見童心猶存。榮春兄頭禿得比火泉兄還厲害，加上胖嘟嘟的身段，看來就如一位學養有素的教授。他也是比較寡默的人，可是感受性似乎特強，始終微笑著，一雙眼則露出陶醉的眼光，可見心中蘊藏著燃燒的火焰。可是宴席未半，他就醉倒了。翠峰兄有一副魁梧的身材，一看即知精力充沛，眉宇間一股若隱若現的強毅豪邁之氣，眼光炯炯咄咄逼人。據我察看，他未飲半滴酒，嘴角老是掛著絲絲微笑，多半靜聽人家的高談闊論，眞叫人莫測高深。清秀兄人如其名，一臉秀氣。一副近視眼鏡，益增其彬彬文質，看來較年齡年輕四、五歲。可是他是眾人中最雄辯的人，談話內容也非常淹博，尤其自由中國文壇圈內的大小事，娓娓道來如數家珍，無可否認，他是位精明幹練的年輕人。文心兄是會中最年輕的，也是近視眼，外貌稍粗，言動卻文雅非常，充滿詩意，這和他的作品如出一轍，正是文如其心。他是後起之秀，前途令人矚目。最後我向自己請假一下：肇政是個不善辭令的人，某文友評語——鄉巴佬，正是恰如其分，他始終在激動的心情中，領略此會所給予他的感動。以上，僅憑個人觀感所及拉雜寫下，與會的文友們當然未必同意，而且也許不無開玩笑之處，僅以此對未與會的文友作一交代，與會的文友們定會原諒我的。我還私心盼禱，但願第二次會有期，更但願下次所有文友能夠會晤一堂！

《恩仇血淚記》評論

榮春：很久以前拜讀一次，印象已模糊，而書又給一位朋友借去，迄未交還，目前沒有什麼意見，容後再逕向清秀兄候教，請諒。

火泉：我並不因爲這長篇小說得到文藝獎金委員會的獎金，才說它是佳作；實實在在，無論在形式上，或是描寫上，它是成功的。當然小毛病也是有的；有些文字欠妥切，有些情節欠合理。但這是無關宏旨的。對於這篇作品，我曾面向作者詳詳細細地評論過，現在恕不再詳述。

廖君所發表的作品很多，但除了這篇長篇和〈阿九與土地公〉、〈賊仔龍〉兩短篇小說以外，沒什麼好作品。要寫幾篇小說是幾年間的事；但要寫一篇不朽的名作是一生的艱苦工作。廖君是很有希望的作家之一，但願廖君爲我們爭光！

翠峰：一、布局曲折有趣，引人入勝，主題正確，的確是佳作。二、最大的毛病是作者的「空想」架在不「現實」的地基上，因此故事的發展有三個地方說不過去的。第一：在第一六〇頁，描寫愛子上了其哥哥的當，受了澄人的強姦。我想除了哥哥是個傻子以外，絕不可能有這回事吧。心理學家告訴我們，男人聽到別人強姦女人都會怒髮衝冠。因爲所有男人都想要獨占女人。何況哥哥願意讓妹妹受人強姦嗎？第二：愛子恨澄人入髓，但她最初爲什麼會嫁給他呢？總之以該作的情況論之，愛子嫁了澄人是作者的牽強，作者也許要以此描寫澄人爲人的下流，但以不可能的事實，是說明不了他的下流。第三：戰後愛子陷入私娼，這個三六〇度的轉變，更是太突然了，而且事實上也不可能。理想主義的作品發展到此便一落百丈，殊屬可惜，眞是白玉之瑕。

文心：是部傑作，人物、心理描寫均成功，故事極好，予人印象至爲深刻。處理恩與仇的觀點頗高明，書中哲理氣味濃厚，可見作者造詣。缺點是故事缺乏統一性，結構不緻密，最後發展甚且鬆弛。

文友近況

火泉：由於這次的見面，受了「氣氛」的鼓舞，寫作之慾又油然而生，現在又是宜於「絞腦汁」的時候。對於一切寫作，我只喜歡一個人用他的靈魂寫出來的東西，不必爲什麼標準或理想傷腦筋；只要深入察看自己的心，忠實地寫出所見，便可獲得讀者共鳴。

清秀：這個月我寫了兩個短篇〈出草〉、〈報貓鼠怨〉，字數都在兩千五、六百字，尚未發表。我一面看《蘇俄在中國》、《哲學概論》、《聖經》，一面看莫泊桑著《脂肪球》和《安德森選集》。因爲瑣事太多，時間過得太快，要寫的要看的都無法達到所計劃的一半；今年快要過去了，恐怕不能有什麼作品問世了，慚愧、慚愧。

文心：來新竹之前寫一中篇〈千歲檜〉（約四萬字），但至今無法發表，不久後打算提出來，請各位文友指教。

其他報告事項

一、新近經清秀兄介紹，我們的陣容又增加了一位文友許山木兄。他年二十三歲，臺中師範畢業，現在彰化，和美，大嘉國校任教，曾以「如衣」筆名在《自由青年》[59]、《革命文藝》[60]等刊物發表了數篇作品。在來信中略謂：「我對文藝雖早具興趣，但進入寫作軌道則始於前年八月，努力至今僅發表小說與散文共八篇。前此，曾盲目地寫了兩部長稿〈生之泉〉、〈恨的迴流〉，迄未發表。茲謹供三點拙見如後：（一）批評作品，最好是未發表作品。（二）提供作品不必限定一篇，似可酌增。（三）作品經過全部文友輪閱，太費事，不妨一方面提供大家評閱，另一方面可把其他作品寄給某文友單獨審閱。請各位文友不吝指教。」

二、山木兄高見甚是，但第一點，兄雖以米與飯爲比喻，鄙意以爲米固需講究，而飯亦未嘗不可品嚐品嚐。至如（二）、（三）兩點前此亦有過類似意見，自行酌辦可也。唯顧及文友們時間負擔及「通訊」篇幅，正式輪閱作品仍以一篇爲佳。

祝

快樂

59《自由青年》（一九五〇年五月十日～一九九一年六月十五日），初期為旬刊，一九五四年二月起改為半月刊，一九六九年一月起改為月刊，至一九九一年六月為止，共發行了七百四十二期，一九九一年八月與《黃河雜誌》合併，改名為《當代青年》，發行十一卷五期後，於一九九六年十二月停刊。

60《革命文藝》（一九五六年四月十五日～一九六二年三月），為月刊，共發行七十二期。

◎本期「通訊」繕好後，復接翠峰兄來信，並寄來照片，謹此轉發，請查收。翠峰兄來信中有如下各點摘刊於後：一、文友聚會在草率中過去，我作為代辦人未能盡責，辦理不周，歉甚。二、由於我照相技術太差，完全失敗，故不能多洗，如果有人要加洗，我可以照辦。三、紫江兄事後來函表示因公一時不能抽身與會，希各文友原諒。
◎照片說明：由左至右前排文心、肇政、榮春，後排翠峰、火泉、清秀。

弟肇政拜上
九月九日

又及
九月十日

一九五七年九月十三日・鍾肇政致鍾理和

理和兄：

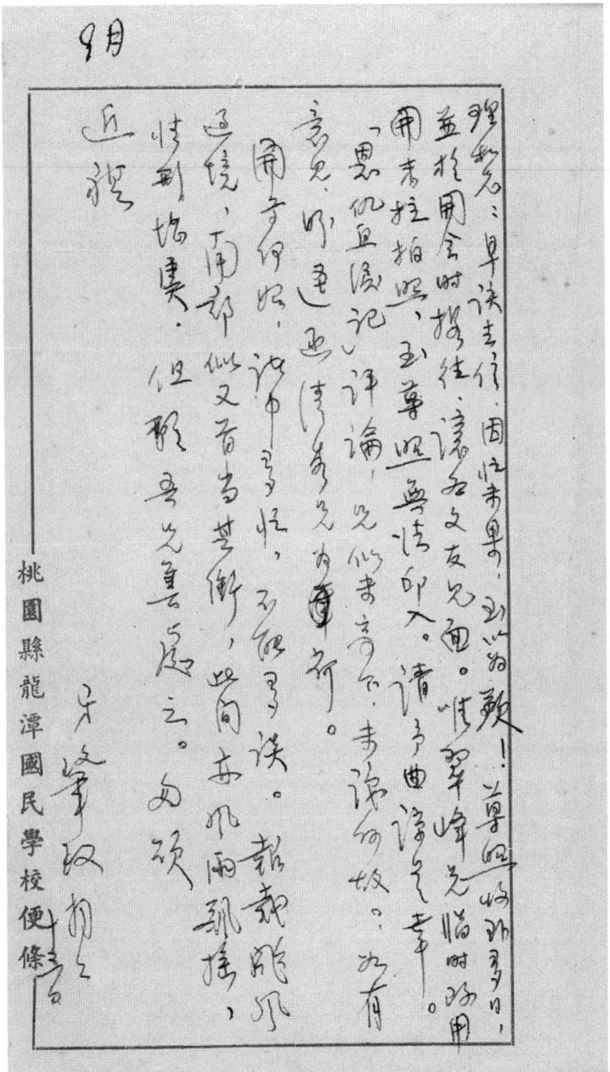

鍾肇政寄予鍾理和信件樣態多元，如1957年9月13日信件即是使用「龍潭國民學校便條」寫成。（鍾延威授權、鍾理和文教基金會提供）

早該去信，因忙未果，至以爲歉！尊照收到多日，並於開會時攜往，讓各文友見面。唯翠峰兄臨時改用開末拉拍照，致尊照無法印入。請予曲諒是幸。

《恩仇血淚記》評論，兄似未寄下，未識何故？如有意見，盼逕函清秀兄爲荷。

開學伊始，諸事多忙，不能多談。報載颱風過境，南部似又首當其衝，此間亦風雨飄搖，情形堪虞，但願吾兄善處之。匆頌

近祺

弟肇政拜上

十三日

一九五七年九月二十八日．鍾理和致鍾肇政

肇政兄：

接獲九月分「文友通訊」是在母喪之中是以未能即覆爲歉，請原諒。

清秀兄《恩仇血淚記》的評論，因數月前接讀後即已直接和清秀兄討論過，故本次「通訊」即好從略。統觀各位文友中，文心兄之觀點頗合鄙意。

這次文友的盛會我以遠道未克參加深以爲憾。那天的盛景和各位文友的快樂，可由大函髣髴一二。對清秀兄這聚會必將在臺灣文學史上留下不可磨滅的印記的說法，我是深信不疑的。它將和蘭亭集會一樣，成爲文學史上千古流芳的事跡。

從去年八月二十六日先母由臺北兄弟處帶病回來至本月十五日去世，十八日出殯，幾乎三個星期內沒有一天有心他事，寫了一半的一篇遊記文——〈大武山登山記〉輟筆多時，不知幾時能夠完稿。另外由文心兄借讀了兩部書——羅曼羅蘭著《貝多芬傳》及梭維斯特的《愛的哲學》。前者令人感奮，後者令人憂鬱。這已是我本年內最大的活動了。

拙作〈竹頭庄〉請多多指正，千萬不要客氣。

各文友合照，拜收。我必予珍藏。

敬此　順頌

大安

理和上

九月二十八日

一九五七年十月八日・「文友通訊」第八次

理和兄：

這一次「通訊」，以理和兄大作〈竹頭庄〉之評論爲主，下面是各文友的意見：

火泉：作者以忠厚的心，苦笑著敘述身邊瑣事，寫景入微，對白生動，氣氛的把握値得稱道，平穩中沉浸著淡淡的哀愁。這篇如作短篇看，在形式上是失敗的，還是當「故鄉」一部分來看比較妥切些，我很盼望再看另三篇。主題是描寫故鄉竹頭庄——田園風景畫，筆調是動人的、達意的，藉鄉下人的嘴說出日據時代的背景。「我」與「炳文」的重逢，淡漠中有種憂愁的友愛。結構雖然平鋪直敘，但有種氣氛——哀愁，或者可以說是游子的靈魂流露在作品裡，這是可貴的。修辭，大體還好，尤其對白生動，很能表現莊稼漢的語氣，但也有些地方還不夠洗練。（節略——按：火泉兄評文中論及結構及修辭，頗多讜論，因字數太長，只得割愛，謹向陳先生及各位文友道歉！）

翠峰：輪閱至今，我認爲此作的文筆最流利，亦另具一種風格，只是此篇究竟說的什麼（主題），我一直摸索不出。也許它是一中篇小說之一段，也是序曲；難怪看不出主題。

還有一個優點是此作的鄉土味很濃厚，我認爲臺灣文壇近數年來的一種錯誤的表現是——爲了要表現臺灣鄉土色彩，隨便把幾句讀者所不懂的臺灣方言插進去，就算完成了上述的任務。這是一種皮毛的筆法，不用方言，鄉土味仍然可表現出來，此作便是一例。至於其他內容或描寫筆法的問題，因此作只是一種序文性質而已，不看到全文，無法論及。希作者百尺竿頭更進一步。

清秀：優點：本篇作品可跟魯迅的〈故鄉〉相媲美，文裡作者對炳文的憐惜跟〈故鄉〉裡作者對阿土的愛憐相似；而〈竹頭庄〉的全文裡流露著哀傷的氣息，和對鄉土濃厚的戀情。文字優美，像一篇散文詩，風景描寫見長，對話極爲成功，人物描寫也很不錯。

缺點：本篇作品如果算爲長中篇的一章，或是一篇散文，是可以說很成功的，但如果算爲短篇小說是不無問題的。因短篇小說是描寫人生的一片斷，裡邊不但要有主題，還要有糾葛、鬥爭、故事等東西。〈竹頭庄〉一文裡，既然沒有糾葛、鬥爭、故事，也看不出她的主題是什麼。

文心：〈竹〉篇與其說「小說」不如說「散文」。雖然小說是以散文體裁寫成的，但是小說自有其成爲小說的因素。〈竹〉篇所缺少的，正是這些因素。如果說〈竹〉篇是小說，那麼它是失敗了，反之說它是散文，那麼它是一篇雋永的傑作。作者的筆觸哀頑感人，令人感受一種莫名的哀愁，好像是天上的雲霞，自自然然掛滿了天空，你望著它，喟然自歎，有某種無可奈何之感。我很欣賞它給我的這種感銘，那將使我對人生重新給予估價。

紫江：讀過理和兄大作〈竹頭庄〉，首先就該讚嘆它的文句的流利。全篇以旱災爲背景，幾近於絕望的災況雖令人讀起來有隔世之感，但只要讀者承認光復後不久，國軍尚未登陸臺灣的那一段紛亂時期，那麼讀者就不難了解故事裡的人物與糾葛的發展，而深感興味愈來愈濃，至於全篇完了，亟欲看下篇。

文友近況

榮春：天氣漸涼，精神也比較充實，夜長亦正可供我一點努力的時間，但事實上仍很覺不夠，想多寫些「文友通訊」或給朋友的信，都因忙碌而未果。白天爲人工作，稍有閒暇，對我的生命又顯得如此重大，不肯輕易讓它流逝，連寶貴的友誼聯繫都置之不顧了，也許你們會笑我太自私吧，事實也有幾分懶惰，不到自覺太過意不去了，連覆信也延擱，請多多原諒！

火泉：又是一個月過去了，眞快，這個月中我寫了三個短篇，能否發表，尚未可知，目前忙於修改舊作〈初吻〉，約二萬八千字。

清秀：拙作《恩仇血淚記》承幾位文友惠教，不勝感銘。各位文友如有其他高見，請隨時賜教是所厚望。最近我完成一篇一萬字左右的短篇小說初稿〈不屈服者〉，這是描寫一個作家的故事，它曾寫了好幾次都因接不下去而沒有寫成，最近才定稿者。然而，我對這篇小說仍不能滿意，將來打算多多修改，有機會時擬請各位文友惠正。

文心：臺北聚會，匆匆已過了一個月，因公事忙碌，未向臺北三文友的招待函謝至感歉仄，藉「通訊」一角，謹致謝意。

山木：本學期擔任三年級級任，並負責文書歸檔工作。敝地近開鎮運，我也參加跳遠，以五．七三米奪魁，以後當可閒些，擬每兩週寫一篇。近有拙作〈橋〉在九月十六日《自由青年》雜誌發表[61]。

理和：從去〔年〕八月二十六日先母自臺北兄弟處帶病回來至本月十五日去世，十八日出殯，幾乎三個星期內沒有一天有心他事，寫了一半的一篇遊記文——〈大武山登山記〉輟筆多時，不知幾時能夠完稿。另外由文心兄借讀了兩部書——羅曼羅蘭著《貝多芬傳》及梭維斯特的《愛的哲學》。前者令人感奮，後者令人憂鬱。這已是我本年內最大的活動了。

61 如衣，〈橋〉，《自由青年》十八卷六期（一九五七年九月十六日），頁一六～一八。

肇政：九月內有了不少事情，大小雞共十九隻在一天早晨悉數失竊，三時後由警察局破獲，失物追回，僅短少了五隻雛雞。家父調任他職，搬來同住，一家能夠團圞，確係一件喜事。開學伊始，諸事多忙，讀書寫作都未能如意。

報告事項

◎理和兄令慈逝世，謹代表全體文友虔致悼念。

◎文心兄五日來信，表示決將作品〈千歲檜〉提供輪閱，稿已寄給我，定於十日起發寄，順序為榮春—火泉—翠峰—清秀—紫江—山木（住址：彰化，和美大嘉國校）—理和—文心。本月分輪閱作品原須九月二十日左右發出，因無人提供作品，延擱至今，火泉兄曾以此垂詢，可見其熱心逾恆。

◎文心兄〈千歲檜〉一作，據來信中謂，已決定交《大華晚報》發表[62]，唯需等候數月，他特別強調請各位盡量提供修改意見，俾臻完全。

◎火泉兄於八月中表示擬輟筆做個旁觀者，九月中謂受了聚會的氣氛的影響，決定重執筆桿。他即說即作，九月中已有三篇作品產生，肇政為陳兄的永遠年輕致敬祝福。尤其值得一記的，其中一篇作品〈人情〉已在本月二日《聯合》副刊發表[63]。這是篇寓有哲理，頗爲深入的佳作，而尤以結尾雋永取勝，具見工力之深，如有文友未讀，可來信示知，當以剪報借閱也。

◎下月輪閱作品，尚無著落，不知哪一位願意提供？請有意者來函示知。如有可能，請於本月二十──二十五日內發出，順序仿前，首寄榮春，由北而南。

◎〈千歲檜〉評閱請各位從速寄遞，並將意見寄下，以便儘量在下月分「通訊」內發表（擬遲幾天印發，趕不上的則於次月）。

秋風乍起，正是讀書寫作佳期。謹祝

各位筆健！

弟肇政拜上　十月八日

再：蠟紙刻畢，尚有少許空白，爰附誌數言於後：

〈千歲檜〉一作長達三萬多字，評閱需時，下期「通訊」發刊以前，諒不能收到多少位文友的評文，但仍祈諸位儘量撥冗趕閱，如評文收到較遲，可能下月要十五日左右方印發

62 後登於《聯合報》。

63 陳火泉，〈人情〉，《聯合報》副刊（一九五七年十月二日）。

「通訊」，謹此預報。

「通訊」發刊迄今已半載，肇政無時不思有所進一步的服務。切盼各位文友隨時提供改進意見，俾有所遵循。如果各位有不滿之處而又不肯賜告，則弟辛苦豈非等於白費？

本期爲節省紙張（同時避免郵件超重），版面容納了兩倍於前的字數，頗顯擁擠，各位是否覺得閱讀困難？

以上，又及

一九五七年十月九日・鍾肇政致鍾理和

理和吾兄苫次：

數日前忽奉訃音，驚悉令慈逝世曷勝哀悼！敬祈循禮節哀，是所至盼，弟以路途遠隔，未克躬親叩奠，謹具奠禮二十元，藉表微忱，即乞察納爲幸。

大作〈竹頭庄〉業經仔細拜讀，文友們意見頗爲一致，弟亦具同感，爲免重複，故未將拙見刊於「通訊」內。弟閱後，深爲文中悒鬱氣氛浩嘆，悵然若有所失。但弟尚有鄙見，擬在此請教。大作中「對白」有人以為生動流利，弟卻未盡同意。因為該對白與吾臺灣人口頭語頗有距離，看似北方人口氣。鄙意，描寫吾臺民，尤其客家人，似應有客家人語氣，否則，鄉土氣息濃則濃矣，卻缺乏地方色彩。而地方色彩若有賴人情風俗另行造出，則藝術完整性不免受損矣。弟已將此意告知清秀兄，以冀解惑，甚盼吾兄亦能就此點有以教我，幸甚幸甚！

又者：許山木加入文友陣容較遲，上期未及排入輪閱次序，擬將尊稿寄交許兄，俟其閱後再逕奉還，許兄如有意見，或在下期刊露（許兄或將逕與吾兄連繫亦未定），擅作主張之處，請諒。

弟近日工作甚忙，但仍能忙中偷閒，致力短篇文字之寫作，或則記事，或則抒情，內容龐雜，想到即筆到，偶亦有在報上發表者，惟均係急就章，未敢告知諸文友（筆名隨用隨換）耳。

專此，餘言不敘，伏維

珍重

弟肇政拜上　十月九日

一九五七年十月十八日・鍾理和致鍾肇政

肇政兄：

本次理和先母之喪，荷承千里函唁慰勸有加，並承厚貺，具見相愛之深。理和除衷心感激外，謹此叩謝。

回溯自理和於民三十五年病後，先母即隨床看護，尤於住院數年間不分日夜慇懃照料。每當理和病情轉劇，則或伏枕哀泣、或背人流淚，愛子之心無可比擬，理和能於今日生存人世，莫非先母之賜。今理和病體漸有起色，而先母遽爾見背，使理和圖報之心無由得達，古人「樹欲靜而風不息，子欲養而親不在」之句之悲理和有痛感者。

〈竹頭庄〉能獲各文友如此好評實出意外。能看出對話之非作者鄉土語言者，兄一人而已。兄所見極是，它乃北方語言，正是「不怕千人看，只怕一人識」，觀音面前燒不得假香了。兄同是客家人，故能一眼看出破綻來耳。但我之所以如此作，自有所考慮。這又回到從前提到的方言問題來了。在今日，無庸諱言的客家語所站地位極爲可憐，故在創作時除開稍具普遍性的句子，可得借用外，若純以客家語對話，恐將使作品受到窒息的厄運。這就是爲什麼我慣以北方語言用之對話上的原因。因此而減損鄉土色彩的眞實亦屬無可如何之事。

要想把客家語搬上文學，則還欠提煉的工夫，這工作就落到我們頭上來了。願與兄共同努力開拓這塊新園地。

理和遠在南方難得看到北方版的報章，故無由拜讀各文友的著作，據來信，知吾兄近有多篇短作問世，何不賜我一讀？我們應該多多互閱作品？以收切磋之效，原不必過謙，兄以爲然否？

又火泉兄之〈人情〉，請賜閱爲荷。謹此順頌

文安

理和拜上

十月十八日

一九五七年十月二十一日・鍾肇政致鍾理和

理和兄：

大示業經拜悉，區區微意，何乃殷殷垂意若此，弟深覺不安矣！

另郵奉上剪貼，敬請不吝賜閱，如蒙惠示簡評，無任歡迎。

弟一向工作繁忙，在校擔任六年級升學班科任，兼理文書工作，經常瑣務蝟集一身，理不勝理，僅能於晚間，鞭策疲乏已極的軀體，從事寫作，故所有作、譯，均屬急就之章，如在報紙發表之短文，每作均在二小時內匆匆撰就，自知殊無足觀者，並頻換筆名，唯恐人知，文友之中自無人知曉，弟之所以不願在「通訊」中透露，其故在此。當此封寄拙作，難免忸怩不安，祈兄勿以草率幼稚見笑也！此外，弟在雜誌發表作品亦不少，無非換取幾文稿費，不擬一一奉聞。鄙意，兄似可多寫短文，投寄北部報刊，《中央》、《新生》、《聯合》等均可試試（此三報，弟可負責代爲剪報）。目前吾等臺籍作家，極度沉默，文友作品難得一見。我等既以文學爲志，自不可不經常執筆，期能百尺竿頭更進一步，否則常久觀望，其筆尖不生鏽者幾希！弟之不惜以草率作品投出發表，原因在此。

又，關於方言對白問題，弟所謂「北方化」，乃指運用北方土語而言。大作中對白，其句法、言詞、北方土語爲數不少，客家方言不易入文，弟亦同意，唯若以北方土語取代，則其氣氛難免矛盾，弟以爲如其方言表現不出，宜以避免北方土語爲佳。弟曾就此問題函商清秀兄，渠對鄙見表示同感，唯似亦無良策，誠如兄言，此一園地，實有待吾等開墾拓荒，願與兄共勉互助，爲臺灣文學而努力。

專此，祈頌

近綏

並附上火泉兄大作〈人情〉。

弟　肇政拜上　十月二十一日

一九五七年十月二十一日～十一月十三日間[64]・鍾理和致鍾肇政

肇政兄：

幾篇短著我都看過了，看過後才知道並不如來信中所說的那樣「見不得人」，相反的篇篇都寫得非常好，堪稱老練工穩，我實在不曉得你何如要謙虛到這樣，甚至不敢讓文友們知道，未免太過分了。

數篇中，我最愛〈上轎後〉和〈鄉愁〉；其次〈寧馨兒〉[65]也好，〈林弟〉寫得很深

64 本信件未標日期。

65 愚父，〈寧馨兒〉，《台灣新生報》（一九五七年八月二十六日）。

刻，〈三小時破案記〉刻畫生動有趣。這種生活記述體的短文，看來小可，寫來卻不易為力。還有：它們似乎沒有情節、高潮、和糾葛，卻仍優美可愛。平凡無聊的生活，經過藝術家匠心的剪裁和表現，再拿給我們看時便變成很動人的了。高爾基的《伊大利故事》你看過否？那裡面儘是記錄著日常灰色的俗生活，但是它的優美卻非普通的小說可以比擬。〈上轎後〉一篇，可說是《伊大利故事》的續作。在這方面，兄妙筆生花，我是望塵莫及的。至於說到在疲勞之後能以極短時間寫出這樣好的文章，尤其令我感佩。不過誠如兄言，我們應該多多寫作，從今以後我也打算試鞭策這駑鈍的頭腦寫點看看。到時少不得還要多多請教的。

一九五七年十一月十三日[66]．鍾肇政致鍾理和

理和兄：

上次承對拙作數篇賜評，因事忙未克即覆致謝，太失禮了，請千萬勿怪。我那些作品，實在不值得兄如此獎飾，太叫人愧赧了。這個月分，我已有兩作發表，一在《中央日報》（四日）〈本島古〉[67]，另一《新生報》（十三日）〈禍福〉[68]，都是小作品，不值得一談的。

上次，兄說要多寫，不知有何收穫？我多麼想拜讀啊！高爾基的《伊大利故事》我沒有讀過，可否請惠借？我去年出了一本理論集子（翻譯），因手頭無存書，久欲寄上而不能。近取得數冊，謹另郵寄奉，請不吝指教爲幸。好了，餘言都讓「通訊」替我說了。祝
筆健

弟肇政拜上

一九五七年十一月十三日・「文友通訊」第九次

理和兄：

這一次的輪閱作品爲文心兄的〈千歲檜〉，迄目前（十二日夜）爲止，已收到五位文友之意見，尚有兩位未到，但似不宜再候了，此次輪閱較我的預想快，可見各位熱忱。這一

66 信件未標日期，此為推測時間。
67 鍾正，〈本島古〉，《中央日報》副刊（一九五七年十一月四日）。
68 鍾正，〈禍福〉，《台灣新生報》副刊（一九五七年十一月十三日）。

次，大家的意見一反過去情形，略有出入。文藝作品，原就是訴諸主觀的藝術，故見仁見智，意見有所不同毋乃理之所當然。不必諱言，我們當中大部分都還未脫初學之範疇，「文友通訊」之創設，其原因之一便是針對這一點，期有以裨益於我們的學習。寫到此，我情不自禁地想起一位文友在信中所表示的話：「雖然文友會已有幾個月的『歷史』，表面上也有幾個『作家』，但都是創作力薄弱的，一年難得看到一、兩篇像樣的東西，我總覺得唯一的大路就是創作、創作、創作！捨此便無他途了。」這番沉痛的表示，實在切中肯要，在此，我願提出一句口號：「創作、創作、創作！」與諸位共勉。同時，創作與批評是相輔相進的，缺一便難望進步，願各位對輪閱作品作嚴正的批評，任何一位都有接受的雅量的。言歸正傳，下面是〈千歲檜〉評論：

榮春：一篇創作要具備的根本條件，不外表現對於善美的興奮，惡醜的悔恨，與追求理想、創造環境的慾念。但從〈千歲檜〉我看不出這一點暗示，作者究竟以何動機寫出這洋洋三萬多言小說，著實難解。而且故事的發展，簡直牽強得奇突，結尾更爲可笑，人物刻劃以至對話，筆觸虛浮，太覺造作而不自然，無由激起讀者的實感！

火泉：一、總評——以山林爲背景，寫出平、山地男女的戀愛；全用描寫手法，形象與意識絲絲入扣，故事發展自然，有詩情畫意，佳作。二、主題——「千歲檜」題得好，故事的發展都圍著這個主題團團轉，轉得不錯。三、結構——主題既明，結構自不會落空，情節的發展有層次，有衝突、有高潮。但考慮欠周之處約有六（略）。四、修辭——簡潔。很多處很美，有節奏、有韻律。尚有錯別字三十多處（略）。五、結語——但願作者再接再厲，寫出更多的好作品來。

翠峰：一、故事性很濃，布局緊湊而有趣（只指後一半，而前一半卻完全相反），尤其是決鬥前後的心理描寫與環境敘述相當不錯。是一部描寫戀愛的佳作。二、缺點：當然是指前一半（第一——六章）的。（一）第一、二頁文調古舊，與全文的白話調不相配。例如：「汗流浹背，渾身不適，環山而旋，由低而高，巍峨巉嶮，高不可攀，猶覺自我渺小。」簡直像旅行社發行的「臺灣導遊」。（二）各人對白太生硬，不能表現出其身分與階級或教養程度。還有龍伯是個山地人，但所講的話有如大學教授唸論文，其實所談的內容卻極其平凡。（三）前一半占一萬八千字，如縮成五、六千字定可更佳。這部分如不削改，有的讀者很可能讀到半途而廢。

清秀：這是一部很成功的作品，文字簡練，故事動人，人物的刻劃顯明，尤其風景描寫令人佩服，結構也頗爲嚴謹，許多處的伏筆和結尾均好。美中不足的是：這部作品沒什麼主題，不能給讀者任何意義；前幾章似嫌嚕嗦，主角與黃技師談「論文」那兩段與故事的發展無關，好像可以刪去；有些對白，作者爲使它美，用的字眼太歐化、太文，不像說話，且不大適合說話人的身分，例如：「他厭棄山神，所以山神厭棄他。」或者「蛇眼」和「龍伯」所說的一些話似有推敲的餘地。

肇政：一、前半段太沉悶，令人不忍卒讀，又因太著重氣氛，致有結構鬆懈之病。二、遣詞造句過於矯飾，影響實感之醞釀。三、錯別字太多，尤其達字出現不下百次，都寫成「達」。四、故事似曾相識。五、作者創作力相當深厚，工力亦深。

山木：詞句簡潔明朗，敘述井然有致。全篇閃發著玲瓏晶瑩的光彩。但是：人物的對話，千篇一律地帶著歐美人的味道，中國人似乎不會說這樣的話。如果這篇的主旨，是表現勘測員的思想，與山地同胞的生活，則極為成功；若一如文題「千歲檜」所示，是表現羅漢與阿女的愛，則文中情節，似乎渙散了些，如楊技師的論文等跟故事根本無關。對羅漢的描寫，沒有具體，令人感到模糊。對愛的敘述，亦嫌簡單，不知文心兄是未經過戀愛，而致不能深入敘述，抑或為文體樸素的氣氛，將愛寫得簡單了。（拙見請文友指導）

文友近況

榮春：第二部長篇業已脫稿（題目未定），正在請人代繕，俟有機會，當請教正。（按：榮春兄新作長約三十萬字，年來為此作廢寢忘食，至最近方完成。因此，好久以來他連寫信的時間都沒有，這一點必須在此代爲致意的。）

清秀：這個月我重新讀海明威[69]的《老人與海》和《不敗者》，對他對白的生動深感興趣，而對《老人與海》裡的景物描寫神往，覺得一篇作品成功不是偶然的。然而，最近我對寫作似乎失掉信心和興趣，心裡很想玩。這個月將一萬五千字的舊作〈被忽視了的愛情〉重改爲九千字，題目也改爲〈諒解〉。

肇政：上個月分因鄉運，校內紊亂，我又沒有派到工作，趁機看了幾本書，也寫了幾篇短作。近日工作雖又忙起來，但正想構想一篇萬字左右的小說。這將是今年中最後的大工作了。（本期文友近況無多，實在是美中不足。各位文友請勿忘每屆月末，把該月中的活動示知（最好另紙書寫），那怕是身邊瑣事也好。）

理和：這次丁憂承各位文友函唁厚貺，具見相愛之深，今諸事已告一段落，謹借「文友通訊」向各文友敬致謝忱。

〈竹頭庄〉能獲各文友如此好評實出意表，其實它也許不值得承受這種榮幸的。後三篇既承厚愛，當另覓適當的機會再寄出輪閱。至於各文友所贈珍貴的指示，不但可以改正〈竹頭庄〉使之更臻完善；並且對我今後的寫作惠益當更多。這是我要向各文友

69 原稿作「海敏威」。

道謝的。

報告事項

◎十二月分作品輪閱，決定由山木兄提供，正在趕寫，題目爲「愛情與友誼」。順序爲山木—榮春—火泉—翠峰—清秀—肇政—文心—紫江—理和。（山木兄來信，如趕不及，則改提〈橋〉一作，由我寄出，順序爲：榮—火—翠—清—文—紫—理—山木）。

◎元月分輪閱作品尚無著落，願提供者，請示知。如無，肇政願再獻醜。

◎翠峰兄長篇〈愛恨交響曲〉正在輪閱中，進行似頗順利。請各文友在月底前一定將評文寄下。

◎清秀兄從十一月四日起得半月休息假，前往南部旅行，山木兄來示：「七日下午忽然清秀兄駕到，亦驚亦喜。他身格健康結實，雖年逾而立，望之如二十六、七歲……。」願他此行有一個豐碩的收穫。

◎文友間彼此通信似乎頗勤，感情亦似得到交流，肇政私心喜慰無似。

◎榮春兄之好友陳有仁先生屢次賜函，慰勉有加，近日承陳氏寄來郵票近二十張，令人感激，謹此致謝。

◎山木兄寄來〈竹頭庄〉評文，因時過境遷似無刊登必要，將原函寄交理和兄外，並此致歉。

◎〈千歲檜〉評文來到者擬於下期刊出。務請一定賜下。

◎近閱十一月分《自由談》雜誌，悉該誌正在舉辦小說徵文比賽。要點如下：一、題目：「鶼鰈之情」主旨在寫出夫婦間之愛。二、字數：一萬字以內。三、限期：十二月初旬中（寄臺北郵箱第三三四號）。文友們似可多多參加，一則藉此逼出一篇作品來，打破長久的沉默。當然，競爭激烈是可以預料的，但我們寫作初非爲報酬，亦非爲出風頭，只求心安而已。故此，我們大可不必懼怕失敗。盼我文友們（光棍除外）拿出勇氣來一試，肇政極願追隨於後。

文友們如需要詳細辦法的，可來示，當抄寄一份也。好了。下次再談。此祝

筆健

弟　肇政拜上

十一月十三日

《自由談》徵文，沒有任何限制，只要以親切的筆調寫出就好（我以爲這是說最好以第一人稱來寫的意思），盼兄務必一試。

又及

一九五七年十一月二十一日・鍾理和致鍾肇政

肇政兄：

我近來比較煩忙，因而漸疏音問，至以爲歉請兄原諒。前信所說小文，因趕一篇遊記文（萬二千字），接著目下又在趕一短篇小說，所以迄未能實現所願，看來須待以後有工夫時再說了。〈本島古〉，我已看過，還好。從來信，知道兄在趕寫萬字小說，不知已定稿否？小文固可寫，但我覺得終不出遊戲文章，要表現作者的個性，靈魂，和人生觀等究竟非長篇莫辦。所以我們有時候有必要坐定下來從事長篇（比小文而言）的活動。

《自由談》徵文比賽事，上星期清秀兄來遊時已和我談及，並力促我應徵。當時我意未決，但他走後，我想了想，終而拿起勇氣來試寫，現已得四、五千字，本月末諒可完稿。我們既以此爲志，就應當鼓起勇氣來應徵，你說不是嗎？

《伊大利故事》是我在十數年前，也是由朋友借來讀的，是一部生活記事體的作品，都是一些短篇文，由一、二千字至五、六千字不等。所敘雖儘是些瑣碎事，但寫得極其動人，是值得一讀的。

《寫作與鑑賞》已接獲，謝謝！待以後較空閑時，當細拜讀。謹此順頌

時祺

理和上

十一月二十一日

又：「故鄉」中另三篇〈山火〉、〈阿煌叔〉、〈親家與山歌〉決定提出輪閱，以報各文友之雅愛，兄若排定好日期，一聲命下即可寄出。

理和又及

通訊[70]

本月十三日清秀兄自天而降蓬門爲之生輝，過去但有通訊未睹清暉不識廬山眞面目，此次見面，始知較我想像者爲年輕，個子亦小，誠如山木兄言「雖年逾而立，望之如二十

70 原稿有鍾肇政批改痕跡。

五、六」。兄英俊煥發貌比潘郎，洵一翩翩佳公子，然年三十而尚是一個「不知女人味」（據云）的光棍，寧非天下一大奇事？鄙意以爲若非兄伯樂眼空冀北，便是天下女子有眼無珠不識泰山，可恨亦復可嘆。又兄才智橫溢辯口懸河，與之談終日不倦，尤於博學廣聞一點更令人感佩，相形之下理和眞不啻一個「草地呆」矣。

兄屈住二夜，於十五日早辭出。相約一年後再見。

十、十一兩月是我數年來活動最多的一個時期，讀了兩本書：黎中天的《生活教育》及一部《戲劇編導概要》（均是文心兄所借讀），寫好一篇萬二千字的遊記文〈大武山登山記〉，出了一篇近萬字的小說〈妻〉——後由編者之意改爲〈同姓之婚〉（在《自由青年》）[71]。現在又進行一短篇，到今日（十一月二十一日）爲止已得五千餘字，月末定可完稿。這是由清秀兄報告並受其鼓舞而寫的應徵稿（《自由談》徵文）〈鶼鰈之情〉。

我灰心此道已久，自有「文友通訊」之舉後，無形中受了鼓舞，又復拿起筆桿，是否寫得出像樣的東西，尚在未知還望各位文友不吝賜教。

理和

71 鍾理和，〈同姓之婚〉，《自由青年》十八卷八期（一九五七年十月十六日），頁一三～一六。

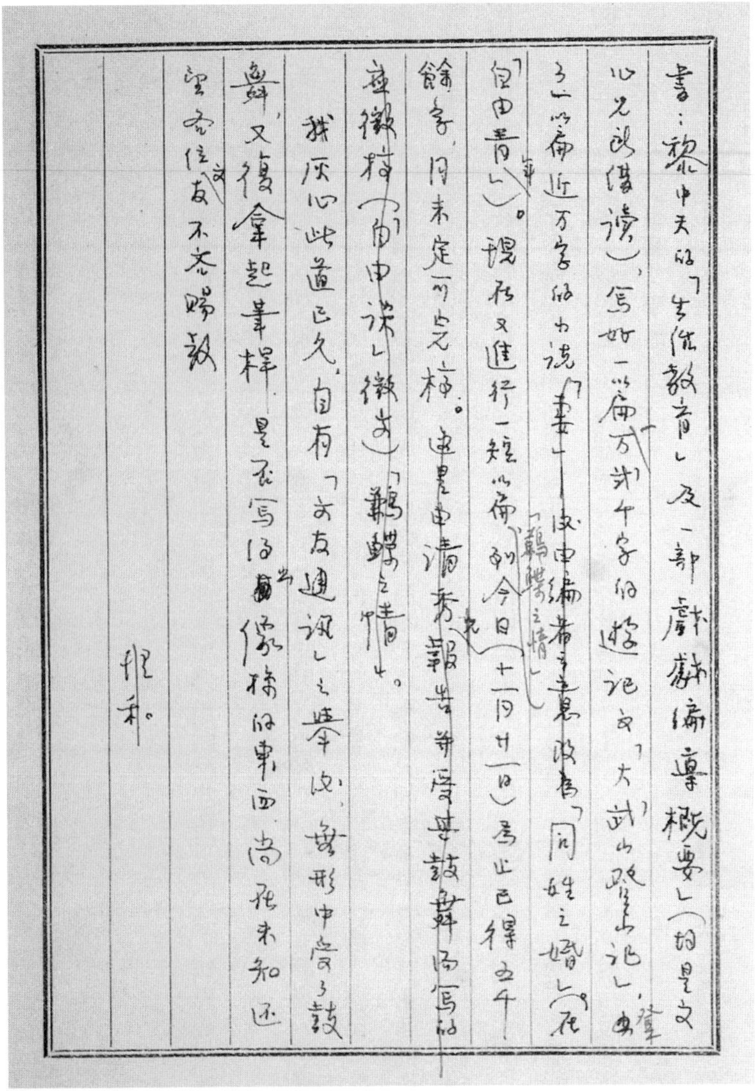

鍾理和致鍾肇政之「通訊」稿採另紙書寫，鍾肇政習慣以紅筆批改後再予以刊登。圖為1957年11月21日信件。（鍾理和文教基金會提供）

一九五七年十一月二十五日．鍾肇政致鍾理和

理和兄：

接讀大示，不禁眉飛色舞，兄緘默了這麼久，如今重睹拾起舊日衣缽，無異我臺灣文壇又增加一支生力軍，不知手之舞之足之踏之矣！

弟近作已於日昨全文脫稿，長一萬字正。執筆前以為題材不錯，然寫後重讀，便覺枯燥乏味，筆力亦嫌未能深入，心餘力絀，為之奈何！尤有甚者，《自由談》徵文啓事（此篇本擬應徵）有：「請根據讀者親身經歷，以親切口吻，寫出動人故事……」等言，而拙作係屬完全虛構，且實感之撲捉又未能盡如人意，其失敗已顯而易見。故暫時尚不擬作最後決定，俟稍候半月，再行加筆，屆時如能刪修如意，再作決定。

承示及兄已決定撰文參加，弟至覺興奮，深盼能為吾臺灣作家爭氣，臺灣文壇沉默多時，長此以往，誠不堪設想，以兄造詣，諒能慰此愚懷。本期「通訊」，亦曾言及此意，區區此心，唯念及臺灣文學前途而已。

恨我平日為生活而奔忙，讀、寫俱覺不便，事煩日短，苦甚苦甚，然我們之中若能有一二脫穎而出，昭告「臺灣並非無人」於海內，於願足矣！

文心沉默多時，迄近日方又有作品問世（二十日《新生》副刊）[72]，此作格調之高，意境之深邃，誠屬不可多得，弟爲之擊節，感嘆良久。文心前途未可限量，以他年齡，來日領袖群倫，指日可待。

大作〈妻〉迄未得拜讀，此間向無書肆，購書不便，兄如無不便，可否寄下一讀？兄大作除〈竹頭庄〉外未有機會拜閱，誠如飢如渴矣！

又「故鄉」另三篇，可於十二月中旬發出（請稍提前於十四、五日發寄，辦法下期「通訊」刊布），弟本擬提供拙作輪閱，唯能否有作品誕生尚未可知，兄既願提供大作，自是歡迎之至。弟當另於次月提供也。

餘容後敘，專祝

健筆如飛！

弟　肇政　拜上　二十五日

又：〈千歲檜〉、〈愛恨交響曲〉二作評文，盼能最遲於下月一、二日附郵賜下，切切。擬於五、六日作十二月「通訊」。

72 文心，〈牧羊女與我〉，《台灣新生報》副刊（一九五七年十一月二十日）。

一九五七年十二月二日．鍾理和致鍾肇政

肇政兄：

十一月[73]二十五日函敬悉。我希望大作能夠如期寄出。我們既然以此爲職志，則有這樣的機會何妨一試？得獎與否且莫去談，但似乎應該藉此磨礪磨礪。拙稿也已於日前完成，約九千字，稍事推敲後，二、三日即可寄出。亦不過平平罷了，得獎的希望並不大。

文心兄以他的年紀而能有此成就是很使人興奮的。他的前途，極可刮目而待，我輩中說不定日後還是他的成就最大。前此，我即有此感覺，這次讀完〈千歲檜〉後這感覺尤爲堅定。果能如此，也是臺灣的光榮。

關於〈千歲檜〉的評文，前次「通訊」中各文友已言之甚詳，鄙見於最近與文心兄信中也已約略述及，這裡只好從略了。

〈同姓之婚〉——〈妻〉[74]——已另付郵奉上，祈查收。文心兄亦來信索讀，請看後逕寄與他就是了。此係舊作，寫於醫院中，日後兄如看到長篇〈笠山農場〉，當可看出二者都出於同一主題。

「故鄉」另三篇當如期寄出。

謹此順頌
撰安

理和
十二月二日

一九五七年十二月五日・鍾肇政致鍾理和

理和兄：

《自由談》應徵作品，業已寄出，感謝兄的鼓勵，其實，我只自覺寫得不滿意，得獎與否倒未嘗在念中的。

大作業經拜讀，覺得此篇在技巧上是有漏洞的，它中心點分散在婚前與婚後兩方面，讀

73 原稿作九月。
74 〈同姓之婚〉與〈妻〉係指同一篇文章。

來便覺鬆懈。觀〈竹頭庄〉與此作，深覺兄才華在於中長篇鉅著。不過文筆之優美，仍極可觀。幾天來，「通訊」弄得我精疲力盡，故不擬多贅，讓「通訊」來替我說出心聲吧。祈多來信。匆祝

時綏

弟　肇政拜上　十二月五日

一九五七年十二月五日‧「文友通訊」第十次

理和兄：

上月分在我本人來說，是異常活動的月分，因為各位文友對十一月分「通訊」都有熱烈的反應，有的使我興奮，有的使我感動，讀各文友的來信和作覆信，成為我非凡的享受，男兒淚是不輕易灑的，而我卻屢屢在上述讀寫的過程中，熱淚盈眶，不能自已。（下面我打算摘錄一些文友來鴻，以便讓大家都能分享我們彼此的心與心交流的感激。）這兒必須首先報告，我們的文友們，打破以往的沉寂，創作熱潮達到空前的熱烈階段。

文友們的作品發表者如雨後春筍，正在努力執筆者比比皆是，如《自由談》徵文可能準備參加者，就有五、六位之多，我有理由相信，明年起我們文友會在文壇上活躍起來！是的，我們豈可長久甘於蟄伏？年關在邇，這裡我願意鄭重地提出一點：在這歲尾，我們要好好的計劃一下來年的寫作計劃，然後盡力以赴！上月「通訊」，我曾提出一句口號：「創作，創作，再創作！」讓我們刮目，以待明年這句口號結出豐碩的果實吧。爲了這，我打算請各位開示一份計劃表，向我們的「通訊」備個案（如能把今年回顧一下更好），如有不克履踐的文友，由大家來督促。肯耕耘，就有收穫，朋友，讓我們攜手前進吧！本月分輪閱作品係翠峰兄大作〈愛恨交響曲〉，評語如後：

榮春：一部作品，其取材範圍如何，根本不致影響其藝術價值的；如《小婦人》、《愛的教育》雖則描寫的對象，是兒童的心理和生活，然而它們在世界文壇上，卻占有顯著地位。〈愛恨交響曲〉的眞價值到底如何，我未敢預作妄斷，但我確信並且承認它是一部完整優美的作品。作者的態度是謹嚴的，而且忠實地發揮其藝術的天分，閃爍著豐富而輝煌的創造力。布局以及情節的發展，看不出什麼破綻，更沒有絲毫勉強矯飾的痕跡，以一貫的寫實手法反映現實，全篇現出迫眞的實感，讀來只覺自然親切，對於茂生心理過程的描寫，尤爲正確而深刻，更創造了雪華這一個陰險惡毒的後母的不朽典型，母鳥與雛兒的場面極精采生動，如非具有深湛的技巧和創造力，不會達到這種境界。

下面提出幾點感想，與作者作誠懇的商榷。第一，關於情節的發展多串插倒敘，或許爲了結構的完整和緊湊是很成功的，然而，因此似乎多少難免會影響現實感。至於正吉的回來，骨肉團聚這一幕，以及茂生與曼麗重晤，尤其關於雪華的死……，這些結尾的描寫，筆力似乎稍嫌鬆懈。作者似乎竟把重點放在撲滅艋舺之虎的熱鬧場面。而且既將雪華安排於死，這點似乎該有較大的作用，或可藉此對於人生作更進一層的透視，而畢竟也將這一點輕輕放過了，致使顯得有些平淡，因而影響了最印象的深刻。

（榮春兄要求全文刊載，因文字過長，不得已略加刪汰。謹此附誌。請諒宥。）

火泉：文藝創作本屬不易，兒童文學之創作更爲困難。對兒童說話，不但要使他們聽得懂、有趣，而且要使他們在快樂的氣氛中辨是非、明善惡，因而產生向善向上的精神。本篇主題是正確的，作者的企圖大體是成功的，兩個小主角的心情，以及他們的友愛，一情一景，愛與恨的交織，都描寫得有聲有色。結構、故事的發展都繞著主題轉，轉得自然，最後以「回春之歌」收場，一幕緊接著一幕，沒有冷場，緊湊。但只有一幕，茂生被迫參加搶劫出租汽車司機，似乎有點那個，目前武俠小說電影氾濫，又何必多此一「幕」呢?修辭通俗，力求兒童化，但也有些語句艱深。而其中，「滿蓄波光」一詞屢次出現，讀來有點刺目。總之，在荒唐作品滿天飛的今天，這篇小說確是兒童們的良好精神食糧，而且大人們也頗值得一讀。作者過去致力翻譯，但願往後珍惜寶貴的時光致力於創作，爲臺灣文藝爭一席地。以作者才華，佳作是刮目可待的。

（摘要）

文心：〈愛恨交響曲〉讀後感

一、優點：主題好，故事有感人之力量，兼以文筆流暢，值得一讀。是一篇難得的兒童讀物。

二、缺點：人物描寫不夠凸出，全篇自始至終缺少氣氛。字裡行間可以辨認出故意雕刻之痕跡。

紫江：〈愛恨交響曲〉讀後感

以兒童爲主角的小說，素來爲作家們所不願嘗試編撰的，因兒童文學，不僅行文要淺易，結構要以興趣爲主，且要能啓發兒童之思想爲是。光復後，臺灣文壇推出的創作、譯作等，分量洋洋大觀。但若要從其中找出令人滿意的兒童作品，那只有失望。好在，今讀施兒著〈愛恨交響曲〉才得安慰，該書故事曲折，描寫細膩，敘述百折不撓的茂生，主題正確，具有著一般成名兒童文學作品，如《孤兒奮鬥記》、《乞丐王子》等的特殊神韻。是一部令人不忍釋手的鄉土氣味濃郁的好小說。

山木：一、淑宜喪夫，很不可能將獨生子送與妹妹，改爲寄養較合情理；二、茂生到姨丈家後與母斷絕音訊，在交通發達的臺灣似不大可能；三、姨丈造形過於古板，如加懼內的描寫，似可更見生動；四、茂生、曼麗缺乏個性；五、悲哀的氣氛渲染得濃厚，但似嫌單調；六、把那班盜賊「英雄化」了，而茂生又顯得礙手礙腳，盜賊們似不可能拉他出去冒險；七、好多章節運用短篇小說手法，顯出矯揉造作；八、全篇敘述委婉，文字清麗，我曾講給鄰居一女孩聽，賺得她一大把眼淚，可見感人之深。

肇政：一、題目不對文，顯以「回春之歌」較恰當，主題亦似乎在於波折後的「大地春回」；二、過分遷就連載小說的格局；三、文言句子不少，語句生硬處亦多，偶亦可見日式語句；四、前半太拘謹，作者刻意經營，而效果不彰，不若後半之明快簡潔如觀電影（拙見經與施兄討論，並得回覆，故不多贅）。

清秀：評〈愛恨交響曲〉

優點：文字流利，頗富人情味，故事也穿插得恰到好處。

缺點：一、內容庸俗，前半篇敘述「後母苦毒繼子」那一類故事，後半篇則敘述主角被「黑社會」引誘的始末，因作者只憑想像寫，而對這些生活沒有深刻的瞭解，寫出來的只是表面的，沒有透過人的心裡面去，致使本作沒有感人的力量。二、缺乏描寫，沒有鬥爭、沒有糾葛，平坦直敘，只在說故事，不像小說。

理和：本篇的故事單純牽強而陳腐，缺乏真實感，人物全都生活在道德世界，善惡二型分得極其清楚，好的好到沒有人性，壞的壞到絕頂，而且像所有描寫這類題材的作品一樣，後母一定是陰狠刻毒，父親一定是沒有骨頭的糊塗蟲，「前人子」——雖然茂生不是前人子——一定是賢孝聰明，受盡種種沒有理由的虐待後，居然否極泰來一躍而成爲有名的人物，達成願望。本篇的大團圓，我認爲是很說不過去的。

另外本篇還多了一個富於同情心的少女曼麗似乎有點特別，但也不是很新。不過這是一篇寫給少年讀的作品，我不知道是否應該用普通一般的看法去看。說不定本文還是牛頭馬嘴文不對題，果然，那就眞眞該死了。

文友來鴻

榮春……我們這些臺產無名作家，平心而論都是優秀的，將來成就定是輝煌，大家切勿過於妄自菲薄，要更加團結起來，互相愛護，互相勉勵，每一個人的成就會增加我們團體的光榮。……個別的力量是微不足道的，只有團體的合作，才能對於時代和歷史發揚遠大的光彩，我們以後要加強，並擴展我們的陣容，逐漸發揮我們的使命，積極邁向共同的理想。

火泉：一、拙作〈初吻〉已於上月底修畢，本月初投《文學雜誌》[75]，本月中旬寫一篇「鶼鰈之情」已投《自由談》。《自由談》徵文據我所知：翠峰、理和、清秀也都要試，你（指鍾肇政）也在內，如果一、二、三獎及獎外佳作都由我們這群文友包辦，那才快天下之大事。（按：火泉兄這次來信中尚對肇政上期「通訊」中，有關《自由談》徵文之報告事項，有如下一段表示：）……「光棍除外」這句話未免有點侮辱光棍，許多作家都沒有偷竊、搶劫、死亡的經驗，但他們也會寫這些。光棍們何嘗不能寫夫婦之情？我將此意告知清秀，他說：「老鍾是用激將法的。」二、每次「通訊」都給我帶來或多或少的好處，每月我都以待情書的心情盼它的到來。（按：火泉兄還示及：「文心兄的〈千歲檜〉已在《聯副》刊出[76]，眞值得高興」，兄摯愛後學，令人感動！）

翠峰：（按：翠峰兄來信長達七張信箋，對肇政的〈愛〉篇評文各點詳加說明，另外並有很多讜論，施兄太客氣不願我揭露，只得從略，僅誌一二如下：）我對你的批評，以衷心的感激接受，並致敬意。我近來特別忙，每個月必須抽出十個晚上為《良友》寫四萬字的文章，十個晚上爲師大的授課編講義，只剩下十個晚上寫自己的東西，不過年底快到了，正在加油努力中。

文心：一、月來公務多忙，連書都無暇過目，如此生活，說穿了只爲果腹而已。〈千歲檜〉

在文友們嚴正的批評下，醜態畢露，各位高見，弟虛心接受，謹此誌謝。二、〈千歲檜〉能及早刊出，實在有賴各文友惠正，衷心感激。近弟因水土不服染有輕微感冒，咳嗽不止。（十二月一日）

理和：本月十三日清秀兄自天而降，蓬門生輝，過去但有通訊未睹清暉不識廬山眞面目，此次見面，始知較我想像者爲年輕，個子亦小。兄英俊煥發貌比潘郎洵一翩翩佳公子，然年三十而尚是一個「不知女人味」（據云）的光棍，寧非天下一大奇事？鄙意以爲若非兄伯樂眼空冀北，便是天下女子有眼無珠不識泰山，可恨亦復可嘆。又兄才智橫溢辯口懸河，與之談終日不倦，尤於博學廣聞一點更令人感佩，相形之下理和眞不啻一個「草地呆」矣。兄屈住二夜，於十五日早辭出。相約一年後再見。十、十一兩月是我數年來活動最多的一個時期，讀了兩本書，黎中天的《生活教育》及一部《戲劇編導概要》（均是文心兄所借讀），寫好一篇一萬二千字的遊記文〈大武山登山記〉，登了一篇近萬字的小說，〈同姓之婚〉（在《自由青年》）。現在又進行一短篇〈鶼鰈之情〉到今日（十一月二十一日）爲止已得五千餘字，月末定可完稿。

75 《文學雜誌》（一九五六年九月二十日～一九六〇年八月二十日），為月刊，共發行四十八期。
76 文心，〈千歲檜〉，《聯合報》副刊（一九五七年十一月二十九日～十二月二十四日）。

我灰心此道已久，自有「文友通訊」之舉後，無形中受了鼓舞，又復拿起筆桿，是否寫得出像樣的東西，尚在未知，還望各位文友不吝賜教。

山木：生活點滴：最近閱畢謝冰瑩女士著的短篇小說集《霧》。覺得單調乏味。她的寫法，只注重故事的曲折，對人物個性的刻劃工力太淺。所以內容顯得浮誇不眞實。由此我還想到時下作家們寫起文章來，總是帶著主觀的說故事的性質，很少純粹以客觀而評判的態度，去敘述人物與情節的變化，前者是塑造，後者是雕刻，我們很需要雕刻的功夫。

報告事項

一、下月輪閱作品，決定由理和兄提供，係〈竹頭庄〉續篇〈山火〉、〈阿煌叔〉、〈親家與山歌〉，請於本（十二）月十四或十五號寄出，順序：榮春—火泉—翠峰—清秀—肇政—文心—紫江—山木—理和。請於收到日起算第五日寄出，並請寄發後立即將評文賜下，拖到月末，有時會忘記的，而且印象猶新時寫，比較好。

二、香港《亞洲畫報》[77]又在舉辦小說比賽，辦法近幾月各期均載，希望文友們這一次「傾巢而出」！火泉兄來信說：「該誌向來著重民族意識、反共意識，政治色彩很濃，過去入選作品，以第一人稱寫法的占絕大多數，我不想參加。」肇政仍希望火泉兄參加，俾起帶頭作用。

◎本月輪閱作品山木兄大作〈苦澀的愛情〉已依期寄出輪閱。

◎上期曾報導榮春兄新作，長約十八萬字誤爲三十萬字，特此更正並向榮春兄致歉。

◎清秀兄南遊歸來，寄來遊記，特全文刊登於後：

南遊記　廖清秀

十一月中，我奉准休假三個禮拜，七日前往中南部旅行，先在彰化下了車，就到和美鎮大嘉國校去看山木兄。他跟相片太不像了，中等身材，有點瘦。山木兄說學校的同事稱他爲「怪人」，他跟他們也談不來，可是他跟我卻從四點鐘談到十點鐘！也許我們都是光棍的緣故吧，談男女間的戀愛事情特別多，聽來他交女友比我有辦法，但因而煩惱也比我多，預祝他能得到一位理想的太太！我們邊談邊走，遊晚上的八卦山與南瑤宮。晚我宿彰化，第二天遊日月潭，深夜趕到斗六去。在斗六住兩天，訪友並到虎尾、西螺，竟找不到「斗六小

77《亞洲畫報》，一九五三年五月一日創刊，為月刊，至一九六〇年代仍有發行紀錄，停刊時間不明。

姐」。十日「含淚」離開了「斗六」，到了新營，下午赴臺南，有一位小說班同學在車站等我，帶我參觀「赤崁樓」、「臺南夜市」、「新街妓女院」、「臺南公園」等，次日參觀「開元寺」、「孔子廟」、「成功祠」、「安平港」，這座文化故都給我印象太深了，但願明年能夠再去一次！這天下午，趕到高雄，住在一位朋友的家裡。十二日到岡山去，轉赴大崗山，想找我十二年前當海軍時疏散的地方不著。十三日便前往竹頭角，當糖廠的小火車到美濃鎮時，理和兄上車來，用流利的閩南語跟我打招呼，後來從美濃租汽車帶我到家裡去，使我感到不安。他比相片年輕些，給我第一個印象是：他的態度沉著，像是得了道的仙人一般，和藹而莊嚴的臉上表露著歷盡桑滄的痕跡，但既往那些風暴已經過去了，現在只有那颱風過後的寧靜。我們談了兩天兩夜，寫作、處世、異性、命運、宗教……等方面，都交換了不少意見。他告訴我身世，談話中卻露出他那大無畏的精神，他說鄉人對他的任何批評，他都能坦然處之，絲毫不受影響。在我們的文友裡，除紫江兄還沒有見面外，其餘我都見到了，我發現我們有一種特徵，外表柔而內心剛，我們許多見解與世人是那麼地不同，所做的行爲像是社會的叛逆兒，對世俗是那麼地不妥協，那麼地倔強，但我們卻是心地良善而富於正義感的人們！……老實說：我此次南部之行，是想安慰理和兄，並且要鼓勵他爲目的之一，但事實如何呢？想要安慰、鼓勵他的我，反而被他安慰和鼓勵了。在處世上，他說只要自己認爲對的，只管做下去，不必理睬其餘一切。寫作上，他跟我的看法大略相同，要不斷地寫，但不必斤斤計較於發表，也不必爲稿費而勉強寫，作品的發表尤其要愼重。他勸我慢慢地寫，不必著急，而且我們這班人是屬於所謂「過渡時期的作家」，如果能對優秀的後人有什麼幫助，我們的使命也算達成了。十五日那天，我們要分別時，他再三叮嚀我，對女性要採取主動，不要等她們主動；我們對任何人都可以不低頭，獨對小姐是無可奈何的……。我們實在還有許多話要說，因我在高雄另有要事，約明年同到東部去，忍痛跟他分別了。過去，他曾遭到許多不幸，而今這些已經過去了，祝他幸運到來，產生幾部傑作！我在車中望著在美濃站送我的他，不斷地祈求著。這天晚上，我宿在四重溪，十六日到枋寮、恆春，玩鵝鑾鼻，然後返屏東，回高雄朋友處。十七日又到岡山五甲尾[78]，憑弔十二年前我被廢彈險些炸死的地方，十八日遊市區、高雄港；十九日到左營、鳳山；二十日乘飛快車回北。這次旅行，給我寫作與處世上有許多益處，南部純樸而善良的性格給我印象很深，我處處感到人間的溫暖，和友誼的可貴，謝謝理和兄和山木兄的招待！

最後在此預祝各位

聖誕快樂

78 位於高雄岡山東北邊，範圍橫跨現在的嘉興里、嘉峰里和竹圍里。

新年快樂

弟　肇政拜上

十二月五日

一九五八年

一九五八年一月三日・鍾理和致鍾肇政

肇政兄：

弟近日較忙，接到大函後未能即覆，後來山木兄的稿子又來得遲（三十一日始送來）就連「通訊」也幾乎耽誤了，至以為歉，請原諒。兄說我宜寫長篇之論甚合鄙意，前此清秀兄亦曾以此相告，以後我即依此做去。

文心兄稿入選不但是文心一己的光榮亦是文友大家的光榮，眞是令人興奮。文心兄前途極堪期待，諸文友中恐以他的造就為最大。兄以為然否？

「通訊」寫好，覺得太長，裡面不少廢話，兄以認為可刪的，可盡量刪減，不必客氣。

謹祝

新年快樂

理和

一月三日

通訊

◎一九五七年已逝，當我們再讀到「文友通訊」時已是在一九五八了。新年伊始，第一個除誠謹向一年間爲我們辛勤工作的肇政兄表致最高敬意外，並謹向各文友來一個——新年恭喜！

當此迎新送舊之際，我不禁回顧一下去年的日子，它像一條尾巴，拖在我們的後邊。它似乎很長，但過起來卻是這樣的短，一瞬即逝。當你覺得有點捨不得時，它已離開你離開得遠了，任你招手，它也不再回來。當你過完次一個年，再回頭看它時，你會發覺它是去得更遠了。它已在一點點地暗澹，一點點地模糊，終於在你的記憶裡失去了影子。於是你就把它丟棄掉，彷彿一隻你坐破了的椅子。

但是當眞我們對之沒有半點留戀嗎？難道它不曾給我們留下一點什麼東西嗎？有的，朋友！它給我們留下的東西正不少，我們應該感謝它！

第一，它給我們留下一粒種子。是的，一粒種子！這就有理由要我們去道謝了。一粒種子；這還不多嗎？它孕育蓬勃的生命之芽；這裡就有著一切的可能性。一切都看你對它的態度來決定。如果你要它成長和發展，它就成長和發展；如果你要它枯萎，它就不會長起來。此間之差，即在於你是否肯不辭辛苦去耕耘。如果你肯去施肥、灌溉和培育，它不久就會給你開出美麗的花朵，然後你就有豐碩的收穫。我們的造物主是公平的，但也不見得很慈悲。對於勤勞的人，他固然欣予一份應得的報酬；但對於懶得工作的人，他是吝嗇的。他並不給光張開嘴躺著等的人掉下蘋果來的。只有肯工作的人有權利獲得！

時光是不待人的。那麼，朋友，舉起你的鋤頭吧，莫躊躇！

◎去年一年最大的事情，是：「文友通訊」的誕生。對此，我們應該多多感謝肇政和清秀二兄。據我所知：是他們二人最先發起，後來並實際負起推行的工作。「通訊」在臺灣文學上所占地位和意義如何將來自有定評，現在不須多說什麼。但只以它所賦有的連繫和鼓舞幾點功用言，它就有存在的十足理由了（以我個人的經驗，可以推知受到它的鼓舞而重新執筆的人，當不止我一個而已）。當然，它的目的不僅這些，它要求我們給予更多的內容，這才是我們文友今後應須做到的。我熱切希〔望〕各文友更加努力照顧和發展我們的「通訊」！

◎文心兄在二百多的應徵者中壓倒群雄，獨膺首獎，誠為難能可貴，令人欽佩萬分。這則消息該是新年「通訊」的最好禮物吧！它點綴了我們的「通訊」而且也象徵了它將有一個輝煌燦爛的前途。謹此向文心兄及我們的「通訊」衷誠祝賀。不過這樣一來，雖然使臺灣出盡威風，卻也使有老婆的人一下子閉起嘴來。眞是奇事，愈是光棍愈是說愛情——甚至是夫婦之愛——的能手。似乎肇政兄的激將法眞正把他們激起來了。

◎四十七年的計劃：

我過去雖也寫了一些短篇，但寫出來的東西，總是很差，因此一篇作品必須改過又改，寫了再寫，結果還是不臻理想。我常常爲此感到灰心失望。我久即有一種漠然的感覺，覺得自己似不宜寫短篇。現在經清秀、肇政二兄點破——二兄都說我似宜寫長篇創作——使我深深感悟。所以本年決計拋開短篇試將全力向長篇發展。頭一篇定爲〈大武山之歌〉，內容描寫一家三代人在起自光緒末葉至今約七十年間生活和思想的演變。分三部。第一部，自開首至七七事變前後一段，字數暫定二十萬字。以我現在的體力，時間和環境，似可寫到十萬字左右。還有一點，歷史資料很多都須靠圖書館和博物館始克補充。這將使我的寫作不能順利地進行。不過我將盡力做去，也希望各文友多多助力。

一九五八年一月五日．「文友通訊」第十一次

理和兄：

又是一個新的年，年年都有一種新的感觸，這一年我要如何如何，但到頭來，仍只有對逝去的歲月發出惋嘆。不過套一句陳腔濫調，人生自七十始，準此以觀，我們都還只能算是個年輕小伙子，下個站在另一個起跑線上的決心，似乎還不算太那個吧。況且我們今年一開始即有了個天大的好消息：文心兄為我們爭取了一分莫大的榮譽[1]。他的成就無疑對我們是個共同的刺戟，我們臺產作家仍大有可為的，只要我們肯痛下一番工夫。去年我就說過，這一年——民國四十七年，將是我們臺灣作家飛躍的一個年分，文心兄的新春第一炮，無異已給了我的話第一件具體的佐證，但我仍相信，我們之中能夠再脫穎而出者，絕不止此。近日文友們信件接踵而至，捧讀之餘信心益增。朋友，我們之中，任何一位都將會在這一年中表現出驚人的成就的，我絕對確信。為此，我們仍需不時地互勉互助，切磋砥礪。讓我們這九顆心緊緊連在一起，向前邁進吧！

山木兄大作〈苦澀的愛情〉，各位文友閱後意見簡誌於後：

榮春：〈苦澀的愛情〉我覺得很喜愛，我曾讀過幾次，幾乎給迷醉了，現在還很想再讀它。

而且讀起來，髣髴比讀過一篇長篇所獲的印象還深刻。作者，這種表現，至少在創作的態度，與所採取的藝術路線，我認為是嚴肅而正確的。作者能將一個為愛情而苦悶的心靈的秘奧，這麼明顯地用文字曲折而微妙地形象化。我眞不禁為作者年輕而煥發的才華驚讚不已！

火泉：一、這是一幅素描，還沒有著色修整，有「瓜果之生者不可口」之感。二、這是很通俗的題材，卻始終沒有充分的描寫，一再寫出愛情兩字，但無「愛情感」。三、題目不如改為「一男二女」、「一張未經剪口的車票」、「夢回」、「幻夢」。四、結構不錯，尤以結局好。五、心理描寫很好。六、修辭滿篇似通非通，句子累贅囉嗦，錯別字就像「校舍的枯葉」那麼多（例約三十處，略）。結語：作者為趕時交卷，就把這篇草草拿出來，這種態度是要不得的，要知道，文章是要經過千錘百鍊才會好的。作者已有相當的才華，希望對於創作態度要謹嚴些。

翠峰：由於我工作忙碌，沒有時間詳細地對大作發表管見，希原諒。不過在此，略寫數言「鼓勵」作者，並為「自勉」。文藝工作有如建築工程，其建築規模之大小，視其地

1 指文心以〈生死戀〉獲《自由談》「鶼鰈之情」徵文比賽第一名，獲得獎金一千元。徵文結果與作品全文同載於《自由談》九卷一期（一九五八年一月一日），頁四六～五〇。

基的堅固程度而定。管見以為打地基工作最為重要，必須開頭就計劃高樓大廈的地基。否則當你稍有名氣時才發覺自己地基並不堅固，掙扎也掙扎不出東西來，從頭再來嗎？一隻腳已經放進棺材裡了，其苦之深，無可比擬。

清秀：優點：本作主題正確，寫作技巧也頗為高明，結尾好，寫得不壞。缺點：文字不簡潔，段落有點混亂，對白不大流利，前面長篇敘述令人感到沉悶。梅貞為表妹犧牲愛情，這雖是人性的最高表現，但似有點不近人情；標題用「苦澀」兩字，也稍嫌「俗」，沖淡文藝氣氛。

肇政：一、情節發展與心理狀態用直敘的方法居多，讀來頗覺沉悶；二、獨白過多，有點造作，且不自然；三、男角與梅貞相處何以未驚動人，而與秋月相處則即刻傳開；四、使男角遠行似較宜；五、梅貞犧牲自我是全篇關鍵，但其心理基礎卻沒有充分交代（僅一封信），如果寫出在大陸時被姑母囑託照顧表妹，似可交代過去；六、背景在學校未盡妥當；七、作者的影子在字裡行間晃動，令人起不快之感，以第一人稱處理似可較佳；八、詞句蕪雜，且有很多晦澀的。

文心：題材平凡，敘述平淡，但讀來並不沉悶。措辭尚不夠簡練，有些文句不具體。作者似乎擅長心理描寫，這是非常可喜的事。小說貴描寫，不能把形容詞堆在一起，就算了。希望作者在此點多花點功夫。結尾好。作者在數日內完成此作，並未經推敲，就交給文友輪閱，難怪寫得不好。我倒渴想欣賞作者花盡心血寫成的作品。這是眞心話。

文友近況及來鴻

榮春：新的一年又開始了，這麼可喜地帶來充滿著新的希望!!我希望這一年，我們都能有更大的成就!!並且，更熱情，更和諧地，互相研究，勉勵與提攜。使我們這種意義深刻的連繫，能有較大的含意和發揮!!並且，更不是消極的，或瞬息的，要以我們的熱情，與卓越的奮鬥，而使具有永恆生命的意義，在將來文藝史上留下燦爛光彩的一頁!!這是我們共同的責任，也是共同的光榮!!!（榮春兄新作目前尚在修改階段，兄已爲此廢寢忘食，放棄一切工作，且恆在深夜起床工作。這種忠於藝術的態度，太令人感動了。但願上帝賜福於他！）

火泉：一年將盡，不由得不驚懼韶光之易逝，而感慨馬齒之徒增！《自由談》徵文業經發表，文心兄得第一獎，爲我們增光，爲慰！此歲已暮，新的年頭跟蹤而至，又覺得來日方長。由於這四次應徵失敗，我將抱更大的熱望，對《亞洲》小說比賽，再試身手。你們也來吧！

順祝各位

新年快樂與筆健！

翠峰：前期各位對拙作之宏論，我都一一誠心接受，在此謹致十二萬分的謝意。

清秀：自南部旅行歸來後，我將旅行中所得的材料，寫〈敲竹槓〉[2]、〈日月潭的小姑娘〉、〈大崗山上〉、〈妓女的故事〉四篇短文，和眞實的愛情故事寫一篇萬餘字的小說「鶼鰈之情」。火泉兄看了這篇小說，說文不對題，但既然寫好了，也就寄去《自由談》看看，結果退了稿。文心兄獲首獎，爲我們揚眉吐氣，爲本省青年爭光榮，藉此篇幅，向文心兄表示敬賀之忱。這四、五年來，我把許多精力都白花在研究理論，寫故事和短文上面，致使寫小說毫無進步，嗣後擬從「人物」和「技巧」下工夫，以前在年初都有寫作的計劃，但結果都無法照預定進行，一、兩年來連計劃都不敢了，但明年我打算寫一長篇小說，不管它寫得好或壞，不能不寫了。

文心：《自由談》徵文，我原無意參加，及至收到肇政兄鼓吹，才隨興之所至，胡亂寫下來，那時距截稿期限只十數天。說眞話，我對該篇不甚滿意，更沒料到會中獎。如今僥倖獲獎了，都是文友們不吝勉勵所致，謹深致謝。這是一個好的開始，我會加倍努力下去的。本月初，火泉兄霍然來駕，適因辦公時間內，沒有好好接談，引爲遺憾。

山木：本月完成三篇短篇小說〈開門者〉、〈寃家路窄〉、〈兄弟〉，明年起將以此速度，不斷寫作，我像一顆鑽出封蓋的冰層，欣欣向榮，靈思活躍。自拙作〈苦澀的愛情〉寄出後，有如芒刺在背，坐立不安。天天盼望看一月分的「文友通訊」及早寄達。弟自知拙陋之處很多，也就因此期候得更迫切了。民國四十六年將永遠不再復回，但是我並未覺失去的悲哀，它是一塊値得紀念的踏石。上面印著我寫作之腳的第一個步跡。它所以消逝，那是要我們繼續踏向前。

肇政：本月分頗能沉住氣努力習作，除「鶼鰈之情」外，尚寫完一篇約萬五字的短篇〈老校長〉，唯尚未繕正。爲參加《亞洲畫報》小說比賽，常在朔風吹刮下佇立潭畔沉思，主題早有了，而迄未有一個滿意的故事，故能否如期產生尚不可知。邇來常爲此焦灼，甚至自嘆創造力薄弱可憐。回顧去年，似乎只爲了發表而寫作，不易發表的較長作品，就不敢輕易嘗試。今年起要痛改前非，努力寫作，成敗非所計。預定中有兩篇較長作品，萬字左右的短篇擬寫五、六篇，願與文友們攜手前進，竭力以赴。

理和：一九五七年已逝，當我們再讀到「文友通訊」時已是在一九五八年了。新年伊始，第一個除誠謹向一年間爲我們辛勤工作的肇政兄表現最高敬意外，並謹向各文友來一

2 廖清秀，〈敲竹槓〉，《中央日報》副刊（一九五七年十二月二十二日）。

個——新年恭喜！當此迎新送舊之際，我不禁回顧一下去年的日子。它似乎很長，但過起來卻是這樣的短，一瞬即逝。當你覺得有點捨不得時，它已離開你離開得遠了。當你過完次一個年，再回頭看它時，你會發覺它是去得更遠了。但是當眞我們對之沒有半點留戀嗎？難道它不曾給我們留下一點什麼東西嗎？有的，朋友！它給我們留下的東西正不少，我們應該感謝它！第一，它給我們留下一粒種子。是的，一粒種子！它孕育蓬勃的生命之芽；這就有著一切的可能性。一切都看你對它的態度來決定。如果你要它成長和發展，它就成長和發展；如果你要它枯萎，它就不會長起來。此間之差，即在於你是否肯不辭辛苦去耕耘。如果你肯去施肥、灌溉和培育，它不久就會給你開出美麗的花朵，然後你就有豐碩的收穫。時光是不待人的。那麼朋友，舉起你的鋤頭吧，莫躊躇！去年一年最大的事情，是「文友通訊」的誕生。對此，我們應該多多感謝肇政和清秀二兄。據我所知，是他們二人最先發起，後來並實際負起推行的工作。「通訊」在臺灣文學上所占地位和意義如何將來自有定評，現在不用多說什麼。但只以它所賦有的連繫和鼓舞幾點功用言，它就有存在的十足理由了（以我個人的經驗，可以推知受到它的鼓舞而重新執筆的人，當不止我一個而已）。當然，它的目的不僅這些，它要求我們給予更多的內容，這才是我們文友今後應須做到的。我熱切希望各文友更加努力照顧和發展我們的「通訊」！文心兄在二百多的應徵者中壓倒群雄，獨膺首獎，誠爲難能可貴，令人欽佩萬分。這則消息該是新年「通訊」的最好禮物吧！它點綴了我們的「通訊」而且也象徵了它將有一個輝煌燦爛的前途。謹此向文心兄及我們的「通訊」衷誠祝賀。不過這樣一來，雖然使臺灣出盡威風，卻也使有老婆的人一下子閉起嘴來。眞是奇事，愈是光棍愈是說愛情——甚至是夫婦之愛——的能手。似乎肇政兄的激將法眞正把他們激起來了。四十七年的計劃：我過去雖也寫了一些短篇，但寫出來的東西總是很差，因此一篇作品必須改過又改，寫了再寫，結果還是不臻理想。我常常爲此感到灰心失望。我久即有一種漠然的感覺，覺得自己似不宜寫短篇。現在經清秀、肇政二兄點破——二兄都說我似宜寫長篇創作——使我深深感嘆。所以本年決計劃拋開短篇試將全力向長篇發展。頭一篇定爲〈大武山之歌〉，內容描寫一家三代人在起自光緒末葉至今約七十年間生活和思想的演變。分三部，第一部自開首至七七事變前後一段，字數暫定二十萬字。以我現在的體力，時間和環境似可寫到十萬字左右。還有一點，歷史資料很多都須靠圖書館和博物館始克補充。這將使我的寫作不能順利地進行。不過我將盡力做去，也希望各文友多多助力。

評山木兄〈苦澀的愛情〉——理和

本篇寫得很亂，作者對處理故事，似尚欠一段工夫，希望再稿時好好整理一番。又感情未能深入，也使讀來覺得浮泛。錯字多，文句亦稍嫌生硬。不過在字裡行間可以感到作者寫作的熱情。

其他報告事項

◎本月輪閱作品，可能遲一點寄遞，希望各位收到後儘早撥冗審閱。下期「通訊」，擬稍遲數日印發，以便配合作品輪閱。

◎下月作品輪閱擬暫停一期，因爲春節期間，大家可能有較多的事。作品由我提供，大約在二月二十號左右發寄，做爲三月分輪閱作品。不過有位文友表示，現在大家輪過一遍了，似可暫時停辦。不知各位意見如何，請來信時勿忘提及。如果各位認爲不再需要，那麼就以本月分爲最後一次輪閱，以後不再寄了。最後順祝

新春快樂

弟肇政拜上

一月五日

一九五八年一月六日・鍾肇政致鍾理和

理和兄：

大示奉悉。兄在三十一日方收到輪閱稿件，這眞叫人驚奇了。我們之中似乎有一個不屑與伍的分子，盼望了那麼久你的來信，我不禁有點對此類人士痛恨起來。幾天前，我就把稿件整理好，只待兄的來鴻，差點叫我急死了。我模糊感到，我們的前途橫亙著的荊棘，還是很多，有待我們一一克服。當一個人想到他任重道遠時，是不能不奮發的。

兄決意再次從事長篇創作，我願高舉雙手表示贊同。我曾妄言兄宜於寫長篇，不想兄竟不以爲忤，還容納了這樣一個狂妄的意見，我眞覺得興奮。短篇到底不易寫好，它需要特殊的天分，人力是無可如之何的，我看文心與翠峰兩人是我們之中較有希望在這方面展露身手的，還有山木或許也是屬於這一類。我也自知欠缺組織能力，短篇也許不容獲得成功。但是，長篇就能寫得好嗎？當然我也沒有這個自信。寫到此，我又不得不想到，你我縱使寫了長篇，而在目前的文壇，又哪裡找得到出路呢？兄的〈笠山農場〉獲得最高榮譽了[3]，至今數載猶無法與讀者見面，僅此亦可概其餘了。但是我也想，寫作本在求得心安，發表與否倒可放在其次。基於此，我今年起也打算致力於長篇創作。過去，我已寫了三部，第一部送去文獎會，接到修改意見，修改再投後，兩年多之間石沉大海，文獎會倒後才把原稿要回[4]。第二、三兩部就再也不敢整理繕正了。第三部是較爲滿意的，可是正想著手整理時，文獎會倒臺，便擱下來。目前文壇受少數人霸占是事實，人情稿、交換稿滿天飛，令人慨嘆。

兄所言的新作，我也曾在「臺灣人」的總題下計劃過三部作，一部是臺灣淪日爲時代背景，第二部是日治時代，第三部是光復前後至現在，計劃只不過是計劃，迄今仍無具體化的勇氣。我們生爲臺灣人，任何一個有志文學的人都會想到這樣一部作品的。如今兄有意寫這類題材，我想這是值得稱許的事，臺灣人的史詩，終歸需要臺灣人來執筆的，當然，日後我如有這個「本錢」我也要試試。目前我在計劃第三部長稿的修改事，我想把它做爲今年第一件工作。成敗非所計，盡力以赴，如此而已。

三天後「通訊」當可發寄，此信當一併於是時同寄，此不另及。請多來信，讀兄來示，常有較多喜悅，你我或許性情相近，可成知己，不識兄感覺如何？此祝

筆健

肇政拜上

一月六日

一九五八年一月二十五日・鍾理和致鍾肇政

肇政兄：

自接大函後病了一場至二、三日前始見痊好，唯至今頭仍渾渾噩噩，懶於執筆，但眼見月末又到恐兄掛念故草此相告，餘容後敘。敬候

大安

理和

一月二十五日

3 〈笠山農場〉獲一九五六年中華文藝獎金委員會（即文獎會）國父誕辰紀念長篇小説第二獎，首獎從缺，第三獎為彭歌〈落月〉與王藍〈藍與黑〉。

4 應為鍾肇政首部長篇小説〈迎向黎明的人們〉。見〈鍾肇政年表〉，《新編鍾肇政全集》（桃園：桃園市政府客家事務局，二〇二二年七月）。

一九五八年二月四日・鍾理和致鍾肇政

肇政兄：

我四十七年度寫長篇〈大武山之歌〉的計劃，得兄熱烈共鳴使我大大振奮。誠如兄言這是臺灣人的史詩，每一個有志文學的人都應該有一部。雖然如此，我計劃中的時間、段落，卻竟與兄所擬的如此巧合，能非奇事？此事引起我的遐想：假使我們都把它寫出來，然後彼此傳觀，看看兩篇作品所描寫的是否一樣？到底是些什麼東西？你看，這該多麼有趣呢！

我寫這部書的計劃已久，總以歷史資料難以蒐集而延擱下來。現在，既然在短篇方面找不到出路——此事幾無需懷疑——如是它便又重新擺到我面前來了，所以我就把它列爲自己應予完成的下一部作品。

目標定了，話也說出去了，可是仔細一想，還是難關重重：資料仍然不足；還有體力時間等問題。越想越渺茫。加之新年一出，病了一場，起來時，頭一個月是完了。幾時實現計劃呢？就愈發不敢說了。我倒有點後悔不該大言不慚的胡說一場。

然而無論如何，既然是計劃了，必盡力做去，即算是完成原計劃的幾分之幾也好，總算已邁出了第一步，你說不是嗎？但望時時給我助力和指點，不致讓我中途又打起瞌睡來。

〈菸樓〉是我準備參加《亞洲畫報》的另一篇作品，於年初草就，本擬改作，然後寄出，也因病而耽誤了。雖也於三十一日寄出，但已不敢存大希望，若得「佳作」於願足矣。

說到拙著〈笠山農場〉眞叫人傷心。既然是自己的心血結晶，何異自己的孩子，珍愛原是每一個作家應有的心情。然而僅僅一萬元獎金便把它死死扣住，不再讓它重見天日，何異兒子讓人用小可錢買去了打入酆都地獄，永不超生？人同此心，爲父母者的心情，兄可想像而得。去年九月間，我曾遵從清秀兄的指示直接寫信與張道藩先生[5]要稿。信，寄出去了，我等了再等，卻一點消息也沒有。清秀兄來舍談及此事時也只能相對搖頭嘆息。我實在不知道它幾時才得被釋放出來。私人的刊物是少數人的專有，官辦的機關又不負責任，我們的文壇，漆黑一團，幾時清澄？思及於此，不禁令人投筆而嘆。

話雖如此，我仍希望你把那些作品整理出來，也許我們正可藉此閉門著書，把全精神用到較大的著作上面去，不必計較外間的得失。如果有機會，我倒願意讀讀大作，但不知幾時你能讓我拜讀。

學校南部之行在幾時？幾時到高雄？如果我們能夠約定地點時間會面，該多麼好？敝地

5 張道藩（一八九七～一九六八），自國府在中國時期即擔任國民黨文宣幹部，來臺後曾任中國廣播公司董事長、立法院長、「中華文藝獎金委員會」主任委員，創立《文藝創作》雜誌，為一九五〇年代推動反共文藝政策的重要人物。

局於邊陲，外面欲來不易，何況你既率領學生，更是不能來。只要你能及時來信，則也許我倒可以到高雄去見你。

就此擱筆了。敬祝

快樂

理和上

二月四日

一九五八年二月九日・「文友通訊」第十二次

理和兄：

我於二月四日前往南部旅行，昨夜才回到，「通訊」至今方能執筆，謹此向各位致歉。

近來，我有一種感覺，想在此坦白提出來。我們的「通訊」開始於去年四月，有個時期，確是蓬蓬勃勃，頗有過一點作爲的，可是最近，不能否認，似乎已到了強弩之末。我以爲這與作品輪閱，大家都輪過一遍不無關係。譬如上月分理和兄的三篇，迄今天爲止，有意思寄來的僅兩位，現在稿子遞到哪裡也不曉得，大家的興趣好像低落了不少。而且同一個人的第二篇作品，總是缺乏新鮮味。除非我們之中能夠別出心裁，創作特出的風格，便不易在我們之間引起興趣。想來想去，作品輪閱是只有暫時停辦了。這樣一來，我們的「通訊」便也附帶發生另一問題，因爲它過去都以輪閱作品評論爲主要內容，主要內容既失，「通訊」的存在價值也失去一半。爲此，我有意在近期內把「通訊」也暫時結束了。當然，這也要看大家的意見如何，爲了我們大家的共同利益，我是一切勞瘁在所不辭的。爲要使各位都能有一個切要的意見，我特地印就了一份意見表，請各位文友詳塡擲下。我一定依大多數人的意見做下去。

評「故鄉」之二、三、四

火泉：與〈竹頭庄〉一樣，這三篇都是平凡的人和平凡的事。作者簡潔明淨地刻劃著村莊人物的品性、本能、慾望，以及在人生中摸索的歷程。作者獨創一種新的風格，不尙藻飾、平易近人。平穩中沉浸著深沉的悲痛，有吉田絃二郎的韻味。各篇都可當做獨立短篇看。有如美國作家休伍・安德森的《溫士堡，俄亥俄》各短篇的味道。

清秀：我讀了這三篇作品，被理和兄優美而細膩的文字陶醉了。〈山火〉描寫村民的愚蠢與迷信，是一篇動人的散文詩；〈阿煌叔〉比較接近小說，把一個早年勤儉，晚年變成頹喪的村民刻畫得入情入微；〈親家與山歌〉裡充分流露著農村和祥的氣氛；這三篇作品如果和〈竹頭庄〉連在一起，能在一家雜誌陸續發表就可以，單獨發表，恐怕有些地方使讀者摸不著頭腦，有些地方似待剪裁的樣子。

近況

榮春：我這一次又沒給理和兄的大作寫點讀後感，請多多原諒。不過，理和兄的技巧可說很純熟，他有豐富創造力，深刻觀察，和特別的思索力。文章風格優美而樸素可愛，充滿田園牧歌的純樸美感。的確地，我也看出他的天才，較適於發揮長篇力作，定可收更輝煌之成就。他這次表示長篇寫作的計劃，我未悉其內容，不過，我想取材最要慎重，最好還是自己體驗過的實現。（又：榮春兄新作已定名為〈飄〉[6]，近已修改完竣，唯繕寫則僅列一半，農曆年底以前可望脫稿。他全副精神都傾注於此作，那種奮鬥精神，只有希臘神話裡的英雄人物差堪比擬；是那樣悲壯，「有為者亦若是」令人精神鼓舞。但願上帝垂佑於他。）

火泉：（火泉兄仍是那麼僕僕於途，上月初旬出差到中興新村，公餘仍不忘寫作。元月中有一篇作品寄往《亞洲》參加短篇小說比賽，他來信說：「不過湊湊熱鬧罷了。」）

翠峰：（翠峰兄忙碌如故，但作品發表者卻不少，計有：《大華晚報》星期小說〈卑而高〉[7]、《中央》副刊〈希望〉[8]等，他是作品最多的一位，希望他能多多寫出更佳的作品。）

清秀：這個月從「人物」下手，寫篇萬字的作品〈我嫁了台灣人〉，因裡邊所提的問題多，寫得又零零碎碎，不像小說，尤其更不像短篇小說，看來我寫短篇小說是無望的了，除非發現有什麼補救方法，我不打算再寫短篇小說了。研究屠格涅夫的作品《貴族之家》，這對於長篇創作的啓示很大，我覺得這篇鉅作値得學習和模仿，我正花著許多工夫在做筆記。

肇政：元月中爲參加《亞洲》小說比賽備嘗生產的痛苦，前後費時間約兩月之久，至元月下旬方勉強寫成。僅爲了在此說聲「我終於也參加了」，我才參加的。此外尚有〈控訴〉一作在《中副》發表[9]，除此兩者就沒有一字一句。二月分有二十五天的假期，

6〈飄〉後更名為〈海角歸人〉。
7 施翠峰，〈卑而高〉，《大華晚報》副刊（一九五八年一月五日）。
8 施翠峰，〈希望〉，《中央日報》副刊（一九五八年一月六日）。
9 鍾正，〈控訴〉，《中央日報》副刊（一九五八年一月八日）。

將盡力以赴。

山木：拙作〈苦澀的愛情〉蒙各位文友不吝的指教，使我獲益很多，尤其火泉兄不厭其煩地指示拙作不合理之處，使我認清了許多弊病。以前我的寫作態度很隨便，對詞句的功夫很少加於注意，很早就有人批評我的詞句不簡潔，但是壓根兒我就不明白什麼是「簡潔」並且也懶得去研究。現在我明白了並且決心改正。末月我仔細閱讀了《海燕集》，並且將各篇逐一比較，感到小說的好壞不在故事，也不是技巧，而是在情感。寒假我決定從彰化一路玩到臺北去領略各階層的生活，同時也想拜訪文友。

理和：〈理和兄元月中病了一場，至下旬方告痊愈。元月初有〈菸樓〉一作，打算改寫後參加《亞洲》，結果因病，未能改，於三十一日匆匆投出。〉

肇政拜上
二月九日

意見表
塡表者
一、「通訊」過去有哪些優點值得保持？
二、「通訊」過去有哪些缺點應該改進？
三、「通訊」有無存續必要？理由安在？

一九五八年二月十日・鍾肇政致鍾理和

理和兄：

四日大示旅行歸來後方拜讀，本想兄新恙初愈，未敢將行期奉告，以期會晤，機會誠屬難得，然究非「不再」，來年我將會再往一次的。不管如何，我們終必有把晤傾談之日，我如此確信並且期待著。

兄的新作，我想不必太焦慮，慢慢來，預定兩年間完成，於資料蒐集，於體力上的負擔，當較能從容。我絕不同意兄是：「大言不慚地胡說一場。」

在我這方面，情形更難樂觀，除了有與兄相同的困難——資料不足，體力不繼外，尚有時間限制的困難，我幾年來都教的升學班，工作繁劇，較長作品幾乎無從下手。我想，暫且仍在中短篇上出點力，我至今還不知自己是適於長或短的，只好再練習一個時期中短篇了。明天起，我就要開始一部新的中篇，預定四、五萬，假期尚有半個月，能完成草稿一半，於願已足，我將盡力以赴，成敗固非所計也。

我過去的長稿，我也不以爲有整理的價值，且一向都不重視舊作，新作都無暇執筆，遑論舊作呢？

《亞洲》的小說比賽，我勉強寫完於限期到時投出，寫得太勉強，又無暇修改，但求心安而已，連「佳作」都不敢存望，這是實在的心情。

我們都有遙遠的路途，亟需堅實穩健的步武，讓我們攜手，永遠互助互勉，共同邁進吧。清秀有些洩氣話，請去信打氣好不？

好了，不多談，此祝

愉快

弟　肇政拜上

二月十日

榮春有信給你嗎？他常在信中提起你，要我向兄致意，可憐他爲新作弄得焦頭爛額，寢食俱廢了！願上蒼保佑他。

一九五八年二月二十四日・鍾理和致鍾肇政

肇政兄：

春節帶來了繁忙，又使我疏於通訊，眞對不起。

寫長篇的計畫，我自不願拋棄——我已起了一個頭——不過也許會有多少變通。春節前接得清秀兄來信，提及香港《亞洲》公開徵求四萬字中篇稿事，問我意思如何，他似乎有意參加。中篇較易爲力，我很想試試，我差不多已想好一篇，即可開手寫起，暫定名爲〈奔逃〉，取材我在大陸東北時的流浪生活。若得兄也寫篇參加，豈不更爲熱鬧？

榮春兄處我有另信給他。他對於寫作的勤奮專一是值得欽佩的，精力也非我所能企及。生活的失意驅策他向創作傾力，但願上蒼保佑他在這方面有所成就，則未始不是失之東隅收之桑榆。

一年來雖然兄以無比的熱誠，不辭辛勞，不避萬難，肩負起文友間的「通訊」工作，然而到頭來卻不能不發出呼籲，能無令人痛恨？我們既無刊物，若果連一個起碼的「通訊」也維持不起，那就不免教人灰心了。

這是我們唯一的園地，我不願看到它無聲無息地就此結束。

意見表中，四項下所列二點意見，係最起碼的要求，若此也辦不到，那就只好「壽終正寢」了。至於第二點意見，是因顧慮文友中有一、二自尊心特強的人，不願意看到自己的作品受到不客氣（可笑）的批評（我認為大有其人），而引起的彼此間感情的裂隙，故可以此補救。別人的作品，我們就可以毫無顧忌的批評不是嗎？

至若文友間自己願意提出的作品，又當別論，因為這種人我是認為必有容人的肚量，禁得起批評。對此種作品我們就可同樣毫無顧忌的予以批評的（我相信這種批評才是最最善意的）。

一陽復始，萬物蘇甦，正是一年好景，也是寫作的最好時候，相信兄必能給我們寫出出色的傑作來的，就如此相祝，嫂夫人前請代問好。

理和上

二月二十四日

一九五八年三月四日·「文友通訊」第十三次

理和兄：

上個月，我因有感於「通訊」維持不易，文友們情緒似乎有低落現象，故印發意見表徵求大家意見。結果，我發見到絕大多數文友都關心她、熱愛她，希望她茁壯發展。正如許多位文友表示，她的優點是加深彼此認識，聯絡感情，鼓勵創作，切磋砥礪；然她不能發表作品，連介紹給人家發表都不能夠，她的存在意義畢竟是消極的，因此大家的興趣便自然而然由熱趨冷。這種情形對她是個致命的打擊，試問：她僅有這麼幾位文友，而且她本身又在脆弱的基礎上，禁得起多少個人的冷漠呢？說到她的缺點，有三位無意見，兩位認爲編印者負擔太重，一位說不能幫助作品發表外，唯一値得注意的，是「注意作品批評固屬良善，但對感情的聯絡上未盡如人意」。這個意見乍看來有點叫人摸不著頭腦，無疑，感情的聯絡是她的原始目的之一，倘若在這點上未能達成目的，「通訊」的創辦到此已可說是失敗了。有一位文友（非提此意見的人）在來信中說及作品的批評使大家感情生出裂痕。如果，把上面的意見與這個表示連結起來看，我就禁不住有所領悟了。果如此，那我就不得不以爲這是件値得憂慮的事情。平心而論，過去輪閱作品當中，受到最嚴苛評斷的，當屬拙作〈過定後〉

（因為我看過所有評文，這是可以肯定的），其餘都沒有絕對的評斷，而且都基於善意，本諸認眞的研究態度，沒有理由成為製造裂痕的東西。在此，我不能不發出沉痛的呼籲。如果我們之中有了這種裂痕，就必須立即反躬自問，務必將不愉快的感情摔掉。我們的陣容是這麼貧弱，為臺灣文學的前途著想，實在不堪任何精誠團結以外的心理因素存在。至少目前我們必須互相鼓勵，互相扶持，彼此關愛，以謀求發展的，否則臺灣文學的建立，只有委諸下一代的人們，我們只好成為沒出息的人們了。

其次談到存續問題。有三位文友表示可暫停，但原因則都在同情我的負擔。說實在，我早有決心要奮鬥到底，我又何在乎些少犧牲呢，而且大多數人也都認為她對大家有助益，應該存續。那麼此後我該怎麼辦呢？下面就是各位心目中的理想「通訊」：

榮春：為維持存續，無論如何每個人、每月至少交出一篇文章，隨便什麼感想或近況也好，大家說出來。我們很需要聯絡，互相勉勵的。

火泉：每個月在一定時間綜合通訊一次也好，或隨時個別通訊也好，無論如何我都歡迎彼此互相通訊。

翠峰：我認為把「通訊」改為不定期的，有需要的時候才付印，或者經過四、五個月才來一次「通訊」作為聯絡感情。輪閱則可個別進行。

清秀：除保留「文友現況」報導文友動態外，文友如果有什麼讀書或創作心得或懷疑，利用

「通訊」來披露或討論。

文心：收訂費，不能再讓九龍兄[10]自掏腰包。

山木：能公平而絕對的評出作品的好壞，優良之作設法發表。

理和：一、月刊無妨改爲季刊，以免有時間匆迫之感，特以有作品輪閱時爲然。即在生活報告上，以月而論，應不會有很大變化，若規定每月報告，終會有無事可報之時，一人如此難保不影響他人情緒。但，若有特別情形可臨時增刊。

二、輪閱不必限定文友的作品，可以外頭的作品代替，亦不必輪閱，指定書名後文友們可自行購閱，閱完便將感想或評論寄「通訊」集中發表以收切磋之效。但文友間如有人願提供作品輪閱尤所歡迎。

幾經考慮，我爲「文友通訊」畫了一張新貌：

一、改爲雙月刊：兩個月見面一次誠然太長久了一點，文友們的熱心也更易冷卻，不過文友們的活動（指對外，對「通訊」）蓬勃起來時，立即恢復月刊。

二、內容：文友近況（包括一切動態，發表的作品）爲主，其他榮春、清秀、理和諸兄所提

10 九龍即鍾肇政。

內容，有稿就發表，否則從缺。

三、規定事項

（一）逢奇數月出版（指：一、三、五、……月，每月五日左右）。

（二）每位文友於出版月分初一、二兩日中務必寄來一篇報導報告近況，各該月五日截稿。

（三）作品輪閱暫以本期爲最後一次。以後在報刊上看到文友的作品發表出來，即自動寫一批評寄來（而且需要隨看到隨寫，俾免淡忘），以便與報導一併刊出，未讀文友可向作者索閱。

以上各點，眞可說是最低的最低限度了。我無意減少每期「通訊」的篇幅，相反地，我願刊登更多的東西，而且有意讓她熱鬧一些（這就是說每期都有每位文友的發言），我不相信我們這幾位孤寂的文友們長此沉默下去的。

文友近況

清秀：這個月忙著過春節，除把《貴族之家》做完筆記，和閱史坦達爾等著短篇小說集《迷藥》外，只寫一篇兩千字的短文〈面子社會〉[11]，看《迷藥》或法國電影《七情故事》後，發覺外國人寫的短篇小說，作品裡有「玲瓏巧小」的「巧」外，還有一種「妙不可言」的「妙」存在，這是我們短篇小說望塵莫及的原因。

（以下的報導都是我由文友們來函中擷取的近況：）

榮春：（新作業已全部脫稿，十八萬字，題名爲〈飄〉，這是榮春兄費數年心血寫成的第二部作品。他的埋頭苦幹精神，可爲任何一個文藝工作者的楷模，謹在此致最高的敬意，並盼能早日給文友們各寄一冊新著。）

火泉：近來忙忙碌碌，忙於公事又忙於喝酒（希望火泉兄以後忙於寫稿，一笑）。

翠峰：寒假中本準備寫幾篇短篇小說，突然間《聯副》編者來約我譯出卡謬的《異鄉人》，這麼一來計劃告吹了。現在新出版一種大眾性雜誌《世紀風》[12]，又來要我寫連載，但〈愛恨交響曲〉剛脫稿，還摸不出怎樣才是好的長篇，故仍以譯作武者小路實篤著〈友情〉塞責[13]。（翠峰兄的活躍情形很令人興奮，也叫人豔羨。「有爲者亦若是」

11 廖清秀，〈面子社會〉，《中央日報》副刊（一九五八年三月二十七日）。

12 《世紀風》，一九五八年三月一日創刊，為月刊，一九五八年七月一日起改名為《文藝世紀》，發行期數、停刊時間不明。

13 武者小路實篤著，施翠峰譯，〈友情〉，《世紀風》一～二期（一九五八年三月一日～四月十五日）、《文藝世紀》第三期（一九五八年十一月十五日）有刊載紀錄，確切連載時間不明。

盼文友們再接再厲，也盼翠峰兄加油。）

文心：近來，患上了憂鬱病，少年時代起，我就常爲它鬧得心緒不寧，那是一種周期性的病，當它來時，我只是任它浸蝕，直到它心滿意足。過年對我只能增加一分惆悵而已，活了二十九年，我什麼都沒有，過去是一張白紙，月來，連一個字都沒寫，年關銀行又太忙。寫作對我而言，等於抽菸，就只有那麼一點時間，但我的興趣仍是濃厚的。

山木：二月六日到臺北，爲雨所困，一直呆在家姊家，及至放晴，年關已到，故只訪見了臺北諸文友即南返。

理和：計劃中的長篇已起了一個頭，不過也許會有多少變通。近接清秀兄來信，提及香港《亞洲》公開徵求四萬字中篇事。中篇似較易爲力，我很想試試，且差不多已想好一篇，即可開始，暫定名爲〈奔逃〉，取材於我在大陸東北的流浪生活。（肇政按：我們在臺灣，作品既無多大出路，那麼就無妨多向海外刊物投稿，我們所寫的作品，因爲能反映臺灣的生活，所以能受到歡迎也說不定，請各位文友奮起，向海外謀外謀求發展！）

肇政：寒假差不多近一個月，春節前部分因旅行及園裡的工作（我種了兩千株樹）而花去，除夕夜起執筆，春節期間應酬忙碌，仍每夜工作至深夜，至開學前夕（二十六）止寫就一中篇〈大巖鎮〉[14]（約四萬字）及一短篇〈種樹者〉（兩千六百字）。前者目前正在修改，半月後至兩個月後，當可望脫稿。

◎最後再報告一點，紫江兄今日忽然來函，寄來大作一篇，請求輪閱，紫江兄一向很少發言，作品更少見及，今有此熱心表示，令人興奮之至，遵囑，特將大作作爲最後一次輪閱作品。寄遞順序爲肇政—榮春—火泉—翠峰—清秀—文心—山木—理和—紫江。請各位將評文隨時寄下，當於下期（五月分）刊載。

專此。敬祝

年禧

弟　肇政　拜上

三月四日

14〈大巖鎮〉為鍾肇政以李榮春生平為藍本所創作的小說。

一九五八年三月五日・鍾肇政致鍾理和

理和兄：

二十四日大示收到已多日，兄熱誠感人，而對「通訊」的尊見尤令人敬佩，若人人都能如兄這麼關心她愛她，便不愁沒有蓬勃起來的日子了。一嘆……不管如何，我要支持到底，直到大家不再需要她，或我們已有了廣大的地盤足供發出一切心聲時為止。我對自己的寫作前途，早已不存奢望，如能為大家——即臺灣文學——盡點棉薄，於願已足，復何所求耶？

《亞洲》徵求中篇，我極願一試，目前寫作中的中篇恰亦四萬字，看情形，最先寫完的可能就是我。清秀兄尚未對我有任何表示，相信他也是樂於一試的。還有文心我也去信邀請一起參加（盼兄向文心去信打氣，他近陷憂鬱，已二月之久未寫隻字了），同攻海外牙城，縱使只有一位攻進，對我們也是一種榮譽，你說對嗎？但我的作品，因學校開學，工作又忙起來，何時能脫稿尚不可期。

日前《自由談》彭歌來信，偶談起這次徵文事，他對兄的作品評為略顯散漫。對兄一向作風而言我也有點同感，兄的散文筆調，純而美，但近代小說正趨向於簡潔鮮明的具象。如海明威則幾乎把大部分的形容詞一筆勾銷，而創一新風格，風靡全球，即可為證，不知兄對此，有何心得，讓我們能討論一下好嗎？彭歌還表示，我的作品鍾鍊工夫到家，清秀作品發表太早，未能集中力量構成較有分量作品（證諸廖兄年來所發表的作品，都是一、兩千字短作，可謂深中肯綮），陳火泉作品略有庸俗傾向。這些話，他是對我說的，不得不恭維我，而對文友們的論斷是很有見地的，特在此提出，供兄參考。他還要我們多向海外刊物投稿。臺灣文壇受人霸占的成分較多，也許這是他有感而發的。不管如何，臺灣既乏出路，我們向海外發展，未始不是妙策，兄以爲然嗎？

「故鄉」之二、三、四，三篇大作，我迄今未得拜讀。不識已否回到兄手中，我原把順序排在清秀之次，也許他忘了也說不定。寄遞不便只有將就了。盼望以後我會有機會讀到排成活字的。或者兄可加予整理寄《亞洲》一試如何？

此後我還要寫些短作（不會太多的），希望兄在報上見及時，惠賜批評。我們需要的是深入的，分析的批評。相信兄已知道我能接受得起一切峻苛批評的，您會不客氣地指教嗎？我如果拜讀到大作，也要本著良心，盡其所能地開陳意見。讓我們之間能多一層錚友的成分，不時地切磋，磨練吧！

好了，下次再談，祝

新著順利產生，並頌

近綏

一九五八年三月十九日・鍾理和致鍾肇政

肇政兄：

彭歌兄對各文友的評語句句切中肯要，發人深省。所有過去我的作品多結構鬆懈，描寫散漫，此不但彭歌如此說，所有讀過的人似乎都有此感，只恨我過去沒有良師益友未能及早發覺。今後我必極力矯正。我衷心感謝彭歌兄的寶貴助言。下次通信時請代爲轉達。爲盼。

說到海明威的作品我看不多，一、二部而已，且是零星之作。然而老實說我有點看不懂它的好處在哪裡。簡潔鮮明固是吾人之所求，但於海明威是好的風格於別人未必都是好的。我以爲在這方面似不必模仿別人，但求自然即可，鄙意如此不悉對否？

我的〈奔逃〉寫得十分慢，非關懶怠，卻限於環境及體力，無可奈何。像此蝸牛式的進度，幾時可望完稿，不敢說，心中也就十二萬分的不自在。

弟　肇政拜上　三月五日

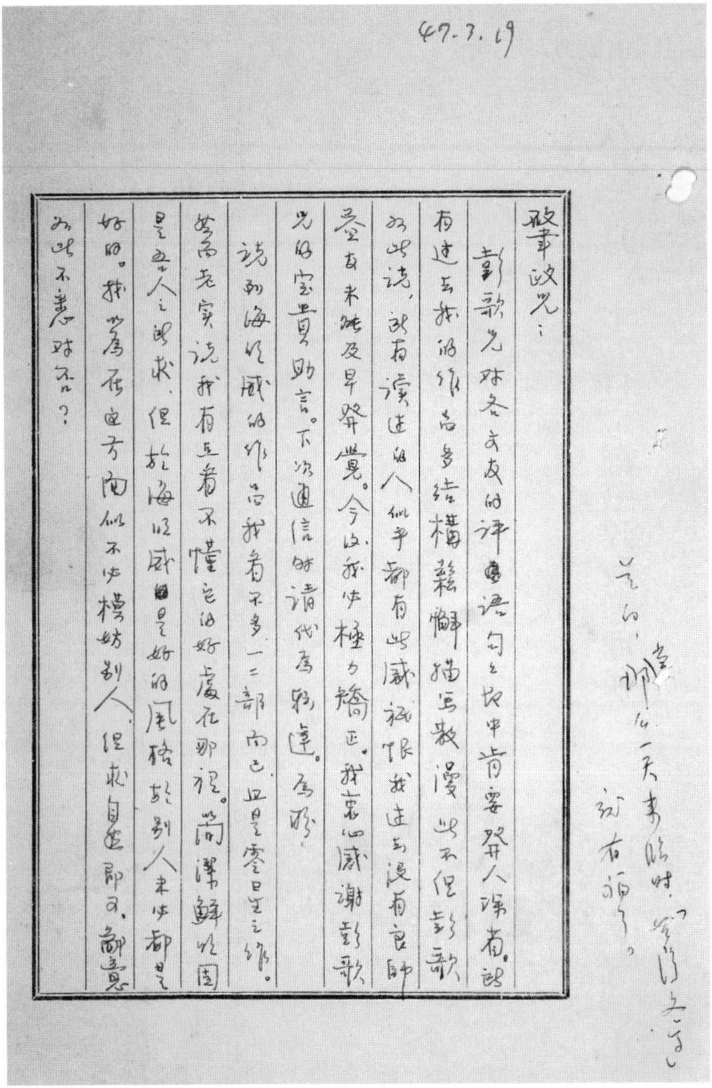

47.3.19

肇政兄：

彭歌兄對各文友的評語句句中肯，要發人深省。該

有述及我的作品多結構鬆懈，描寫散漫，此不但彭歌

如此說，就有讀過的人似乎都有此感。祇恨我迄今沒有良師

益友，未能及早發覺。今後我必極力矯正。我衷心感謝彭歌

兄的寶貴助言。下次通信時請代為致達。為聯

說到海明威的作品我看不多，一二部而已，且是零星之作。

老實說我有些看不懂它的好處在那裡。簡潔鮮明固

是吾人之所求，但於海明威是好的風格，於別人未必都是

好的。我以為在這方面似不必模仿別人，但求自然即可。鄙意

如此，不知對否？

是的，當那一天來臨時，臺灣文學就有福了。

1958年3月19日鍾理和致鍾肇政信件，右下有鍾肇政批註：是的，當那麼一天來臨時，「臺灣文學」就有福了。（鍾理和文教基金會提供）

兄對「通訊」的折衷辦法甚佳，無妨就這樣做去，靜觀結果，到以後較有辦法，或者較佳辦法，再來變通似亦不遲。

「故鄉」已由山木兄寄回來了，大概是弄錯了次序。到底還有幾個人未看我也不知道。惟現不在手頭，待索回來後即行郵奉。像我這樣的作品，要糟蹋目下報章雜誌的篇幅是不容易的，再待十年看吧。

我這裡的報紙多是南部版，要看到大作恐是很難，兄如不怕麻煩，就剪下來送下賜閱。

敬頌

撰安

理和上

三月十九日

一九五八年三月二十五日・鍾肇政致鍾理和

理和兄：

十九日大函拜讀數天了。兄對海明威所持見解，弟原則上表同意，如果我們一味模仿他人，當然不佳。我以爲文藝的趨勢，往往是由少數天才作家領首演變。目前，據我個人領略，主要在求描寫的扼要與鮮明，並以具象化爲務。海氏就常主張避免使用形容詞——特別是些空泛的形容詞。這些，我們似不易從譯作領略到。要造成獨特的風格是如此不易，文學之路，既阻且長，思之惘然！

上週五，榮春兄與有仁兄連袂翩然駕臨。榮春兄近日爲他的新作出路前來臺北，稿已經彭歌過目，出版事目前尚無眉目，我也不禁爲他揑把冷汗了。本來，他是要把稿給我看的，臨時又因有他約，次日返北時帶回去，說是要給另一位文藝界人士看，約一禮拜後可以再寄來給我[15]。我已決定替他略加修改，但只限於詞句上有毛病之處。他一定要我效勞，我也只有勉爲其難了。其實，我哪來這麼些能力呢？

有仁是他的摯友，現在《新生報》工作。他們是忘年之交，情同手足，我亦跟他通了很

15 一九五八年三月十四日起，住在宜蘭頭城的李榮春受好友陳有仁之邀，為〈飄〉的刊登出路赴臺北與彭歌、馮啟明等人會面，二十一日又赴桃園龍潭與文友鍾肇政見面，二十五日再到施翠峰家拜訪施翠峰和陳火泉，至二十七日才返回頭城。當時〈飄〉的原稿未送到鍾肇政手裡，而是先轉給了《公論報》社長李萬居。見〈李榮春、鍾肇政、陳有仁來往書信〉，《李榮春全集8：李榮春的文學世界》（臺中：晨星，二〇〇二年十二月三十一日），頁四三～四八。

多次信，上次在臺北聚會時他也在座，這次算是第二回見面了。

李兄謂兄近似從事某種工作，清秀兄來信中亦曾提及，不識所從何事，工作忙否，以兄體力而言，實令人不得不為此擔心。我們都是些窮人，生活對我們往往是那樣冷酷無情，想來也眞叫人難受。但願善自珍攝。寫作倒在其次，健康第一，對不對？

隨信奉上近作二篇，這是三月分僅有的成績。〈人情〉[16]自知較劣，羞於見人，但在兄前獻獻醜，又有何妨呢？〈種樹者〉[17]則又是受字數限制的勉強之作，殊無可取，祈勿見笑。

此類短作，寫來寫去都這個樣子，以後不擬多寫了。然則較長作品，又出路堪虞，為之奈何？

另拙作〈大巖鎮〉四萬二千字業經脫稿。榮春兄來時帶走，我想交臺北幾個文友看看〈火泉與清秀〉，還有彭歌也要請他看看。暫不存任何希望，看閱者反應如何，再作決定，有機會的話，當然也要請兄賜讀的，不過暫時不擬打擾，因兄工作既忙，且寄遞亦不便。

好了，下次再談。剪報請閱後擲返，並祈不吝惠教，至盼至盼。匆此。敬祝

近佳

弟　肇政拜上　三月二十五日

一九五八年三月二十八日・鍾理和致鍾肇政

肇政兄：

李兄和清秀兄說我在從事某種工作，這只是說到我的希望而已。至於實際的我則仍是那樣，不死不生，亦生亦死。工作倒是想，但限於體力時間，和更實際的事情，心有餘力不足。說到這裡，我又想到來信中提到的榮春兄的出版事。我們寫來寫去，到底爲了什麼，令人費解。社會拒受我們的東西，如果我們只是爲了寫來彼此傳觀，或者自己玩玩，那又何必？我們豈不是在做天地間最不智的事嗎？像我的〈笠山農場〉中了獎好像是很可喜，然而迄今仍不能與世見面，這一向來爲了「搶救」事費盡腦汁，最初是給張道藩先生去信呼籲，前個月又向有關機關陳情，但都像水歸大海了無反應。我就不曉得它幾時能從它那漫長的無期徒刑解除苦役，重見天日。又像文心兄的《千歲檜》印書[18]，據說還要自己賠上錢去。我們這算是何苦來呢！何不乾脆就來賣杏仁茶油炸鬼，至少還可以餵飽肚子。有時我想到煩

16 鍾正，〈人情〉，《聯合報》副刊（一九五八年三月一日）。

17 鍾正，〈種樹者〉，《中央日報》副刊（一九五八年三月十二日）。

18 文心，《千歲檜》（嘉義：蘭記書局，一九五八年六月）。

惱，就想一下丟下筆桿，從此不再搞文學了。只是心中不甘，是以至今仍在留戀耳。〈種樹者〉和〈人情〉二短文，都很好。兄詞彙豐富，文筆洗練嫻熟，數文友中無人出兄右者，我深信彭歌兄的評語絕非只在恭維。我希能讀到〈大巖鎮〉爲快，請速寄來。祝

撰安

理和上

三月二十八日

偶然搜出文心兄的〈頭前溪的船夫〉一併奉還。又及

一九五八年四月十六日．鍾理和致鍾肇政

肇政兄：

日前楊品純兄[19]來信，對拙作「故鄉」——我曾寄給他看——四篇提供了一極具啓發性的建議。抄如下：

〈竹頭庄〉和〈山火〉每篇可分爲二篇：即火車上一篇、炳文一篇；果園中一篇及天師

廟一篇，使之成爲段落。開頭從什麼地方回來，爲何回來，最好也有一段介紹。這是用第一人稱寫的，但有些地方卻似乎有些過於客觀了（如火車上）——按火泉兄也有與此相同的意見——此外，有些地方似可刪節（如山歌開頭的一大段），還有些句子也覺冗長（略）……整理一番後將之印一本小集子行世。

品純兄的意思似乎要我把它寫成一有連貫性的整體，眞正的中篇小說，而不是像現在的零零碎碎。對此，我樂於接受。但對於「從何地方回來，爲何回來」一點則認爲無此必要。又山歌（第四篇〈親家〉）可以刪去，也似以刪去爲佳。但前段的文字（仍說第四篇）似可移到後段——即寫成整篇時最後，不過須予以改寫，變化始可。我以爲「故鄉」四篇都是悲慘的故事，難免使讀者沮喪，而我的本意，卻又不願如此，因此，在最後想給予一線光明的希望。我已把這意思，隱隱約約的寄託在前段（又是第四篇）的文字中，讀之可知。

我之把品純兄的意思抄奉於此，是爲了「集思廣益」。我已把「故鄉」其他三篇（第一篇〈竹頭庄〉你已看過）另付郵寄上，看後請對以上各點多多賜教。我也是禁得起批評的一個，故請不必客氣儘量提供寶貴意見，以便作改作時之有力指針。

19 楊品純（一九二五～二〇二一），筆名梅遜，曾任《文藝創作》、《自由青年》雜誌編輯，一九六二年創辦「大江出版社」，一九八〇年因視網膜病變失明，後仍完成六十一萬字長篇小說《串場河傳》，並以本書獲金鼎獎與中山文藝獎。

大作〈大巖鎮〉如何？我很想一讀爲快。兄幾時下賜？千萬別令人長作引頸之望。

我近來昏昏沉沉；工作倒不緊，但不寫也不讀已有多時了，不是不想，而是懶得執筆。有時我會忽然爲自己的執筆的目的發生懷疑，好像心裡有鬼，於是執在手裡的筆又很自然的放回原處。這種「拖」的局面幾時始了，自己也不知道。

姚朋與彭歌是否一人？

香港《亞洲》徵文規定四萬字，過多過少均不採用。不知四萬字究如何算法？是否實足四萬字，抑爲五百格原稿紙八十頁的意思？均請詳告。敬候

撰安

理和敬上

四月十六日

一九五八年四月十八日．鍾肇政致鍾理和

理和兄：

十六日大示及尊稿均已奉到。弟近日偶染微恙，未克即時拜讀，唯現已痊可，當於日內捧誦，如有拙見，屆時定當專函奉達不誤。

又拙稿寄交火泉、清秀二兄多日，不日亦當可寄達吾兄也，承兄錦注感激何似，尚祈賜閱後不吝惠教，至幸至幸。

承詢：姚朋即爲彭歌，後者乃筆名也。又《亞洲》限字，計算方法，弟亦不得而知，鄙意，且先寫，而後再作打算，不應受任何[20]字數限制爲要，不識兄以爲然否。匆此，餘容後敘。謹祝

筆健

弟肇政拜上

寄自龍潭

四月十八日

20原稿為明信片，採雙面書寫，此處標示：（接表面），後文於另面書寫。

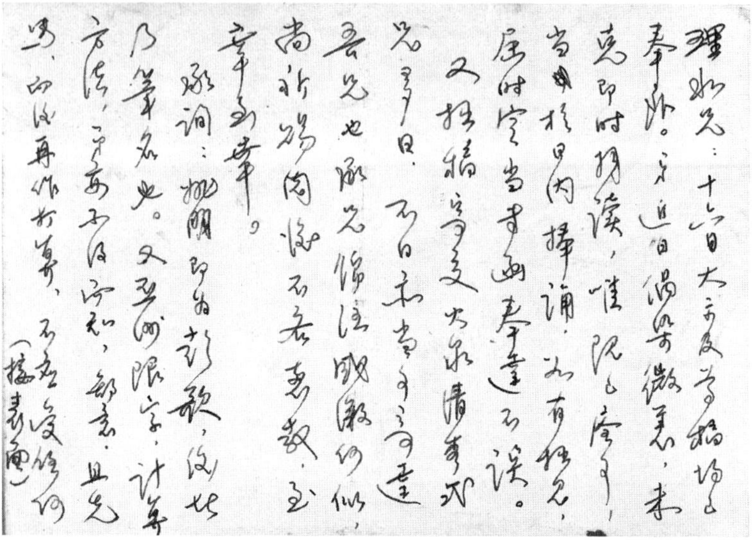

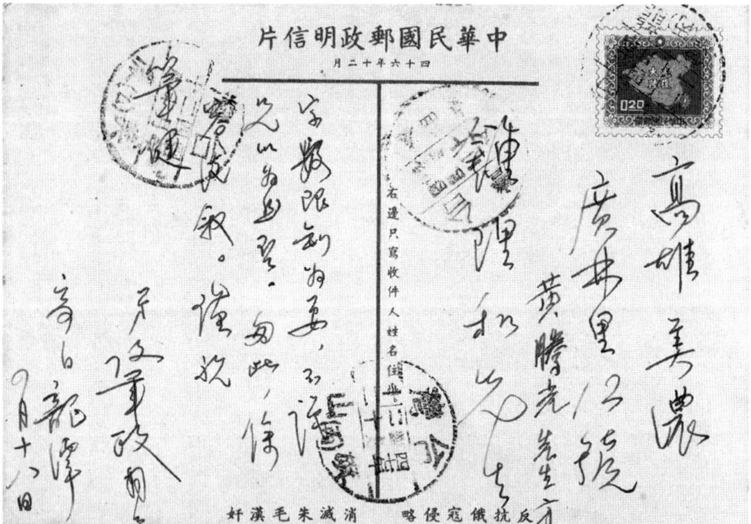

1958年4月18日鍾肇政致鍾理和信件原稿為明信片，採雙面書寫。鍾理和當時在黃騰光代書處工作，故明信片標有黃騰光先生方。（鍾延威授權、鍾理和文教基金會提供）

一九五八年四月二十五日・鍾肇政致鍾理和

理和兄：

我太對不起兄了，明知不該耽擱如是之久，這些天來也都為此耿耿於懷無時或釋，但我只有在此向兄表示最深切的歉意了。我是這麼忙，忙得六神無主，在公，學校因興建廁所和自來水出了岔子，大打筆墨官司；在私，春茶正出，勞力、時間、精神都分去不少。一拖再拖終於拖到今天方才拜讀完「故鄉」之二、三、四，三篇。務請兄諒宥是幸。這些天來，也許又忙又熱，精神太壞，〈大巖鎭〉脫稿後一直茫茫然如成一個白癡，隻字未寫，報紙都懶得翻動，只有一顆心在乾著急。寫作在我，成了沉重的負荷，而且望而生畏。這眞是黯淡的日子了。我不知這種狀況要連續到什麼時候，想來也眞叫人寒心了。

尊稿，我說不出的喜歡，閱畢，自自然然生出不滿之感，那就是有如佳餚只塞滿了半個肚子，渴望有更多的。目前只有四篇，三萬字左右，如果依照這個氣氛，再來個四篇三、四萬字，也許我就會滿足了。書中那些純樸但陰鬱的人們，都是我夢寐所求的，想寫而寫不出的——我常覺得，我寫農民，一定由知識階級的觀點來寫，也許這是大病——以前批評〈竹頭庄〉時，我不同意把它看成散文的許多文友的觀法，現在看完了四篇，我的信心益堅。我覺得這是純文學作品，依照習見的小說——完整的故事嘍，高潮嘍，衝突嘍等等、等等——的看法，是不免都需要略加引伸，使它們連貫則似可不必，因爲這些作品氣氛是那麼連貫，故事之是否連貫，已顯得不甚重要，讀者能在不連貫的故事中，體味出某種連貫味來。

我很抱歉，拙見可能使兄更加彷徨拿不定主意，但我把自己的觀感忠實地奉告，我想這樣才是忠於兄也忠於自己的態度，盼能體諒。

又，我雖對尊稿這樣讚揚，但這是——上面已說——眞正的個人觀感，絕非恭維，請兄一定相信我，並盼兄不要（因）我這種批評文字而影響兄對拙作之嚴峻批評態度。

最後，《亞洲》徵求中篇一事，我最近在看到登在該誌的徵文啓事，四萬字一節，他們雖說過長、過短都不要，但我想他們是準備出版《小說報》[21]（也是香港出的）一類的雜誌，它的文字大概也是四萬字，但亦有伸縮餘地，如插圖之可大可小，版面之可增可減——排字的疏密——因此依我看，計字方法大概可以依稿紙計，酌減空行空白，然後越過或減少（較四萬字）一、兩千字都可能無妨的。

好了，就此打住。盼兄多來信，尊稿另郵寄奉。

此祝

筆健

弟　肇政拜上
四月二十五日深夜

一九五八年四月二十九日・鍾理和致鍾肇政

肇政兄：

信與稿均已收下。承兄不惜時間精力，惠予批改及指評，不勝感荷。兄對小說的定義有獨到之見我甚同感，但小說終不能缺少有趣的故事，否則便不能博取廣大的讀者群。拙作之不容於時下的刊物，我認爲與此有極大干係。在這方面，我只好自認無才，「故鄉」如此，即得文藝獎的長篇〈笠山農場〉亦莫不然。「故鄉」雖是我較爲滿意的有數作品之一，但能獲兄如此賞識，卻非始料所及。

21《小說報》，一九五五年二月一日創刊，確定發行紀錄至第一百三十八期（一九六一年七月一日），停刊時間不明。

我在文字上尙欠鍾鍊功夫是眞的，兄的指點切中肯綮，我只有感謝、深深感謝，哪裡還有責怪之理，兄何必如此謙遜。所有看過我文章的人，都這樣說過，並非以兄爲始。文獎會對此即曾加予注意而把〈笠山農場〉原稿寄回來囑我好好修飾。這原因，我自知：一，國學根基太淺，或者竟談不上有根基；二，受日文影響太深；三，我初學寫作時既無明師指點，只憑有限的作文能力，先用日文把文章故事打好腹稿然後用中文寫出（或者可說迻譯紙上），積久成習，以後就很難擺脫它的影響。以後我對此將予更多更大的注意。亦祈不棄時賜指教。

大作〈大巖鎭〉旬日前由清秀兄手寄到，因忙未能即時拜讀延至今日，謹此道歉。對此篇作品，我覺得很難說得清楚。如下只可說是我個人的讀後感。

如果要拿糾葛、高潮、故事等等來衡量〈大巖鎭〉然後問讀者是否讀得有趣，則所得的回答將是一個「否！」然而〈大巖鎭〉由首至尾卻不乏故事衝突和糾葛，就是沒有統一和高潮。我以爲這是由於題材本身使然。這是一個人的傳記，一個人的一生固不乏故事和糾葛，卻不可能有被組織得很好的高潮。好像一餐宴席，佳餚滿桌，卻沒有一個中心，倒不如鄉下人請客，一盤或二盤魚肉放在中央，叫做「桌心」，餘配以菜蔬之類，反令人覺得新鮮優美，引人食慾。但若說〈大巖鎭〉沒有吸引人的力量，那是錯的，它有它的力量，而且粗獷有力。這力量不在故事上，而在性格的創造上，因而讀來同樣有趣，讀完第二遍後，這感覺尤其清楚。由這點來說，〈大巖鎮〉的描寫無疑是成功的。

但是在閱讀中卻有一種不同感覺使讀者對作品不滿。我雖不願相信，卻懷疑兄是不是因急於開始寫作，而沒有把手頭的材料好好地整理過。本篇題材好，主題也極正確，只嫌稍有凌亂龐雜之感，若能對剪裁（不是說太長）組織布局等工作再多下點功夫，我相信必能寫得更爲精彩。像作品中時時加入的插白和日記（不是全部如此）常常會破壞讀者的氣氛，使讀者保持下來的興趣忽然受到窒礙。

以上是我在閱讀中感覺到的。但我不敢說我的觀感一定不錯。若想起同一篇作品，卻有許多不同甚至是相反的批評時，最要緊的還是要靠作者自身去決定取捨。（拙作「故鄉」就是現成的例子。兄與楊品純兄的觀點之間便有很大的距離。）

還有：兄遣詞用字都極老練圓熟到了爐火純青的地步。在這方面，諸文友中無出兄右者，令人佩服不已。

近來一切都不遂意，生活、創作、健康、事業，一切都令人厭煩。〈奔逃〉僅得七千字便已停頓下來。也無心再提起筆。連寫信都感到頭痛，變成負擔了。

〈大巖鎮〉另封奉還。祝

快樂

理和

又：題名〈大巖鎮〉似不甚切題，何不逕名之〈癲城仔〉？

四月二十九日

又及

通訊

◎上月由開初起心裡便在等待某種東西，一直等到月半，等待的東西終於沒有來。於是終日忽忽若有所失。後來才想起自己原來是在等待「文友通訊」，並且由此也才想起原來「文友通訊」已不是每月都有了。這思想使我沮喪失望。從前每月有一次，已把它看成很自然，如今一旦失去，才省悟到從前有「通訊」，和有人孜孜不倦地為「通訊」工作的可貴。

自沒有「通訊」後和各文友間的距離彷彿已變得很遠很遠，無路可通，於是孤獨感深深把自己包圍起來。

◎〈前世的姻緣〉評論：

本篇前半段寫得很美，故事氣氛極豐富，由開首起即有一股引人的力量。但讀到後半段，這力量鬆散了；到了末後主人公陳白和王小娘不明不白的收場，則力量已失，代之而起的卻是一種不滿之感。太白星君與仙姑娘娘既然為了相愛被判定要下凡受苦，則下凡後如何受苦，而且這苦分明是屬於愛情方面的，即——悲戀，對此作者並沒有好好地交代出來。二個人——陳白和王小娘只是不明不白的碰上了，接著又不明不白的死掉了，既沒有戀，也沒有苦。

這是很可惜的，希望作者在這裡再多下點功夫。

又作者文字優美，讀之令人心醉。

理和

一九五八年五月五日・「文友通訊」第十四次

理和兄：

上期「通訊」裡宣布「通訊」改為雙月刊後，許多文友都表示不滿，但這是無可如何的事。「通訊」僅憑個人力量支持，其命運似乎註定不可能命長的。這一次，看了理和兄的

「近況」，尤其令人悵觸無似。欲使「通訊」茁壯起來，唯有靠我們的陣容強大，這就要看我們能否個個在文壇上立穩腳跟。歸根結蒂——全憑我們各人努力，力求上進。可是環顧我們兩月來的成績表現又如何呢？我認爲殊不能使人樂觀，實在有待人人拿出勇氣，拚命寫作。

「通訊」以往有位助手幫我寫鋼板，這位朋友最近已走了，此後就只有我一個人支撐。我倒願意把這工作看做考驗，堅持下去的，不過實在也需要文友們的有力聲援。例如本期，幸有紫江兄的作品輪閱，批評可湊一下熱鬧，可是下期已不再有輪閱作品了，「通訊」便難免又沉寂下去。在此謹向各位再一次呼籲，請勿忘每雙月（六、八、十……等月）月底，來次「通訊」報告近況，尤盼各位看到文友作品登出後，勿忘賜下評論。

下面是紫江兄大作〈前世的姻緣〉評論：

榮春：取材於民間故事是很好的，也是一種特殊發展的方向，但我以爲立意總要基於「借題發揮」的作用。如果單純地把故事搬出來，當做一種趣味的消遣，或未嘗不可，而作用上似有些消極之嫌。因此我希望這類作品要有些針砭現實的暗示。這需要滲進一些作者的意識，以及對於人生的態度。這樣或許得把故事加以多少改編，似乎才能較有效地顯示作用的效用和意識。

火泉：我不知臺灣民間有這麼一個故事。據我所知，太白星君好像是天上的和事佬，眾仙間的糾紛都由這位老人排解或向玉皇大帝說項求情。這樣的一位老人，似乎不會跟一位仙姑在光天化日之下幽會的吧。

王小姐被一群流氓踐踏，死後一年再跟陳白羽化登天，有點不近情理，是不是改爲陳王倆的苦戀，最後殉情較爲合理？蘇雪林常以神話改寫小說，可供我們借鑑。

本篇文字，大體上是優美的，但以下幾點請作者參考參考（略）。

本篇結尾：在天上舉行婚禮時，在地上陳、王二人陳屍石橋上——這結尾很好。同樣地，開頭似乎也應將太白星君和仙姑娘娘投胎的情形交代一下，比較好。（下略）

翠峰：此作瀰漫著 Romantic 氣氛，以短篇小說的寫作技巧說來，確有獨到之處，尤其前後的「剪接」恰到好處。天上與凡間的兩樁案件巧妙地連接起來，而不落俗套，也沒有多餘的贅述，因此留下了許多餘韻。在這動亂的時代，嚴重的現實，我們無法寫出來，那麼這種浪漫主義的寫作是一條值得走的康莊大路。芥川龍之介便是以改寫了許多中國民間故事（故事日本化與現代化）成爲日本文壇的驕子，最近上映的日片《白蛇傳》也是將中國傳說配上現代的戀愛至上主義，正與此作有異曲同工之妙。如何發掘民間故事加以正確的現代思想，確是值得大家考慮與嘗試的。不過我對此作有一愚見：題材很富浪漫意味，但題目卻稍嫌俗氣。

清秀：文字優美，結構也頗緊湊，惜沒什麼意義，而且墮於迷信。如果作者能用現代的眼光改編這些故事，將來的成就是無可限量的。

山木：很富人情味，對白亦頗自然逼眞，但詞句應再求簡練，故事亦過於簡單。

理和：前半段很美，故事氣氛極豐，一開頭即有一股引人力量。但讀到後半，這力量鬆散了。到了末後，陳、王不明不白地收場，則力量已失，代之而起的卻是一種不滿之感。太白與仙姑既然爲了相愛被判下凡受苦，則下凡後如何受苦，而且這苦分明是屬於愛情方面的，即——悲戀，對此作者並沒好好地交代出來，兩人只是不明不白地碰上了，接著又不明不白地死去，既無戀，亦無苦。這是很可惜的，希望作者在此多下點工夫。又作者文字優美讀之令人心碎。

肇政：沒有異見，從略，請諒。

另外，文心兄在《聯副》發表一短篇〈英文教師〉[22]，清秀兄對此作有如下見解，刊登於後：「看了這篇大作，使我欣喜若狂，確信我們文友當中將產生文豪了。此作雖稍有矯揉造作，追〔求〕時髦之嫌，但文字、立意、結構都是上乘的，而在自由中國是不可多得的傑作，請文心兄繼續努力，寫出更輝煌的作品。」

此作我亦曾過目，確屬不可多得的佳作，藉象徵手法襯托氣氛，到了絲絲入扣的地步，而且其意象是鮮明的，不是隱晦的，尤屬難得。未讀文友請去信文心兄索閱（請文心兄恕我擅作主張）。

文友近況

（榮春兄四月起經李萬居社長斡旋，在公論報社任職，據云工作頗爲輕鬆，一個時期後將擔任英文翻譯。我們爲他的榮任新職而高興[23]。又李兄新作，現正由李社長審閱中，可能由該報刊露。李兄月前即寄來「通訊」稿，刊登如後：）

謹對我們文友說幾句話：

能有知音聚在一室促膝而談，這該是人生一大樂事。「酒逢知己千杯少」大概稍懂一點人生氣味，尤其像我們這些從事寫作，個個具有優美靈魂而富於情感的人，對於這話所含蓄

22 文心，〈英文教師〉，《聯合報》副刊（一九五八年四月二十六日）。

23 李榮春於一九五八年四月上旬進入《公論報》資料室工作，期間工作內容曾有變動，一九六一年《公論報》被迫改組，李榮春也辭去工作，返回宜蘭頭城。這是李榮春一生最長的專職工作。見陳有仁，〈我與榮春先生交往及其進《公論報》始末——謹為榮春謝世四週年紀念專輯而寫〉，彭瑞金編，《臺灣現當代作家研究資料彙編：一〇五，李榮春》（臺南：國立臺灣文學館，二〇一八年十二月），頁六七～七六。

的奧妙，實會有更深一層的體味。

現在，我們的知音，是這樣寥寥無幾，想起來多少有點寂寞，因而也就更爲可貴了。事實說起來，我們這幾個時代的點綴者，應該更集聚在一塊，藉以互相發洩人生的感慨，或發抒對宇宙無限神秘的感觸。然而生存在這時代的複雜環境裡，各爲境遇所限，未能如願。

去年，肇政兄爲補救我們這共通的缺陷，不顧犧牲發起「文友通訊」，得到每個文友的熱烈響應。從此，我們在精神上便常有個聚談的機會。大家也能知道彼此情形，而作品輪閱更使我們得以互勉與期待。去秋在翠峰兄宅的聚會，是多麼值得回味，而且我覺得至少一年要繼續舉行一次。冬理和兄失恃，我們的慰唁，一定使理和兄和太夫人在天之靈都感到一點欣慰吧。新春，文心兄大作榮獲《自由談》徵文比賽冠軍，更給我們帶來共同的榮譽和興奮。

「文友通訊」是我們友情的匯合處，然而這兩月來卻顯得有些零落了。我希望這只是一時的客觀的影響，絕不是我們內心趨勢。因爲我們都有優美的靈魂，蓬勃的情感，很需要相互的傾吐，互相切磋，我更不信我們這種善意的友情會這麼迅速冷卻下去，或只當一時的表面敷〔衍〕，而告終止。

這次紫江兄忽而自告奮勇提出大作輪閱，眞是一樁可喜的事，所以我不禁說出這些話來，並希望我們這種情緒的低潮，應屬一時的，而且已爲過去了。我們的熱情是無窮的，能夠持久的，這才是我們的卓越與異常的特徵。我們非但要維持，而且要更連結在一起，發揮出更大的效果。

我們不能自恃個人的成就，而輕忽友誼的聯繫，爲使我們這幾個人的情緒不致失望，並能使後來的人們當做榜樣，我們大家都得發奮起來，無論如何忙，一個月也得拿起一回筆，多少要有點交代。雖則我們的「通訊」比不得什麼偉大的雜誌，也不是公開的，爲應付社會的，但是我們的記錄卻是一種自發的熱情，更值得珍貴的。

讓「文友通訊」來考驗我們的靈魂，測度我們優美情緒的限度如何吧。

火泉：近來雖有心想寫些什麼，但總寫不出什麼來。就是對輪閱作品的閱讀也怠慢得多了，連寫信都提不起精神，我覺得我頹喪了。

翠峰：（施兄數月來活動甚多，工作忙碌到了極點，除教書編雜誌照常外，尚有〈猴洞情天〉（《新生報》通訊版連載[24]）、譯作〈異鄉人〉（《聯副》連載[25]）、譯作〈友情〉（《世紀風》連載）等大量作品發表。）

24 施翠峰，〈猴洞情天〉，《台灣新生報》（一九五八年三月二十七日～一九五八年四月二十八日）。

25 卡謬著，施翠峰譯，〈異鄉人〉，《聯合報》副刊（一九五八年三月十日～一九五八年五月二日）。

清秀：兩月來，我看完了《莫泊桑全集》，有些作品譯筆惡劣叫人不敢領教。一般說來，莫泊桑的寫作方法是過時而不適合現在的了，然而卻有其迷人處。寫作方面，〈乞丐蘭仔〉寫了兩萬多字，因資料不足而擱下。此外千字左右的短文〈中等人〉[26]寫得較順利外，七、八千字的〈怪病〉和〈調解〉都失敗了。尤其後者前後寫五次，草稿五千字，初稿七千，後來修改成四千、兩千，甚至寫成九百字都不成功。從這次痛苦經驗，領悟到自己嘗試的寫作方法——少用敘述，多用動作和對話是吃力而不討好的，還是不能不多用敘述。且所謂文藝，不是在於描寫，而在於表現。我這幾年來的努力是白花的了，要重新做起，文友們對拙見有何高見，請不吝指正。

山木：兩月來只發表〈住旅館記〉[27]，近剛完成兩作〈送禮〉和〈永恆的畫面〉，不久即將寄出打游擊。近來我患了新病，即發見自己的文章有礙眼之處就撕毀，事後每使我惋嘆。但不如此，怎能推陳出新？並且對以往草率之風所留下的孽種也是最乾脆的清理辦法。以前曾計劃一星期寫一篇，然後是兩星期，然後是一個月。現在我決定一週寫兩篇了。我的心忽冷忽熱，以後不會變成兩年一篇吧！何謂短篇小說，一直令我撲朔迷離，現在我給它理出一個頭緒：即「夠味」。

理和：上月初起，心裡便在等待某種東西，一直等到月半還沒來。於是終日忽忽若有所失。後來才想起自己原來是在等待「文友通訊」，並且由此才想起原來「通訊」已不是每個月都有了。這思想使我沮喪失望。從前每月有一次，已把它看成很自然，如今一旦失去，才省悟到從前有「通訊」，和有人孜孜不倦地爲「通訊」工作的可貴。自從沒有「通訊」後，和文友間的距離，彷彿已變得很遠很遠了，無路可通，於是孤獨感深深地把自己包圍起來。

肇政：足足有一個月半之久情緒惡劣，未寫隻字，加上公私都忙，瑣務蝟集，理不勝理。心中憂煩常借打球以排遣，勉強找出點工夫，輒在球場上活動，每日打得渾身大汗方罷。夜裡倦累已極，「睡得像條豬」無復顧及他事。這其間，甚且雄心萬丈，今年的縣教育會杯網賽，要奪得錦標歸，樂而忘憂了。近日，情緒漸見好轉，不久打算要重拾鋼筆，唯打球的興趣仍濃，工作亦繁忙如故，魚與熊掌似不可兼得，故能否有作品產生，尚在不可知之數。三月中有兩短篇發表，一寫於去年底，一寫於三月初。又三月下旬初，四萬中篇〈大巖鎮〉脫稿，請幾位文友評閱，咸認爲失敗之作。目前在計劃一中篇（定爲十萬字左右），擬於暑假中執筆。

26 廖清秀，〈中等人〉，《聯合報》副刊（一九五八年五月七日）。
27 如衣，〈住旅館記〉，《聯合報》副刊（一九五八年三月二十九日）。

鋼板刻完，自覺寫得太潦草了。此刻夜已深，疲倦至極，也就顧不得許多了。也許，各位得仔細辨認才能看清楚，千萬請恕罪。

下期在七月初印發，唯七月初適逢畢業典禮，忙上加忙是可以想見的，因此，「通訊」印發可能稍遲幾天，但十號左右一定可以寄出。盼各位文友務請於七月初將五、六兩月內活動示知，尤其發表的作品，或看到文友作品發表的，請賜評文——最好是隨看隨寫隨寄。

暑期已屆，謹祈各位珍攝，並祝

筆健

弟　肇政　上

五月五日

一九五八年五月六日．鍾肇政致鍾理和

理和兄：

二十九日大示早收到了。我仍堅持「故鄉」是優秀的純文藝作品，不是時下流行的迎合

大眾口味的泛泛的小說可比。兄言：「拙作之不容於時下的刊物」又有何關係呢？如果〈笠山農場〉也是這樣的純文藝作品，那麼它之所以獲得文獎會最高評價就是最佳憑證了。我常想，真正的好小說，故事的有趣與否倒在其次的，而首要者，實爲「人物」之死活，兄筆下的人物——僅就「故鄉」諸篇而言——都很鮮活的，予人的印象——縱使太凄慘了些——是那樣深刻，我可說是無條件地愛上了他們。當然，這種作風不能說很新的，而且以現代寫作手法來衡量，還可說是陳舊的，但有這種成就，已然不凡了。〈笠山農場〉之得以入獎，以作爲衡量此一連串作品的準繩的，依我的理解，小說本就沒有獲得任何人同意的定義的，如果一篇作品能在讀者心中喚起一個鮮明的意象，我就願意看做是篇好小說了（這話，當然在許多場合是不確的）。由這點看來，我願意說這幾篇，篇篇都如珠玉，玲瓏可愛。我不是有意恭維你，這些篇作品使我想到，在我們之中，兄是唯一的，最有作家氣質的人。甚至——這話很失禮——由同姓之婚所得的印象，都爲之一變了。作家氣質較多的，尚可舉文心，但他行文，文藝氣息太濃重，難免有點矯揉作態之感，兄則以淡淡的筆觸出之，描寫是如此犀利，到了動人心弦之地步。

唯有一個缺點，文字欠通順之處（依我所看，對否不確）很多。而日本化的詞亦偶而可見。我不揣冒昧，用鉛筆隨見隨改（旁邊加〇號則爲刪除符號）。當然日本化語句，追本溯源仍是我國的，但以現代的習慣用法來說，總覺有點不順眼——如「非難」、「湛」等是。

我雖改了許多字，但有些並不很確切，且懶得翻找字典，盼兄能再加細細琢磨一番，我用鉛筆所改，只是供兄做參考而已。

楊品純的意見，我不完全同意，也許，我受到太強烈的吸引——氣氛之美（縱使是有點憂鬱），使我無暇旁顧，只想讀下去——所致，我覺得照這個樣子就很好了，簡直想不出如何才能使這些文章更好。〈竹頭庄〉、〈山火〉各分爲兩篇是可以的，但分成後，如今我不得不認爲絕非偶然了。以上都是由衷之言，幸勿以爲有意恭維也。

拙作〈大巖鎮〉原稿已收到，承賜評，至感。此作失敗的成分居多，已無庸諱言，兄言一一令人心折。這篇，在我是一種新的嘗試——塑造人物——我把故事結構都置於其次。兄謂在這一點上是成功，倒很令我興奮，不過病就病在這一點上，因爲我覺得人物光是描寫形貌、性格，是不夠的，尚需一種深刻味，尤其文中那個主人公還需要深入心底的哲學意味，這是筆力所關，無可如何，同時，我雖勉強說是把結構置於次要，而組織力之缺乏卻也〔是〕無由掩飾的缺陷。

文中加入日記，清秀、火泉二兄也不表贊同。他們說如此便犯了人稱不統一的毛病。我想這是技巧的問題，主要在插得如何，顯然我在這點上也失敗了。再有一點，不幸也爲兄所言中，就是我急於寫作，因爲我只有寥寥十來天的空暇，可供我從容執筆。爲免去時寫時輟之苦，我只有匆匆地在這短期內——還要扣去春節前後的瑣事應酬等——寫完草稿。

目前，我思想很空洞，迄今未能脫離完成較長作品後的虛脫狀態，不過我想漸漸會好起來的，不久我一定又會再次站起來的。好了，最後虔祝兄善自珍攝，並候

近佳

弟肇政拜上　五月六日

一九五八年五月二十日・鍾理和致鍾肇政

肇政兄：

火泉及清秀二兄說，大作〈大巖鎭〉中插入日記會紊亂小說人稱之說，我不能同意。這是技巧的運用問題。只要插入得適得其當，日記常常會幫助作者更深入地把主人公的沉沒在黑暗中的生活的細節帶到光明面來，讓讀者有從各種不同的角度去體認去親近的機會。而生活的細節往往是透視主人公的性格、思想與精神的最好最直接的照明。這就使作者收到在正面描寫下無法收到的效果了。這點應以兄所言爲是。

「故鄉」決定暫不改作。但我實在不知道像這樣的作品是否有人要予印書。無論從哪一

方面看，它在目下，顯已屬明日黃花。我心裡連嘗試的念頭都不敢抱。

榮春兄榮任新職的消息令人興奮。工作固無貴賤之分，而我也相信榮春兄能安貧樂道處逆境而不爲所屈，但新職能提供他更有利於寫作的環境是毫無疑問的，這就值得文友們道賀了。

我已有多時不寫東西了。情緒惡劣，環境也令人發愁。一切都在使我不快。寫出來的東西無人要；得了獎算是榮幸了，而原稿卻偏偏被扣留著不見天日；身體正合俗語說的「小病不離身」幾無寧好之時；生活岌岌不可終日像永在風雨之中；大兒子本年初中畢業了[28]，升學（學費）又是問題……一切都是問題、問題。有什麼辦法呢？但話說得太嚕嗦了，不是嗎？

理和

五月二十日

一九五八年五月二十三日・鍾肇政致鍾理和

理和兄：

大示收到了。滿紙頹唐，在頹唐灰心當中的我讀來，倍覺淒涼，眞要禁不住灑幾滴清淚才能溫暖此心了。我們究將如何呢？道路安在呢？問天無語，夫復何言！

也許，你我都太軟弱了。明知無人要的東西，孜孜矻矻地寫，而且又是用著生命的代價。想來，這眞是需要大智大勇的人才辦得到的，我輩凡夫俗子，何能支持下去呢？

兄言「故鄉」諸篇是明日黃花，我確有同感，至少它是不獲一般讀者歡迎的，亦即不爲編者所需要的，儘管我確認它有其牢不可拔的藝術價值，但這又有何用呢？

《亞洲畫報》寄來一本書，算是對我那篇一萬字的作品的代價。我欣悉兄作榜上有名[29]。我有一個發見，就是我連榜末都題不上，差勁的如此遠。這是鐵的事實，毋庸置疑。我過去的寫作成績，等於一無所有！我眞再也不願執筆了。一位朋友安慰我，也許沒有時代意識——反共的意識——在初選時即遭淘汰了。我的作品確與時代意識風馬牛不相及，但我無法知悉此說確否，我以爲兄大作〈菸樓〉未必有這種意識，如屬沒有，我的自覺是對的了。有人說《亞洲畫報》是接受政府津貼的，故反共色彩異常濃重，觀乎那三篇入獎作，確是可信。也許問題——應說道路——在乎這一點吧。時代意識。我不能昧良心，寫作違心的

28 鍾理和長子鍾鐵民於一九五八年七月自美濃初中畢業。

29 指鍾理和〈菸樓〉入選《亞洲畫報》小說獎佳作。

歌功頌德作品，也許就只有藏起筆來了。可是我在心中另一面，又在計劃著許多作品（包括三個短篇——萬字內外的，及一個十餘萬字長篇），這是一個矛盾，可憐的矛盾，我只有在網球場上尋求情緒的發洩處了。

「故鄉」兄不是說楊品純願意接受出版嗎？我以爲值得一試的，反正有人願意出，我們可以不花一文錢，還要猶疑嗎？月底，我有阿里山之行，我願藉此轉換一點空氣，再次站起來。背上揹著的是一副沉重的十字架，脊梁總得挺起來，否則就只有沉淪了。

好了。但願我們都早日尋到光明，祝

好！

弟　肇政　拜上　五月二十三日

一九五八年五月二十九日．鍾理和致鍾肇政

肇政兄：

拙作〈菸樓〉寫得並不高明，它之入選倒令我有手足無措之感。然而當我讀完本屆三篇

優秀獎作品後便也不覺驚奇了。《亞洲》入選作，除本屆三篇外我只讀過去年三篇，是以數量本不算多，但即根基這幾篇來看，不難看出它有一共通基本點——正如兄所說時代意識。因此兄對《亞洲》評語，使我有所覺悟。雖然如此，我們也只能忠於我們的表現。除此，我們有什麼辦法呢？但也惟其如此之故，作品之是否入選，實在不必斤斤計較。因為我們究不能以此來衡量一篇作品的優劣如何呢！

我現在讀美國作家《安德森選集》。他的風格非常獨特，對於人類本性的把握有極深刻的筆觸，所以在文壇上的聲譽可說是受之無愧。然而在我讀著這本書的時候卻時時有這樣的感覺：安德森幸而不是生在今日的中國，否則又安知其不埋沒草萊，不為世人所知？那麼這其間似乎只有一個八字問題了。然而這既是能力以外的事情，人力是無可如何的，不是嗎？

「故鄉」品純兄是否能要尚未連絡。

請多多來信。我每以讀兄信為樂。祝

教安

理和

五月二十九日

一九五八年六月十日．鍾肇政致鍾理和

理和兄：

這些天，我因爲搞一個「研擬五年計劃」（當然是學校的）弄得精疲力盡，今天好不容易才搞完。可是不多天後，新的工作又要來了。那就是畢業典禮的準備。我得寫三百張畢業證書，獎狀也有百來張。大概喘息甫定便需開始了。忙碌就如波濤，一波才過，新的又接踵而至。加上天氣又如此熱——此間正在鬧嚴重的旱災，刮風、塵砂飛揚，眞不好受。六月初起我開始一篇短篇小說的寫作，已歷旬日，僅得三千多字（約占四分之一），何時方能殺青，眞不敢說。可是無可否認，我的熱情又漸漸抬頭了。暑假，我要寫篇十餘萬字的長篇——題目暫定「黑夜前」——取材於六十餘年前日軍入侵臺島時的臺胞抗日故事，腹稿已大體擬定，這將是我的第四部長稿。鑒於以往數部作品均不得見天日，此作亦將無緣與世人見面，可是我已把這點置諸度外了。近來我常想，寫作是佛家人所謂之業苦，或者基督徒所說的十字架，我覺得我生來就要負這些苦楚的，而報酬則一無所有。前些時，我也很想放棄寫作，了此孽緣，冀求落得個清閒自在。本來，我也有過一些幻想，夢想將來能擺脫一切塵間的羈絆，靠一根筆桿維生。可是我們畢竟只是一個在厄運下降生的「前人子」，加上天資的缺欠，我憑什麼配抱此種奢望呢？果然頓挫接踵而至後，竟至一蹶不振，沉淪於失望的深淵。也許塵緣未了，或者，也許命中註定要負此重債，折磨自己——唉，這些眞是嚕嗦了。趕快收住吧，不管如何，我要再一次振奮起來，再試試看。我們似乎也不妨想，目前的局面，對我們儘管不利，但又焉知不會在將來有所改變呢？因此趁這個機會多多磨練，多多練習，一旦有我們展身手的日子到來，就勿需再如此苦悶了——這話，用來聊以解嘲也好，作爲切實的自勉也好，總之，我們實在應該更堅定我們的信心的，兄以爲然嗎？

文友們近來很岑寂，報刊上絕少露臉。不知大家都怎樣了。有許多位文友已好些個月沒有隻字來鴻，令人懷念不已。榮春兄近日來了一信，寄來了他的近作。此作已在《良友》最近期登出。我把它寄出輪閱了。他有一顆純潔眞摯的心，那是跟他——四十多歲的中年漢子極不相稱的。也許，他的作家氣質比誰（文友中）都濃厚。只可惜沒有獲得培養的機會——這點你我也差不多，不過在他是更甚吧了。目前他的境遇大有改善，我多麼希望這對他會有一個大幫助呀！他的作品寄來兩份，我分兩路發出輪閱，南部是紫江、山木、兄，可能再一禮拜左右便可到兄手裡。屆時請勿忘給他去信。（但是我盼評文仍寄給我在「通訊」上刊露，如何？）

《安德森選集》，前幾年我也看到香港出版的書，兄見甚是，我完全贊同，他的風格是值得琢磨品味的。兄近來身體佳勝嗎？請你樂觀些，也不要太折磨自己。一切想開了，就是那麼回事，不是嗎？

下次再談了。此問

近佳

弟　肇政　拜上

六月十日

榮春近址是

臺北、《台灣新生報》編輯部陳有仁轉黃黎覺（榮春化名）

一九五八年七月一日．鍾理和致鍾肇政

肇政兄：

來信接獲好久了，然而卻因了自己的疏懶迄未作覆實在對不起。兄信中的苦悶正是我的苦悶——也許是文藝工作者全體的苦悶——然而兄終能突破苦悶而振作起來，這是我一直想做而迄未能做到的。這中間，沒有作爲支持精神的後盾——健

康，也許是我的不利因素之一。

坐了八小時辦公桌以後餘下的時間我只能用來休息恢復疲勞。過年前後就曾因利用了這個時間寫了二短篇（〈鵜鰈之情〉及〈菸樓〉）和萬字的遊記（〈大武山登山記〉，最近將刊於《新生報》）忽略了休息。結果是，作品寫好了，人也病倒了，就一直到現在還未能復原。

我的養雞計畫也就配合了我的特殊情形而想出來的，成敗如何對我均有決定性的影響。〈笠山農場〉的搶救工作已告失敗。在我三次上書和一次陳情之後張道藩先生終於來了一信。說是該稿屬文獎會所有，而文獎會則已結束無法取出云云云云，不過把我說過的話複述一遍罷了。嗚呼哀哉！還有什麼辦法呢！

「通訊」稿實在不應該如此消沉，這對於文友們難保不投下不良的影響。因此我倒希望兄把它抽出。在我，「通訊」期已到不得不報告罷了。就這樣吧。祝

順快完成大作

理和

七月一日

自本年二、三月起身體一直在疾病與健康之間浮沉輾轉。你說有病吧，又沒有顯明的症狀；你說健康吧，卻又渾身都不好過，幾乎沒有一日感到人生的樂趣。加之，生活捉襟見肘，大兒子初中畢業了，升學發生問題……在在令人灰心沮喪。因此情緒惡劣而低沉，文藝活動幾乎是停止了，這中間只看了榮春兄的《祖國與同胞》，一本《安德森選集》和第二遍的《梵谷傳》[30]。如果能從此擺脫寫作倒也未嘗不可，偏偏此心不死，常懷望風嘶鳴之慨。但也唯其如此，才愈發加深了內心的苦悶。

說到創作，更令人氣短。寫出來的東西無人要，要的東西，卻也難得出版，嘔了心血，還算白費。也許我不夠堅強，但我常不免這樣想：究竟我們的寫作目的何在？難道我們必須永遠做沒有報酬的工作嗎？當這種灰色的懷疑在噬嚙著心葉時，我有什麼辦法再教自己坐下來寫作呢？

我最近有一個計畫，打算在雨秋過後的八、九月間開始養雞。先養五十隻，然後漸次增加，最高目標到四、五百隻。此事對我今後的生活——家庭的，文藝的——都有極大的關係。我是經過深思熟慮才決定這樣做的。我寄予很大的希望。它幾乎是我的背水一陣，不成功，則一切就都完了。第一個我不知我是否還能繼續寫作。

一九五八年七月十日・鍾肇政致鍾理和

理和兄：

網球使我荒廢了不少光陰，球拍實在捨不下，而筆又將生鏽，焦急之至。我是這樣的矛盾。我將如何是好呢？對寫作的「情熱」已低下了不少，這也許是無可否認的事實。可是，我仍願寄望於暑假，說不定能有一番作爲的，多麼渴盼啊。

令公子升學問題，不知決定了方針嗎？我有那麼多小孩，將來讀書的問題，使我不敢設想。嗚呼。

養雞方面，我所知無多，但似含有賭博性，據云瘟疫來襲時，情形可怕，這點兄曾否考慮及之？

忙中不擬多寫，容後細談吧，此祝

近佳

30《安德森選集》與《梵谷傳》為廖清秀借予鍾理和之書籍。一九五八年二月鍾理和看第一遍《梵谷傳》時，有感於梵谷兄弟情誼，在日記寫下對弟弟鍾和鳴（即鍾浩東）的思念。

弟肇政拜上　七月十日

一九五八年七月十日・「文友通訊」第十五次

理和兄：

這次「通訊」，果如預料略遲數日，這是因爲我工作特忙所致，謹此致歉！

上期「通訊」揭露了榮春兄就新職事後，數位文友來信表示高興與欣慰，其中理和兄的話可做爲代表，特摘錄如後：「榮春兄榮任新職的消息令人興奮，工作固無貴賤之分，而我也相信榮春兄能安貧樂道，處逆境而不爲所屈，但新職能提供他更有利於寫作的環境，是毫無疑問的。這就值得文友們道賀了……」在此，我謹代表文友們向榮春兄致最虔誠之意，但願他能善加利用這有利的新環境，摒除一切雜念，潛心於文章之道！

另外又有一個好消息（也許各位都早知道了），就是文心兄的第一冊集子《千歲檜》已問世，文心兄似乎已給文友們各寄了一份，有數位文友來信囑我在「通訊」中代爲道賀致謝。文心兄前途似錦，願能以此集爲一階段，源源產生出更多美好的作品！

六月中旬榮春兄忽有信來，寄下大作〈歉咎〉兩份。他雖未明言要提供輪閱，但我認爲這篇作品頗值得大家一讀，乃擅作主張，臨時作爲輪閱作品，分兩路寄出，一是北部——火泉、清秀、文心三兄；另一爲南部——由紫江而山木、理和諸兄，迄今天爲止，北部文友的評文已到齊，照刊於後：

火泉：一句話，這才是純藝術品，作者對動物愛憐之心，叩人心弦。當然，主題、結構、文字都很好。希望作者，今後在短篇上再下一番工夫，自會有更好的佳作留世的。

翠峰：此篇作爲短篇小說或散文，均可稱爲佳作。作者的哀感溢滿在字裡行間，動人肺腑。從頭到底沒有贅述，布局好。此作如與《祖國與同胞》比，顯然作者「更上了一層樓」。在此，我奉勸作者：作品之眞價不在長短，長篇不一定就比短篇有價値，此後希望多多嘗試短篇寫作。

清秀：文字、立意甚佳。作者進步神速，令人敬佩，希望他多產生些佳作。

文心：拜讀此作，頗爲感動。榮春兄以素描式的筆調，竟能刻劃出如此生動的故事，至爲感服。這是我第一次拜讀作者之大作。我很高興有機會再拜讀其他作品。不知榮春兄能否借我欣賞？

肇政：從這一篇作品裡，我可以領略出榮春兄有一顆天眞純摯的赤子之心。原來，他一生坎坷，都是這顆心所自然而然帶來的。想到榮春兄那副陶醉似的音容笑貌，我禁不住要感動得流淚了。我敢說，他的作家氣質在文友中是最濃厚的，所可惜的，是只欠東風，相信榮春兄近月來生活轉變，將為他請來東風。謹以此虔心祝禱！

另外，火泉兄於五月十三日看到登在《聯副》上的山木兄大作〈送禮〉[31]後寄來讀後感如次：「這篇作品，的是佳作。養父的耿直，養母的顧慮，差小孩送禮，……有層次、有糾葛，不含糊，眞是難得。只有一個小毛病：『在年夕前兩天晚上』，不可能『躺在藤椅上乘涼』。如衣很懂得寫小說，也很懂得發表之道，他跟文心都是有前途的『作家』。」

文友近況

榮春：我自到臺北來，有如奇餓的豺狼，感覺自己對精神食糧的渴求，恨不得將身邊一堆書一下子吞進肚子裡。然而這樣一天看上十多小時的書，繼續了一個多月，竟把眼睛都看得昏花了。脊骨也瘦疼了。本來執著鐵槌，一天到晚流著汗的粗人，長久這樣坐著不動，反而更覺痛苦疲困。為了保持筋骨的堅韌，每天早晨都跑到淡水河畔，脫光衣衫操練一番。這便是一天中唯一能使我接觸到的鄉土氣息了。……現在我已沒有年輕時那股蓬勃澎湃的憧憬了，我只希望能早一天再回到那質樸潔靜的鄉野，浸沉在我所喜愛的自然懷抱中。也許我的生命已感到困倦了吧，像一匹疲憊的戰馬，然而每想到自己的一無成就，既不能對時代盡點棉薄，連此身到如今依然故我，徬徨無所自處，不免悲愧無已。

（六月十九來信中一節）

（按：榮春兄現址爲：環河南路二段五十二巷四十號）

火泉：（火泉兄不斷地惠函賜教，錄不勝錄，下面僅摘刊最近來示一節：）七月初我預定到新竹南庄方面（公差），約一週可返。回來後想著手寫一長篇，以「五年計劃」完成它……。（六月二十六函，又七月三日復來信告以大作〈火炎山鑿井記〉開始在《新生報》地方通訊版連載[32]，約一萬四千字。火泉兄的精神是很使人欽佩的。）

翠峰：（翠峰兄在五月底從機器腳踏車摔下受傷，幸無大礙。他的新作〈小三子的故事〉開始在六月間創刊的《學伴》[33]連載。又，譯作〈異鄉人〉決定由聯合報社發行單行本，七月中旬即可行世，希望翠峰兄能給文友們贈閱一份留念。）

清秀：兩月來寫作慾格外旺盛，寫了兩篇短文，續完中篇小說〈乞丐蘭仔〉，並寫萬字左右

31 如衣，〈送禮〉，《聯合報》副刊（一九五八年五月十三日）。

32 耿沛，〈火炎山鑿井記〉，《台灣新生報》（一九五八年七月三日～八月十八日）。

33 《學伴》，一九五八年七月創刊，停刊時間不明。

的短篇小說〈老作家〉。〈乙〉篇目前正在修改。最近又把《紅樓夢》、《水滸傳》重看一遍。我想，寫作技巧可以學西方，但文字還是要學中國的才能使作品出色。恰巧理和兄來信，表示《醒世姻緣》讀後感，與拙見不謀而合。各位文友如有高見，請隨時指教爲盼。

文心：近因結算、工作忙碌。偶有閒暇，便爬上頂樓上，與構想中的小說人物生活在一起，那是最快樂的時光了。最近我越寫越不像樣了。心裡期望抓住某種永恆的東西，但是我沒有得到，也許永遠得不到了。

理和：自本年二、三月起身體一直在疾病與健康之間浮沉。說有病吧，又沒有顯著的症狀，說健康吧，卻又渾身不好過。幾乎沒有一天感到人生樂趣。加之生活捉襟見肘，大兒子初中畢業了，升學發生問題——在在令人灰心沮喪，因此情緒惡劣，文藝活動幾乎停止了。如果能從此擺脫寫作，倒也未嘗不可，偏偏此心不死，常懷望風嘶鳴之慨，於是心情益發苦悶。

說到創作更令人氣短，寫出來的東西無人要，要的東西卻也難得出版，嘔了心血，還算白費。近來常想：究竟我們寫作目的何在，難道我們必須永遠做沒有報酬的工作嗎？

最近有一個計劃，打算在八、九月間開始養雞，先養五十隻，漸增至五百隻。此事對我今後的生活——家庭的、文學的——都有極大關係。我寄予很大的希望。這幾乎是我的背水一陣，不成功，則一切都完了。第一個，我不知我是否還能繼續寫作。

肇政：最近參加在中壢舉行的「石門水庫杯」全省軟網錦標賽，不幸初賽分組遇臺中西區、西螺鎮等強敵，慘遭淘汰。三個月來迷戀網球不復顧及其他。目前，縣教育會杯網賽又到了，須繼續練習。打球使我生氣蓬勃，精神愉快，但對寫作的影響卻也很大。一篇預定一萬多字的短篇，閱時四旬，僅得草稿一萬字不足。加上工作大忙特忙（因屆學年末），學生升學考試又到，方寸一片紊亂。暑假中想寫一長篇，能否如願，尚在不可知之數。文友們中有不少位都在孜孜矻矻，努力不已，我又何甘落後呢？我下了最大決心，要努力追隨文友們之後。

其他報告事項

◎六月初，火泉兄在來信中建議，要開文友第二次集會。他的意見是地點應在我這兒，會後並可同遊石門，一覽這著名勝地。當時我覺得這個立意很好，可是細想之下，方知住的問題沒法解決，便回信請他容我慢慢設法。最近清秀、文心二兄復提起聚會事，文心兄還表示一定請理和兄也參加。可是舍下早已有人滿之患——十二蓆擠著三代九口——一時還是沒法解決，於是我就沒了主意了。不知文友們之中，有沒有較好意見的，如有，請示知，我一定代為通知辦法。

◎翠峰兄前些時在來信中，對文友們近來很少活動，表示憂慮。眞的，近來很少看見大家在報刊上露臉了。這不是個好現象。讓我們大家一條心努力寫，沒有較長的，就是短的也無妨，經常地寫，不斷地寫，才能進步，不是嗎？

◎下期「通訊」，當在九月初旬中印發。

天氣很熱，請各位珍重，此頌

近祉

弟　肇政　拜上

七月十日

一九五八年八月二日・鍾理和致鍾肇政

肇政兄：

每當我拿起筆來，就苦於不知應如何措辭。寫寫文學活動吧？根本談不上。本期「通訊」中已說過，除開看了點書，自二月以來就幾乎停止了一切文藝活動了。因此寫來寫去，不免就扯到教人心煩的生活瑣事上面去。這樣一來，就難免嚕囌了。怎樣好呢？

我的生活中嗅不出一點文藝的吹息：它是平凡、庸俗、零碎，充滿了憂愁、艱難、疾病和苦悶。我個人在這裡獨往獨來，不爲人理解和接受，沒有朋友、刊物、文會……。我常常會忽然懷疑自己到底在做什麼？

說來也許你不會相信，我不但沒有工作房——書房，也沒有寫字檯。我寫東西幾乎是打游擊的。紙，一枝鋼筆，一塊六寸寬一尺長的木板，這是我全部的工具；外加一隻藤椅，一堆樹蔭。我就這樣寫了我那些長短篇，和〈笠山農場〉。我早就懷有要給自己做一間書房的心思，但生活迄不讓我的算盤按自己的方式打。還有很長一段時間我還須利用那塊木板來寫我的東西的。

讀了這些報告，我想你就會明白如何我不能經常有作品獻出來了。當然，我的意思不是指木板——它已給我完成了不少東西，對此我應該滿意——而是指迫使我一直不能不用木板寫字的最根本的東西——生活。眞的，這些年來我確實吃夠了它的苦頭。

小兒的升學所以傷腦筋，是因爲它不止於是考不考得上的問題，而是更複雜的。不屑說經濟——學費也是原因之一，但另外還有一個原因——畸形。小兒八歲時起因於跌倒（但西醫認爲係カリエス[34]），如今已成駝背了。這缺陷就嚴重地阻礙了他的升學。現在，我已讓他投考國立藝術學校（在臺北板橋）美術工藝科了。孩子已於昨日上北趕赴自四日起三日間的入學考試了。

養雞正如兄說的含有賭博性，而且賭博性很大。但是這是我的背水一陣，我必須抱著決心面對它。我會從最底的地方做起然後慢慢地充實起來。

榮春兄的輪閱作品我迄未收到。顯然我已沒有輪閱的希望了。文友中有人不把我們的友誼和關係看做一回事，我是知道的，我甚至猜得出這個人的名，但發表是沒有用的。

暑假中，有什麼計劃？預算在這段時間中寫的長篇該有很可觀的成績了吧！完成後，可不可以讓我飽飽眼福呢？

火泉兄說要寫長篇，我自獲悉這消息後覺得很高興。我渴望能夠讀到他的作品。

聚餐事如何？在幾時？什麼地方？我想努力看看是不是到時能夠參加。我想和各文友比比誰的鬍子大（文心兄的話）呢。

理和

八月二日

一九五八年八月五日・鍾肇政致鍾理和

理和兄：

二日來信收到了。反覆地拜讀，眞要使我欲哭無淚了。我該怎樣來給兄安慰與激勵呢？世俗的言詞，在此場合未免顯得太軟弱太貧乏了。我只有虔誠盼禱，兄能處逆境而不爲所屈，以樂觀應付一切困難。文窮而後工，也許兄在這種環境當中，能寫出更輝煌的巨著來，是則兄個人的不幸遭遇，或可能爲臺灣文學帶來大幸亦未可知也。

你說我這話未免太殘忍嗎？其實我的境遇較兄並不算好。我願默默地忍受，我所不可忍者，捨自己力薄寫不出像樣的東西之外便一無所有。命運（這個詞兒我是不大喜歡的，姑且借用一下）縱使肆虐，而在能忍受者面前，終究有那麼一天要顯得無力的，這是我的信念。

令公子入藝校，身體缺陷未始不可成爲「因禍得福」，殊不必悲觀，做父親的，首應有這種觀念才對，我希望兄能叫令公子來看我——這是說將來入學後有空閒之時。

34カリエス即英語的caries，指骨髓組織如脊柱或牙齒發生壞疽、潰瘍情況。鍾鐵民經診斷為罹患脊椎結核。

榮春兄大作，弟手頭尚有一份，這是北部文友輪閱後寄回來的，特寄上給兄。閱後請存兄處可也。又承關注，我暑假的計劃迄今未能實施，原因是七月下旬學生考試甫畢，又因岳父割治胃癌，醫院接洽等均由我一手代辦，昨天方返家，不日又需上臺北探病，內子前往看護，稚子左右糾纏，方寸已亂，遑論讀寫，近日為之焦灼無似，徒呼負負而已。聚餐事，沒有一位文友表示意見（根本就無人來信），我猜是開不成了。不但此也，大家意興闌珊，我也不想幹了。「文友通訊」，原就不無我個人獨腳戲之概，近月尤然，大家都如此，我的熱忱又憑什麼賡續下去呢？不如三兩知心，各自互通聞問——這是各行其是了，可怕的事實，奈何奈何——來得有意思些，兄以為然嗎？

我再看看，如果大家每兩月只能應付應付寫封信來，不痛不癢，我就從九月起結束掉了。好，對寫作我仍未灰心，假中總要儘可能而為的，下次再談。此問

近佳

弟肇政拜上　八月五日

一九五八年八月三十一日．鍾理和致鍾肇政

肇政兄：

我現病中無以爲告請轉問各文友好！

理和

八月三十一日

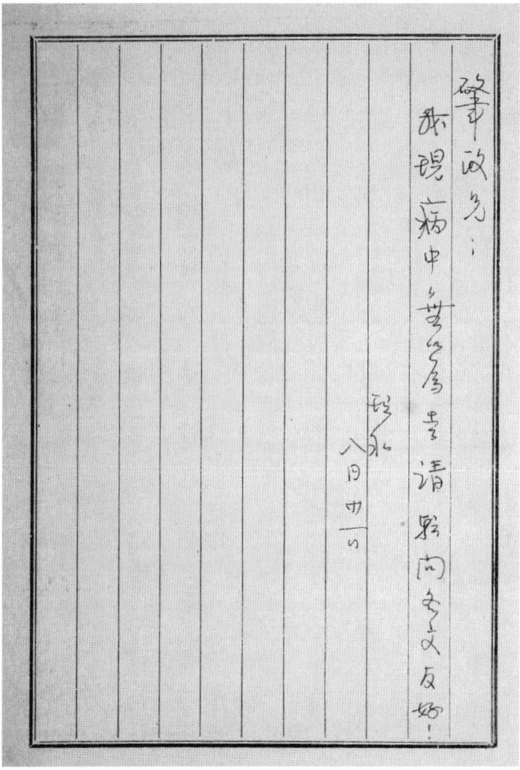
肇政兄：
我現病中無以爲告請轉問各文友好！
理和
八月卅一日

1958年8月31日，鍾理和因病僅以寥寥數語回覆鍾肇政。（鍾理和文教基金會提供）

一九五八年九月四日[35]．鍾肇政致鍾理和

理和兄：

昨天，看了你那寥寥幾個字的來信，我眞難過極了。我該怎樣安慰你呢？一切言詞都顯得空洞無力，我只有怨恨上蒼的無情了。我是這樣擔心，莫非你舊疾復發？

昨夜颱風過境，風雨如晦，電燈倏明倏滅，想見在病褥裡輾轉的你，不禁惻然。偶憶起樂天〈與元微之書〉中有詩云：「殘燈無焰影幢幢，此夕聞君謫九江，垂死病中驚坐起，闇風吹雨入寒窗。」可爲此刻心情寫照，一嘆！

日前，我有一篇文章登出來，隨函寄上。這篇作品，原應先徵求兄同意的，但我沒有這麼做，不知兄會怪我嗎？我寫這篇文章當然有目的的。上次去信時已提到，九月分爲止，「通訊」就要暫時停辦了。沒有人供給稿子，沒有一點文友動態，輪閱又停了多時——而最主要的，似乎是「通訊」再也不能得到文友們關注了（除了一、兩位以外）。於是我下了最後決定，九月分爲它舉行葬禮。不過我並非這樣就死了一條心，相反，我有了更大的雄心，要吸收更多的新人，以期有那麼一天轟轟烈烈地再來一次。除了在報刊上看到省籍作家出現，馬上連絡以外，我還想到寫一些文章，讓人們——不只是臺籍的作者、讀者——知道

有些埋頭苦幹的人們正在默默地努力著以期得到共鳴。我擬定了許多題目，並安了一個總題——文友書簡——這裡寄上的就是第一篇了。

清秀兄看後，馬上來信，說：「把文友們的通信，公開於世，換幾個『稿費』，這實在有點『豈有此理』了。」也許，他是在開玩笑，這也是開玩笑的口吻，可是我卻另有感觸，深覺自己想法幼稚，天眞，無補於事，因此，目前是否續寫亦就拿不定主意了。

兄在臥病中，我實在不宜用這些事來打擾，但我只是供你病中無聊時的一服「調劑」而已。

說起「文友通訊」，我想不如由各自較投合的個別聯繫，經常書信往返，也許要來得更有意義了。

開學伊始，諸事多忙，不多贅了。大概近日內，當可印發「通訊」。專此敬祝

早愈

弟　肇政　拜上

九月四日

35 原稿標記為八月四日，依信件內文推測應為九月四日。

小文賜閱後請擲還爲荷。

一九五八年九月九日・鍾肇政致鍾理和

理和兄：

「通訊」結束了，不悉兄有何感想，人生如此，奈何奈何。

兄病況如何？無時不在念中。深盼兄能寬心些，不可太憂慮，靜心療養。秋涼後，我想兄一定會好過些的。

令公子升學事如何？開學期已到，是否已決定入藝校？深盼兄能爲我寫幾個字，以釋遠念。

目前我工作忙，唯身心俱健，正在寫一篇長稿。不知何日可脫稿，眞不敢想像。

不多談了，只待佳音，此祝

早愈

肇政拜上

一九五八年九月九日・「文友通訊」第十六次

九月九日

理和兄：

西風乍起，又屆涼秋，也是咱們要筆桿的人磨筆尖的時候。首先在此，謹祝各位筆鋒壯健，文運亨通！

幾經考慮，本人在此鄭重宣布：「文友通訊」今日壽終正寢，享年一年另四個月。它的夭折，也許早在各位預料中。當輪閱停止，改爲雙月刊以後，它已是奄奄一息。第一：我自承缺乏支持的恆心，在此向各位俛首認罪；第二：每次大家都說差不多一樣的話，日久生厭，而致無話可說。「通訊」已無可通訊，大限已到。這就是我作此決定的兩大原因。

我不必爲「通訊」作歌功頌德式的墓銘，但可得而言者：一、咱們這幾個「時代的點綴者」（借榮春兄語）得以互相認識，成爲知己，互爲關照，大體上來說還不失爲「功」，所可惜的是在創作技巧的磨練上，未能發生多大作用，令人惋惜；二、是屬於我個人的，我所得到的文友們來鴻最多，所獲教益也最多，尤其幾位前輩（不只指年齡上的），不惜諄諄垂教，獲益良多，此恩此德，我是沒齒不忘的。

然則「通訊」既然結束了，是否我們的友誼也就此告一段落？當然不！在這一年多之間，相信在各文友間已培育起來深厚友誼的種子。我說種子，自然意味著它尚須灌溉、施肥。爲使它永恆，各位當然不會吝於這些手續的。如此，把「通訊」未竟的使命寄望於來日，當也不算太不應該吧？

在此文結束之前，我不得不報告兩位文友近況：一、理和兄數日前曾來一信，僅寥寥數字：「我正在臥病中，無以爲告，請轉問各文友好！」理和兄遭際，使人寄予無限同情，故在「通訊」結束之際，我仍不禁遙致最深切的慰問。二、火泉兄今晨適來信，內有云：「大兒子這次應召入伍，三兒子因工廠倒閉失業。我得開源：多多出差；我必須節流：現在把煙戒掉了……」，想見火泉兄在溽暑天氣，僕僕風塵，席不暇煖，令人感慨繫之矣！然而在這一、兩天，連續在《中副》、《聯副》看到他的大作問世[36]，不禁又竊喜，願他的開源方式能藉文章大批出籠而達成目的。此外，尚須附帶一事：紫江兄週前寄來郵票二十元，囑充作「通訊」發行之用，惜爲時已遲，除將郵票璧還外，謹對他的美意致謝。

在爲「通訊」送葬之際，我不擬開什麼「告別典禮」，讓他悄悄地來悄悄地去，倒似乎較爲恰如其分。因此，清秀兄再三的聚會建議，也只好作罷。

「通訊」雖沒有了，但它在天之靈將永久爲各位祝福，也將爲未來的「臺灣文學」祝福，但願各位文友埋頭努力，寫、寫、寫，盡力地寫，寫出臺灣人的心聲，爲「臺灣文學」開出一朵璀璨的花！

謹祝

體健

筆健

弟　肇政　拜上

九月九日

36 此時間點前後刊有：耿沛，〈失足〉，《中央日報》（一九五八年八月二十二日）、耿沛，〈回頭是岸〉，《中央日報》（一九五八年九月八日）、耿沛，〈父與子〉，《聯合報》（一九五八年九月九日）。

一九五八年九月十八日・鍾理和致鍾肇政

肇政兄：

連接數信都未能作覆我不知應如何向你道歉才是。來信慰藉有加，拳拳之情令人感泣。尤其〈心聲〉一文，情溢乎詞低迴悽惻令人不忍卒讀。理和得此友情則炎涼人世亦覺溫暖得多了。

但是我不應該使你如此難過，使你如此難過，實是我的罪過。我初未想到自己會在無意中在你心中種下如此感傷的種子。尤其在讀到本期「通訊」中火泉兄的消息時心中愈覺不安。在大家都默默無言地忍受一切的時候爲何我獨如此悲怨？難道我是一個弱者？

有一點我要向你剖白清楚。我自三十五年一病之後健康徹底破壞，以後即無復有健康可言。過去在通信中我雖然時常使用「病了」、「好了」的話來表明我的健康狀態，實際這是很不恰當的。在我的場合，應該使用「比較舒服」或「比較不舒服」這樣的話來表明要妥當些。而要造成這種「比較不舒服」的場面，偏偏機會很多：一陣冷風，過勞，一場小感冒，失眠……就足夠我躺下來。於是我必須儘量避免勞動避免執筆避免感情衝動——除開還看一點書只有安靜、安靜……。然而人畢竟還活著，頭腦依舊清醒。這就苦了。這是活受罪。家庭、生活、事業，在身邊團團轉著，但我必須閉著眼睛不管！

在這情形之下，精神所受的苦惱遠超過身體所受者。這是作成我情緒低落的最大原因。而「比較不舒服」的時候，幾乎比「比較舒服」的時候爲多，因而痛苦也就無已時了。

小兒終於沒有考上藝校，這使我很失望。現在他已考讀縣立內埔中學（高中部）。那麼，先讓他讀高中再說吧。

「通訊」結束的消息令人感慨無量。本來「通訊」先天不足，基層也薄弱，要維持久遠，是很難的，而各位文友又不夠積極，能夠繼續一年多還是靠兄一人奮鬥的結果。

拙稿〈笠山農場〉經過數次請求後已於數日前寄還，現在的問題是要如何把它打出去。我希望先在雜誌報章分期刊登然後集印成書。清秀兄處我已有信給他請他在臺北給我想辦法。也請你替我想想是不是有地方可投。它如能印成文字，除宿願可得而酬以外，對我的環境也會有很大的補助的。

看書而已，沒有寫東西。不過如果可能的話我想把〈笠〉篇整理一番。我覺得它有很多值得推敲的地方。餘容後敘。敬祝

時祺

理和

九月十八日

一九五八年九月二十一日・鍾肇政致鍾理和

理和兄：

來信拜讀了，我眞興奮。好些天來就在盼望兄信，接不到來信我就憂慮，你說我多愁善感嗎？我不能否認，不過原因是兄的健康情形未免太使人掛心，我又怎能禁得住往壞處想？

理和兄：請快別說「爲何我獨如此悲怨，難道我是個弱者？」誰又能不悲怨呢？這是世態使然，我能夠成爲兄發出悲怨的對象，我由衷地引以爲榮，我能夠對兄的悲怨感到共鳴，也正是我心中有某種悲怨，同是天涯悲苦人，我又何吝乎區區情感之發洩而傾瀉在筆端呢？〈心聲〉一文正是如此產生的。我常想唯其弱者，方能體會出人生的深刻悲哀——不是傷感——我們又何必冒充強者呢？弱者有弱者的途徑，我們未始不可徹底地做個弱者，探索弱者的世界，追求弱者的人生眞相，在藝術上來說，一樣可以不朽。

近日，開學使我又忙起來，但心情尙佳，正在努力寫一長篇。這些天我頗有一點感觸。報紙擴版後，各種副刊都有了些轉變，「戰鬥文藝」大批出籠，大家都在拚命登著戰鬥性文字，內容多半拙劣不堪。在這個趨向當中，我們的出路更少了。因此我想到，我們臺灣作家，爲了迎合時代需要，應以發揚民族精神爲首要之務。前幾天，火泉兄以投稿屢屢見退之情形見告，我便把這個意見告訴他，他來信中深表贊同。我所說迎合需要，當然只是做爲手段，並非純爲爲迎合而迎合，我們須要多寫，磨練文筆，偶爾發表發表，係也屬不可厚非，爲此，有限度的迎合是可以原諒的。我以此奉告，當然是希望兄也能在這方面動動腦筋，如身體情況許可，不妨多寫一些。我目前正在做此打算，執筆中的長稿亦正是這一類的。我也知道長稿出路渺茫，但下筆不能自休，暫時再繼續寫寫，不久我也要多寫較短的——我以爲萬字左右最好——不悉兄見如何。

〈笠山農場〉能夠取回，該是椿値得欣喜的事。我想經由清秀兄，與楊品純接觸一下，或能發表。楊氏以文友之友自許，大作又是公認的佳作，當不致推卸的。如果不可能，那就只有找林海音了。她編《聯副》，登載十幾萬字的稿是輕而易舉的，修改方面我以爲必須盡最大能事。宜慎重從事。兄如不嫌棄，我倒願意拜讀拜讀，如果僅論文字，我或能提供些許拙見供參考的。不過假如說到印書，我想事情就複雜得多，不過目前是發表第一，後事可暫緩考慮。楊品純那裡先試試，如果不行，我願給林海音一信，大事鼓吹一番，只要文字上不致太過不去，內容已有保證，應無問題的。

〈大武山登臨記〉（？記不清楚了）不知曾否登出？我急於一睹爲快，如果是在南部報紙（記得兄曾說要在《新生報》發表），我這裡沒法看到的，祈勿忘以剪報見惠！

好了，下次再談。字寫得潦草請諒！

此祝
心情愉快！

弟　肇政　匆匆
九月二十一日

〈笠〉篇取回手續爲何，我亦有一長稿在那邊，很想取回，如有可能，用來換幾文稿費。下次來信中，請順便見告爲荷。又及

一九五八年九月二十六日．鍾理和致鍾肇政

肇政兄：

說起我要回〈笠山農場〉的經過是非常曲折的。去年冬天吧，給張道藩先生上最初一封信；沒有消息。二個月後聽從清秀兄的指示，給國民黨中央黨部第四組提出陳情；同樣沒有消息。第二次是在本年四、五月間再給張先生上書，請求返還原稿。差不多半個月後回信有了，卻是：原稿屬文獎會所有而文獎會目下已經停辦無法取出等等，幾乎是複述了我原信

的意思。一個多月前清秀兄給我來信，指示了另一辦法——是他和品純兄研究出來的，好像是——令我再給張道藩先生去信，述說我目前的困難求他同情賜還原稿（因爲可以賣錢，也就是救救我的意思）。又說如果這樣還要不回來，然後再給他去信簡捷了當的責備他有什麼理由扣押未付稿費的別人的東西。先禮後兵——清秀兄這樣寫道。於是在上月杪，我照指示給道藩先生上第三封信，除敘述困苦外，更給了一點暗示：該稿尚未領取稿費，讓他知道所有權仍在我手裡。這也是給下次信預留伏線。

信發出去，約有七、八天，哦，天哪！原稿回來了。接著，中興文藝圖書館的王晶心先生[37]來信，據說道藩先生非常同情我的境遇呢！

費了九牛二虎之力，原稿要回來了，還算值得！

我本想重抄寫一遍，一來可以把錯字、別字更正，把生硬的文句修飾一下，也可以把嚕嘛的文字刪除。經過二年重新再讀，覺得不能滿意的地方太多了，這令我自己也覺得莫明其妙。但抄了約五分之一，卻感到了心煩。當然，身體不濟不能過分操作也是一大原因。現在先寄給你看吧，請你看後不客氣的賜予批評（文字上也請你修改一下）。

37 推測為作家王晶心（一九三四～二〇一五），臺灣大學外文系畢業，父親為王平陵，常跟隨父親參與文化活動，一九五〇年代參與臺灣省婦女協會，曾以〈綠藻〉獲《亞洲畫報》短篇小說徵文比賽第四屆學生組優秀獎第一名。

如果有刊物（如《聯副》）願意採用，無妨先給它看看，到排印時我可以一邊抄一邊寄給它發表。這樣是不是好？

對於連絡發表事，清秀、品純二兄（我都有信給他們）迄無消息。想一、二日內可能有回信。總之，現在是發表第一！祝

文安

理和

九月二十六日

又：〈笠〉篇送文獎會初審時本有二十三章，後來文獎會來信說預備採用，把原稿送回來叫我修改修改——訂正別、錯字，修飾生硬的文句，刪掉渙散的文字——於是我便把第九章整個刪掉，因為它對於故事的發展沒有關係。所以現在就只有二十二章了。這第九章改日我可付郵另寄給你看。一直到現在我還不敢決定刪掉它是不是更好？（既然不能幫助故事的發展，於技巧上說，當然是一個累贅，刪掉它自是更好。）因為它雖與故事無關，但對於書中主要人物之一的饒新華的性格的創造，有很大的幫忙。

一個寫原稿的人，總不喜歡把自己用盡血汗寫出來的東西無緣無故的消滅（其理自明無須細述），何況還有實際的利益呢？（多賣幾個錢）一笑！因此，如果不妨害作品的價值的

話，我倒有意把它重新加入。

還有：這第九章在我初稿時（那時還在大陸）還是最初的一章呢。

不過一切都要以作品爲標準，如果加入了不但沒有價值還會給作品減少精彩，那也不行的，不是嗎？這事就要請你作主了。

理和又及

一九五八年九月二十九日・鍾理和致鍾肇政

肇政兄：

小札與〈笠〉篇原稿諒已收到了吧。今再補寄第九章。

這第九章本是初稿時的第二章（初稿僅寫到第四章）也是初稿僅存的一章。關於本章在〈笠〉篇中的關係在前信已說過了，今從略。只有一點，你看了，自然會明白：這章的文體和其他的不同，它代表我前期的文章形格。它的文字生硬而牽強（如欲加入非大加潤飾不可），但它有著我以後的文章所沒有的東西：它的情思奔放、活潑、自由。

你看了就請給我一個明確的判斷（第三者較易得公正的判斷），看看本章是否仍以抽掉爲宜，抑無妨插入？

又〈笠〉篇如你讀後認爲有糟蹋幾張紙的價值，則請你向《聯副》林海音女士（我不認識她）連繫吧（清秀兄昨日來信也認爲《聯副》好，如不行，次爲《自由談》）。

〈大武山登山記〉寄出《新生報》南版後約二個月我曾去信函詢，結果獲得答覆是：「近可刊用。」我便照此意思在通信上向你透露。誰知它這個「近」拖了數個月至今仍無下文。該稿長約一萬字，它之不能馬上獲得排印豈能與此無關？

理和

九月二十九日

一九五八年九月三十日．鍾肇政致鍾理和

理和兄：

尊稿數日前即已奉到，今天又接到補寄的第九章，兩次大示亦均拜讀矣。

尊稿，弟迄未開始拜讀，原因是這些天我趕寫一篇九萬餘字長稿，昨天已全文脫稿。小憩一、兩日，我馬上會開始拜讀的。預料下週日可以看完。不過如修改費時，可能略遲幾日，總之，我會盡力而爲，無負雅囑。大示中殷殷以重責見託，我自知文學修養淺薄，恐不能盡符囑託，這是必須預先告罪的。我閱後打算馬上將提要寄給海音女士——或者乾脆將原稿寄去，如果文字上不必作太多刪修的話。我也急著見它變成鉛字，公諸於世。這點我頗樂觀，因爲它已有定評，諒來刊出是不會有多大問題的。這樣也總算可替咱們臺灣作家揚眉吐氣一番了，不是嗎？

尊稿取回，的確很費了一番周折。我本來也要把一篇稿子〈老人與牛〉（五萬餘字，曾得稿費二千七百多元）取回的，看了你見告的那種情形，倒有些裹足不前了。反正我目前也有很多篇醞釀中的作品亟待執筆，不去信也罷了。如果稍閒，也不妨照底稿重改重抄一遍，但暫時大概做不到。

我近日寫完的，是兩年前舊稿，從未整理，這次暑假因打球交了白卷，就拿出來整理一下，入了九月後方開始繕寫[38]。脫稿後又覺得許多地方不妥，眞傷腦筋。不過這是根本問題

38 推論為〈黑夜前〉，後投稿至《台灣新生報》未登，原稿遺失。見〈鍾肇政年表〉，《新編鍾肇政全集》（桃園：桃園市政府客家事務局，二〇二二年七月）。

（即能力所限），改來改去也無用的，不如先投去試試。明知不會有人要，仍禁不住抱著渺茫希望，這眞是悲劇啊！也許人生百般，莫不如此，一嘆。

目前打算再重唸兩、三遍，然後投出，《中央》、《新生》等報都在我的預算中，最後也許少不得《聯副》也去試試。這回得準備多挨幾次退稿了。

開學後，公務一直很忙，工作的時間只有晚上三個鐘頭左右，幸好近日天氣涼快了許多，對我們是頗有利的，我們可以多努力呀！又近日我有一篇作品在《新生報》連載，長約萬五字[39]。兄處自然沒法看到的（刊在「地方藝苑」，每週出版三次，月水金[40]三天），登畢後我想寄去請兄賜評，屆時一定請不吝指教。

信在休息時間寫，潦草了，請諒！此祝

大安

弟　肇政　拜上

九月三十日

一九五八年十月五日・鍾肇政致鍾理和

和兄：

〈笠山農場〉奮數日之力，此刻剛剛看完。我打算明天寄給林海音，並附去一信。預料不多天後當可得回音。本來我是想把提要先給她看的，但顯然這是多餘的了，全文在手頭，何必先來個提要？乾脆全稿寄去，讓她一讀便知。

今天（禮拜）我差不多看了一整天。今天所讀的部分非常使我感動，我幾乎不停歇地讀。我願意說，這確是部好小說。全文流露著一種淡淡的憂鬱——一種使人快意的，使人心情暢然的憂鬱。我以爲它之所以得到極高的評價，是有其道理在的。兄的手法確屬不凡，這麼複雜的人與事，處理得有條不紊，穿插又都順當而有致。幾年來我都以無福一讀而抱憾——自從它得獎的消息刊在報端後（那時你我未開始通信），我就念念不忘，今能償此夙願，我實在是很高興的，同時也爲兄的成就虔致祝賀。

39 鍾正，〈牡丹復仇記〉，《台灣新生報》「地方藝苑」版（一九五八年九月二十四日～十月二十二日）。

40 日文，即星期一、三、五。

回頭談到實務上去。此作目前亟需發表，乃是任何人所不能否認的迫切需要，如果拿要發表的想法來看，我便不得不指出它的許多缺點了。第一需顧到的，作品要發表出來，至少文字上必須過得去。編者的職責除了編輯外，尚須把文字弄得（修改）妥切。這是根本問題，兄當也不致有異議。〈笠〉篇在這點上，我（不客氣地說）以爲尚未符合這個標準。它冗辭蕪句實在太多太多了。兄在此作中，用的形容詞句，若拿現代小說創作的尺度來看時，便多到不可理喻的地步。差不多每種事物——敘景、狀物、描情、寫感，差不多都一連加上許多形容詞句，且偶亦有重複的，這種情形，實在很可能令讀者生厭。我已儘量刪減，尤其特別顯著的，加以刪汰，但顯然還沒做到完全的地步。這是因爲我本身的能力問題，有時一讀方過，覺得有問題，再讀，覺得仍有些不順當，爲了刪除而三讀，此時我就發覺不知如何下筆，彷彿也不無仍過得下去之感，因此筆就擱下了。可是它須要大大地再來一番刪汰是無疑問的。編者似應負起這個責任，不過以此長文要求這點似乎也太過分點，因此就只好由兄自己來刪除了。我也準備把這意見告訴海音女士，如果她不肯，就請她給你刪修的機會。目前，顯著的文字上的毛病我大體已改了，可是有些句子，要想整段整段地刪汰的，這就只有由兄自己做了。請手下勿爲自己留情。

關於內容方面，拙見不多，前面已言及，穿插結構都很好，只有一個不滿意之處是二十章寫阿喜嫂，扮演一個感人至深的場面（指送女兒與致平遠走處），而一路來，她的予人印象並不怎麼深刻。她的爲人，幾乎讀了這一章才顯示出來。在長篇小說裡，一個重要配角的爲人似乎不該這樣在臨尾才使她顯現出來，這樣亦使人有這個角色是臨時加上去的感覺。因此我以爲讓她外表上或行動上，有一個顯著的特點（兄在刻劃饒新華、馮國幹等人的手法，把這個技巧運用得妙極，而阿喜嫂這位在後邊扮演一個重要場面——這誠然是個重要場面，我把它看做是全書高潮裡的重要人物，卻有點模糊），每次出現都加以強調一下。同時在本章裡面，淑華父親臨死的一幕，亦可增敘幾句話加強描寫，以增強氣氛。最後是，最後的一章，我覺得這是較弱的一章。馮國幹的出現在掉尾顯不宜，應該先讓他出現，交代出笠山農場的易主，然後點出饒新華之死，做爲渲染笠山農場之下場的輔助——當然，馮的出現是主。同時，此章有關春天的描寫——無疑兄是藉此留下一點光明——屬於人生的——但卻有點與此章的氣氛不洽，我以爲工人們的工作情形已很可收到這預期的效果（如果有這企圖的話）。又本章是個高潮過後的尾聲性質，這個字數顯然太長，筆調也可換爲淡漠的。收得淡些，意境似可遠些，餘韻亦可長些。

以上仍舊是憑個人印象的意見，僅供參考而已。日後修改，盼能參照一下。明天早晨，我就準備把尊稿寄出。林海音女士一向都同情我們——雖然她不太熟悉——恰巧我最近一連發表了兩篇「文友書簡」——其中之一是〈心聲〉[41]，另一則題爲〈風雨夜〉[42]，係根據兄病中來信「病中無以爲告，祈諒」而寫成，刊後，自覺不甚妥當，故未奉寄，因此，她已充分知道兄的境況，當能幫這個忙，把它刊登出來的。

（又：第九章去留問題，我也以爲刪去爲妙，但似亦可惜，如能刪減一半以上篇幅，當以加入爲宜，唯這點我亦已告知海音女士，由她裁決好了。）

出書問題，現在來談似乎嫌爲時尚早。不過現在的出版界——我所知也極其有限——並不如我們想像的那麼簡單。如果有人願爲我們出書，自然是最好不過，如果要自費出版，我以爲這個險殊不值得一冒。清秀兄與文心兄的書銷路如何，我未曾問及，但可想像是近乎「慘」的——這該不是內容問題，在臺灣，最有名的作家的書也銷不出兩千本，老本撈不回已是常識中事。不過我目前想，《聯副》如能刊出，我打算再去信請海音女士想辦法，最好能由聯合報社出版。其實，我想兄亦可不必太看重出書與否，目前文壇上的出書熱，委實叫人不敢恭維，彷彿出了本書，不問是什麼樣的，就自以爲躋身名家之林，這個風氣是很滑稽的。

兄如有何高見，請儘速示知，我可以轉致海音女士，或請兄逕與林女士通信亦可。好了，下次再談。此祝

時綏

弟　肇政　拜上

十月五日夜八時

一九五八年十月十四日・鍾理和致鍾肇政

肇政兄：

一、來函敬悉，兄對〈笠〉篇之見甚合我意。（容後敘）

二、發表第一，其餘尚屬次要。

三、請按兄意進行即可，我但求早日見諸實現，如此而已。

四、我病反反覆覆——現又臥床矣——灰心之極。此處不多寫了，海音女士處也懶得去信了。

五、萬事拜託——

六、敬祝

大安

理和

41 鍾正，〈心聲〉，《聯合報》副刊（一九五八年八月二十八日）。

42 鍾正，〈風雨夜——文友書簡〉，《聯合報》副刊（一九五八年九月二十五日）。

十月十四日

一九五八年十一月七日‧鍾理和致鍾肇政

肇政兄：

我仍在病，不想多寫，簡括如下：

一、〈笠〉篇發表事，如何？海音女士有無消息？

二、《亞洲》繼續徵文，兄有意參加否？（清秀兄已決定參加）我雖有心，但如目下情形，是否能執筆，不可知。

三、文友間已久無消息，請詳告動態。

四、敬祝筆健。

理和

十一月七日

又如在一星期內賜覆請寄：美濃鎮廣興國校二年鍾鐵英[43]轉交

一九五八年十一月十一日・鍾肇政致鍾理和

理和兄：

大示拜讀了，久未函候，至歉至歉。

關於大著〈笠山農場〉，林海音女士迄無信息，好些天以來，我即已覺得等得有些不耐煩了。稿子投去，石沉大海，天下苦事無過於此，我準備再過幾天去信問她。本來，我是在等待目前在《聯副》連載的小說完了以後再看看情形的，可是現在的兩篇長稿都好像沒個完似地：一是日本小說〈輓歌〉已到七十多，另一爲毛瑞亞克的〈愛之荒漠〉，亦已到六十多回。前者可能已到了最後階段。十月中旬，該刊忽然登出了一個尋稿啓事，說專誠約來的彭歌作〈尋仇記〉不見了，一方面說稿已送去，一方面則未接到，迄今尚無下文，如果找到，當然這篇得先登的，不過已過了這麼久，可能永遠也找不到了，那麼豈不就可以輪到〈笠〉篇了嗎？一切得再等幾天，我去信問問，也許可得到確切的答案。

《亞洲畫報》徵文比賽，目前我尚未考慮，鑒於上次連榜末都撈不到，我不大想參加

43 鍾鐵英為鍾理和長女。

的，而且在這「戰鬥文藝」（？）滿天飛的時候，更有些提不起興趣。文友們我也久無通信了。僅火泉兄通過一次信，其他則不聞不問，我近來寫作則陷入停頓狀態，十月中開了頭的一篇短篇，至今仍未寫成，一枝鋼筆有如千斤重，常覺已到了山窮水盡的境地了。同時工作也太忙，本月二十一日有一個大規模的教學觀摩會，到那天得忙個不停，徒使大好時光（天高氣爽，眞是大好時光）虛擲，心中焦灼無似，奈何不得。好了下次再談，希望兄能早復健康。

此祝

時祺

弟　肇政拜上

十一月十一日

一九五八年十一月十九日・鍾理和致鍾肇政

肇政兄：

大函敬悉。海音女士迄無信息，確屬奇事，不過我可以再等，一切從兄發落就是。

賤恙近日來已見好轉，想數日間必可痊復，但體力卻大不如前了。要恢復到像以前，如屬可能，也必須再過些時日。這也是傷心事之一。一場病，我已歇了一個多月了，什麼都已荒廢，不過能夠再執筆，則其餘也不須再計較了。

戰鬥文藝滿天飛，我們趕不上時代，但這豈是我們的過失？何況我們也無須強行「趕上」，文學是假不出來的，我們但求忠於自己，何必計較其他。如果可能，我還是希望兄能參加《亞洲》徵文比賽。我頃已有一題材「原鄉人」是忽然想到的，好像很有意思，但寫起來時是不是又眼高手低，則不敢必，盡力為之而已。

清秀兄的參加作據說已經寫就，是〈老作家〉。

林女士如有信息請即告知。敬候

大安

理和

十一月十九日

一九五八年十一月二十八日・鍾肇政致鍾理和

理和兄：

海音女士昨天傍晚來了回信。她坦白告訴我尊稿還沒有拜讀。她把她的生活情形詳細告訴我，似乎很有不得已的苦衷。好吧，我就把她的原函寄上給兄。兄閱後便可知一切了。那種情形，我也很覺同情。看情形，〈笠〉篇得再等個時期才能有眉目了。同時，即使她肯登，也不是短期內可實現的事，我們都不能寄予太高的期望。平心而論——你看了她的信一定也會有同感——她對我們是很同情的，可是在選稿上（指長稿）仍不能免於受客觀影響。這是無可如何的事，設身處地而想，也是任何人所可不能免的事。我們的社會原就是這樣的啊！此外，她還提到「文友通訊」，這是很使我吃驚的，不曉得哪位多事的文友，把看過的「通訊」交給她，我覺得彷彿屬於我們的天地受到侵害。不過一方面我也想，假如當時我們能普遍地讓某些局外人知道我們的活動，那麼可能會有不少外來的影響力，使得我們的活動活動些、長命些。這些都已過去了，談了也無用。不過兄覺得如何呢？

《亞洲》小說比賽，兄既再三勉勵，我也打算想想了。不過目前我實在想不到寫些什麼好。一篇萬字小說，光復節寫到現在還沒完，可知我近來是轉變得自己都糊塗莫名所以了。

如果到時候能有題材，而且寫得完，那麼我也要去湊湊數的。

文友們我都沒有通信，連清秀兄我也很久沒有寫信，他近來也似乎很緘默，老沒有看見作品發表出來，不止他，大家都沒有作品登出來的，想來也眞洩氣。

好了，下次再談。海音我已去了一信，我眞想〈笠〉篇能夠發表出來。我最近的作品，九萬字的〈黑夜前〉寄《新生報》已一個月，可能以同樣的情形給壓下來了，更可能在一樣的情形下給退回（這是說，正如海音所說，連讀都不讀便給退回），也罷，再談，祝

好！

弟　肇政拜上

十一月二十八日

海音原函閱後請便中寄回。

一九五八年十二月四日・鍾理和致鍾肇政

肇政兄：

十一月二十八日來函及附海音女士回信，悉。海音女士的立場我可以想像而得，是以可以同情與理解，也只能同情與理解。我不敢奢望〈笠〉篇能隨時發表。只要能發表，則我再等三、五個月也無妨。只要了解我們所處的社會，我們便無理由抱太高的希望。

對「文友通訊」所見極是。過去我即曾指出它先天薄弱，不會有太長的生命。但如今已矣。倘回生有術，則它重生之日我們必有更好更多的教訓，這教訓會使它獲較長生命那是毫無疑問的。

〈原鄉人〉是我此次參加《亞洲》比賽的作品，草稿已經寫好，略事推敲後可望於明年初寄出。說不上好，平平而已。能得「佳作」於願足矣。

讀著來信我忽然想到這樣的事。你讀過《吉訶德先生傳》（ドンキホーテ）否？吉訶德先生把風車誤認爲巨人惡魔，正是他所要征服的對象，於是不管三七二十一拿起他的槍矛向那裡猛撲，結果只是教自己弄得頭破血流。你看我們目下所爲，不正像吉訶德先生的寫照嗎？

我已恢復——已比較舒服——又出來做事了。就已打住吧。敬祝

大安

理和

十二月四日

一九五八年十二月八日・鍾理和致鍾肇政

肇政兄：

對於兄對〈笠〉篇批評，前因臥病未得暢所欲言，今補於此。兄不憚煩地仔細加予閱讀甚至加予修正，我十分感謝。

大致說來，兄對〈笠〉篇的批判皆極扼要而中肯，我必盡量虛心接受。說來奇怪，我寫了這些年原稿，至今在文字的運用上仍像一位小學生似的錯誤百出，造句也生硬而牽強。後者大概是受日文文法的影響，迄未能掙脫其桎梏，雖然在寫作時曾力求避免。至於文章之不

合當代創作的形式，除開個人少見寡聞外——我極少讀到當代作家的作品——我還有自己的觀點。我以爲文章也和人一樣貴在有他自己的個性。如果我裡面本有此物，或有這種傾向，我固樂於用此形式來寫，何況這又能博取讀者歡心，否則我仍喜歡保留我自己的方式。

內容方面。兄對末一章的見解——應讓馮國幹在章首出現以點明笠山農場的易手——深合我意。當時我曾爲此傷過腦筋，卻獨獨沒有想到用馮國幹。原來我只要首尾掉換一下就行。事情竟是這樣簡單！

（原來的）第九章——描寫饒新華的一章我必按照你的意思予以刪削。似乎把他的軼事部分省卻過去，即可收到相當的效果。

說到第二十章（全書的高潮）裡面的阿喜嫂，這裡倒有一個插曲。

記得當初寫〈笠〉篇寫到第十七章（原爲第十八章）的時候，我曾擱筆停了一段時間。下面的情節及最終的收場是早已有了構圖的。但這一停，卻給下面，特別是第二十章的發展完全改變過來了。在我的構圖裡，我原想讓淑華產後——嬰兒則讓阿喜嫂處理掉。這裡有極好極怕人但極有效果的場面。後來阿喜嫂因此患了一場大病——出家削髮爲尼。致平則在最末一章投海自殺。也爲了有這樣的收場，所以在前面我不憚煩的一再觸及寺庵及僧尼的生活——特別強調僧尼生活的辛苦陰暗。我要讓淑華明知僧尼生活的悽慘並對之不懷好感，而到頭來終不免出家爲尼，藉以表現她襯托她對人生絕望之深。

但就在此時——停歇期間，我忽然想到一位讀者來了。這位臺北的讀者在讀了我另一短篇〈野茫茫〉[44]後曾給我來了一封信，徵求我對同姓結婚的態度。據說他正爲此事在苦惱，求我給他指點出路。我當時便由此事聯想到：目下一定有不少青年人爲此而苦惱。因而我就考慮到倘照我的原意寫下去，則〈笠〉篇的收場豈不正正對這些苦惱的青年兜頭澆冷水？令這些青年大失所望？這種精神的打擊一定是很大的。想到這裡我便把下面的情節來了一個大大的改變，不但一個不曾死，一個無須出家且反而償了宿願——結成夫婦。雖然那結合的方式仍極可悲，但對那些苦惱的青年的作用自然不同了。

也許因爲這樣，所以阿喜嫂的性格的創造，遂有了漏洞，而後則變爲不自然。雖然如此，我仍須承認我創造阿喜嫂還是失敗。不管收場如何改變，她在全書中仍是一重要角色。且在我構想中她原應是一個獨立意志極爲堅強的女人，如果我不能在讀者閱讀中得到這樣的印象，那是我的失敗。

倘使尚有可爲，在整理時我可以對此再下一番功夫。

最近我有一短篇〈奔逃〉登在《新生報》上（連載南部版）。我本擬把它寫成三萬字的中篇，但寫到七千字處，下面的情節才發覺到可能會像「故鄉」似的脫節和鬆散，所以把它

44 鍾錚，〈野茫茫〉，《野風》六十九期（一九五四年六月一日），頁四五～四九。

切成獨立一短篇寄了出去。但這樣一來，以後的幾段就不知道要如何處置了。我常常有這樣的情事發生，眞是見鬼。

謹此敬候

大安

理和

十二月八日

一九五八年十二月十一日．鍾肇政致鍾理和

理和兄：

八日大示奉悉。關於大作的拙見承兄逐點闡釋，對我是很有意義的，本來我那次信去後就覺得說得太不客氣，措詞應該委婉些才對的，而兄未以爲忤，反倒使我慚汗無地了。看了來信中對情節安排變更情形，我不得不拍案驚奇，假如兄自始至終依照原定計劃，給予主要角色們悲慘的下場，那可眞成了部大悲劇了。目前這個樣子較原定計劃優劣如何，我也不敢

遽予斷定，但兄的構思縝密奇想縱橫，已夠我嘆服了。不過我個人是不忍也不大贊成把作品寫成那種叫人黯然魂斷的樣子的。每一次執筆，對筆下人物不由不發生憐愛，於是就怎麼也不忍下毒手了。

關於文章的個性云云，我也很具同感。我未能見及此，以一般水準來下評斷，這勿寧是我的輕妄。日本作家的文章大部分可由文字猜定作者是誰，而每一個作家都有其獨特的風格，新人力求表現新穎，把前人窠臼棄如敝屣，我想這是日本文學近年突飛猛進，躍上世界文壇最高水準的第一個緣因。而反觀吾國文學水準，一直落在最後之最後，新人只知因循前人舊轍，墨守成規，不知圖謀推陳出新，實在也是重要原因，我們實在應該著眼於此，努力向前才是的，不知兄以為然否？

這幾天我又恢復寫作了，新近完成〈柑子〉[45]、〈婚宴〉二作，前者八千後者三千字，均寄《聯副》，我也自覺有點改變了作風，但是否已摸著了路，還大成疑問。顯然，幾月來我已陷入了死巷，找不到出路，圖拔自救，大概是時候了。新年將屆，我希望來年是我的轉捩點，努力不輟！

〈奔逃〉盼能惠予一讀，又〈菸樓〉也希望能一睹為快，請不吝一併賜下。另郵奉上最

---

45 鍾正，〈柑子〉，《聯合報》副刊（一九五八年十二月二十一日）。

近發表的拙作乙篇，是在《新生報》登的，這篇原題是〈泡沫〉，給改成那個樣子，叫人洩氣，還有，每期的小題目也是編者加的，不堪入目，請兄撇開題目與小題，將正文惠予嚴正的評斷，勿稍寬待是幸。

餘容後敘，專祝

大安

弟 肇政 拜上

十二月十一日

一九五八年十二月二十四日・鍾理和致鍾肇政

肇政兄：

十一日函及大作〈泡沫〉均已收下。拙作〈笠〉篇情節的變更並不後悔，甚至愈來愈認爲應該如此。我們沒有理由讓一位讀者在讀完一部作品後大感灰心。當初如果按原定計劃寫下去，則它在主題方面將被擯斥於文獎會是極其明顯的。雖然我們不必拿得獎與否來評估一篇作品的高低。

兄對文章風格的高見甚合我意。人人不必盡皆相同，前人之新未必不是後人之舊。海明威固以其獨特之風格風靡了今日的世界，但安知下一代無人不以相反的作風取代其地位？

大作〈泡沫〉寫得甚好，故事生動有趣，情節緊湊迫人，文章洗練而流暢，起首和收尾寫得含蓄而富於詩意令人讀後回味無窮。如果尚有缺點可言，則大概就是把「豺狼」的聰明寫得過於神化，有點近乎不自然。

說到編者擅改文章的題目，這是令人生氣的行爲。他們只著重生意眼，完全無視作者的尊嚴。我要讓你看看〈奔逃〉被他們改成什麼樣子。這已經是一種「分屍」，生命是沒有了，只留下醜惡的屍體。我已提出抗議。但一反省，抗議又有什麼用？他們大權在握，可以爲所欲爲。說到這裡，不禁要爲我們這一班無權無勢的文藝工作者而嘆。

〈奔逃〉當初原想寫成三、四萬字的中篇，到時倘認爲滿意便想寄《亞洲》應徵四萬字中篇徵文。主人公逃到東北後看不慣「滿州國」[46]的一切作爲又繼續奔逃下去，直到認爲可以停下來的地方爲止。以下便是寫他在東北的所「見」。但寫到這裡，忽然發覺雖同爲奔逃，畢竟動機不同，前者爲了兒女私情，後者則是另一種不同的東西了。加之文章到了這裡

46 應為「滿洲國」，鍾理和寫法為日文用字。

也鬆弛下來，要想維持同樣的風格，似乎不大可能。因此便在這裡打住，讓它暫時成為一獨立短篇，但心裡仍打算以後想辦法續下去。「滿州國」等字眼之所以未予更改，除開想保留文學的眞實感之外，另一半原因亦即在此。不想它現在竟遭到如此無情的刪裂，一切算是完了。

被他刪掉的部分我同時郵寄與你，你看後，當然不難察知他們因何而刪掉。我想倘使我把下面的部分也全部寫出來然後寄給他們，到時他們看到我居然對「滿州國」與日本予以攻訐便說我是愛國主義者，豈不教人笑掉牙齒？我們寫東西所憑依者僅是這一顆熱的心，並不問是不是愛國，倘使寫出來的作品裡面確乎有這麼一點東西，那也不過不得不如此寫罷了，倘竟因此而目他為什麼什麼主義者豈不叫他哭笑不得？

但是現在的風氣卻在要求你這篇也「愛國」那篇也「反攻」，非如此便不足以表示你確係一位愛國者，非如此便不為他們所歡迎，想起來眞是肉麻之極。純文藝云云，純在哪裡？文藝在哪裡？嗚呼！

登有〈菸樓〉的《自由青年》被友人借去後遺失，容後補寄。

祝

新年快樂

理和上

一九五八年十二月二十四日・鍾肇政致鍾理和

十二月二十四日

理和兄：

奉上近作，敬請賜評。

這是十月下旬即開始斷斷續續執筆，到本月初才完稿投出。殊未料及，竟這麼快給登了出來。我自覺這篇毛病特多，能夠登出，已是有些不可信的，同時我也自覺這是改變以往作風之作。請兄不吝賜教。

餘言不敘。此祝

新年快樂

弟　肇政拜上　十二月二十四日

賜覽後請擲還爲荷。又及

一九五八年十二月二十五日．鍾理和致鍾肇政

肇政兄：

前月我曾給香港亞洲出版社經理張國興先生去了一信徵詢他可否採印〈笠山農場〉，另附了一紙作品內容撮要。昨日接獲覆函（隨信附覽）要我寄原稿給他看後再作決定。走這條路是位外省朋友去年告訴我的，今年清秀兄來信也傳達了梅遜兄同樣的意思，於是我就有了無妨試試的想頭。據說倘被採用報酬比臺灣要高得多。對此，尊意如何？

〈笠〉稿，不知海音女士看了不曾？我想把原稿要回來趁此機會整理一番。整理後倘使《聯副》不能很快採用，則我想寄香港去試試看，但不知要原稿回來是否方便？會不會因此令海音女士不快，影響到後被香港退回來再寄給她時發生障礙？

我的意思很明顯，主要還是早日發表的問題，此除開每個作者原有的心願外，對張道藩先生亦負有一種義務。至於稿酬，當然是越優越好，但也不能勉強。想吾兄必能瞭解我的心情。

還有：十二月十八日《中央日報》有幼獅出版社徵求十部長篇小說的啓事，期間自十二月二十日起至明年二月末日止。如終無辦法可想這也未始不是一條出路。兄以爲然否？

給海音女士索取原稿時請寫委婉些，勿使有任何誤會。

敬祝

教安

理和

十二月二十五日

一九五九年

一九五九年一月七日・鍾肇政致鍾理和

理和兄：

林海音女士昨天把〈笠〉篇原稿寄來了，今晨並接到她的信，她說這篇確係佳構，但因故事的發展緩慢，報紙連載起來，恐不易吸引讀者興趣。每天登那麼千來字，想想也叫人著急不耐，無異把好文章糟蹋了。我不敢斷定這是否只是一種藉口，事實上，她對我們是非常誠懇的，編者必須迎合讀者口味，似乎是天經地義的事，想來也真是沒奈何。她還希望兄能寫些星期小說（約八千字）或三千字左右/以內的短篇。我也認爲兄若有這樣的作品不妨投給她，《聯合報》稿酬是千字四十元，如果較南部諸報高的話，還是交她發表有利，況且《聯副》的讀者又較任何他處多。

兄參加《亞洲》小說比賽的作品寫完了嗎？近日我正在著手兩篇短篇，都在九千到一萬字之譜，長短倒是適合寄去參加比賽的，但若論內容，則恐根本不被看在人家眼裡。故暫時我尚不作決定是否參加。

近日天氣頗冷，盼兄能多珍攝。又者，〈笠〉稿可儘速整理投亞洲出版社一試。幼獅社我覺得那是救國團辦的，可能只注重時代意識，盼兄考慮何者先試。此祝

時安

拙作〈柑子〉看過了嗎？請賜評，並希寄還爲荷。

弟　肇政　拜上

一月七日

一九五九年一月十二日．鍾理和致鍾肇政

肇政兄：

我於十二月二十八日夜舊病復發迄未能下地。

〈柑子〉寫得比任何一篇都好，可見你的轉變是成功的，謹此致賀。

〈笠〉篇原稿這樣快就寄回來是我所未料及的，但我現在只能仰看桁桷爲之奈何？我有一大膽請求，想請兄代我整理並於整理後寄往香港。但這請求是很過分的，如你不方便我儘可收回你亦無須介意。

我的情形很壞。我不知道今後和兄等共同奮鬥的日子尚有多少？

此信是躺著寫的，難免潦草，祈諒。

我很寂寞，請兄多多來信以慰病懷，暫時我恐怕不能多寫信了。

祝

快樂

理和

一月十二日

一九五九年一月十六日・鍾肇政致鍾理和

理和兄：

得悉吾兄舊疾復發，適弟亦在臥病中，感懷兄我身世，涕泗交迸。我是偶染感冒兼胃疾，近日來寒流聲中，縮在被內仍瑟瑟發抖，幸今晨已能上班，足足躺了四天。不過當我回憶起兄信中悲觀言詞，眞是歔欷不禁了！天何薄於兄耶！只恨我無力，不能分負兄病苦之一部分，問天無語，奈何奈何。自從「通訊」結束後，文友們每況愈下，作品發表的，幾乎沒有看見一篇，榮春兄且又行蹤不明，據其好友陳有仁來信，前些時就搬走，找也找不到，連清秀兄也在信中大發其悲觀論調，臺灣文學已陷入空前的低潮時期，前途暗淡一片茫茫。或許，冥冥中有什麼力量在支配著一切，人力是無可如何的。兄的情形亦可作如是觀。因此，深盼兄能安心靜意療養，勿爲瑣事煩心，則日後自有重執鋼筆之時也，不悉兄以爲然否？

我的寫作停頓了五天了，今夜起又可以續寫，所恨日子裡事多忙碌，夜則寒冷逼人，但我仍願堅持下去，夜夜工作兩、三小時，積少亦可成多，不怕作品完成不了。目前正在寫兩短篇。一篇草稿已畢，另一篇則病前剛到高潮，忽告中斷，能否續下，尚成疑問。

〈笠〉篇整理事，我當然願效勞。寒假在邇，我可以有好些天閒暇，大可以利用一下。不過我只能略加修改，全文的重繕是辦不到的，如果兄同意我這麼做，就請把所有的修改意見，與原稿一併寄來。寒假中一定交卷不誤。

今天頗有晴意，雨則已停，諒在近日內能開朗了，這些天寒得苦極，幾乎是有生以來的初次感受，其亦年齡之關係乎！

下次再談。此祝

早愈

弟　肇政　拜上

一月十六日

一九五九年二月四日‧鍾肇政致鍾理和

理和兄：

又有好些天沒有奉函了。學期末大忙特忙了一陣子，一日起放假，算是深深地鬆了一口氣，二、三日兩天，帶學生北部旅行，在北、基、陽明山等地轉了一圈昨夕才回到。今天起算是眞正入假。假期雖不算多，而必然地又將有不少應酬，能夠靜下心來工作的日子，恐無多少天，但我還是滿心欣喜與期盼，想好好地幹一下。我想，如果能有兩篇作品產生，便很可以引爲滿足了，此外想看的書也有幾本，亦是不可忽略的工作。

我已盼望了好些天兄會把〈笠〉篇稿子寄來。爲什麼到今天仍未能收到呢？前信已說過。重新清繕，我一時沒法做到，但儘量加以整理一番，總還不算需要太多的工夫——其實我也以爲它已無需多大修改。希兄見字後儘速寄下。前些天，火泉兄有信來，說此時此地，在報刊發表（係指〈笠〉篇）是沒有多大希望的，編者們都在登自己作品，不如向亞洲出版社鼓吹一下等言，的確，在目前的臺灣文壇，是沒有我們插足餘地的，只好向海外尋求出路。不過他要我向亞洲介紹，我怎麼能夠呢？但是我寄去時，仍會附一張信，竭力辯說一番的。

做爲一個寫作者，你我都很苦悶，這是時勢使然，沒辦法，盡其在我，如此而已。

近日病況如何？我無時不在念中。我想，我不曉得如何給兄安慰。兄已苦夠了，我眞希望，新春來臨，好運道也會光顧你。而壞運道則與舊年一塊遠颺了！好了，我沒什麼可以報告——不，有的，一月來，我添了一個女兒，從此是二男三女的「多產作家」了。還有元月中，有作品兩篇寫完。一是〈山村裡〉一萬一千字，已寄《亞洲》參加小說比賽，寫的地方色彩的內容，仍與反共抗俄風馬牛不相及，退稿已在意料中，不過我仍寄望於退後的再次投稿。實在的，我本想不願寄《亞洲》的，可是臨時又想不出投哪兒好，就糊裡糊塗寄去了。另一篇題爲〈蕃薯〉約九千字，恰適合《新生報》星期小說的長度，便投去該報了。一月間有兩作，可知我是怎樣勤奮地工作。我每晚都工作兩、三小時，從未間斷。近來筆尖很澀，速度大不如前了，以後想維持這個產量，但談何容易，不過總之一句，我是要奮鬥到底，努力到底的。

好了，下次再談，此祝

健康日進！

弟　肇政拜上

二月四日晚間

一九五九年二月七日．鍾理和致鍾肇政

肇政兄：

連接數信，都未能覆，實在對不起，想兄知我之詳，當能見諒。來信拳拳情溢言表，令我感激。一場病，足足躺了一個多月，現雖能起床走動，唯體弱而虛，仍須有長時間的療養。如此多病之身，如何過下去？前途茫茫，思之黯然，只能強自解慰，得過且過而已。

參加《亞洲》比賽作品〈原鄉人〉，病前作好，後又加修整，未完便倒下了。正月二十七日，勉強起來執筆，續完剩餘部分，於三十日寄出，不能滿意之處尚多，但已無能為力了。

在病床中，我把〈笠〉篇重新讀了一遍。錯字、別字之多及文章之亂，令我重新吃驚，它之整理，將必是份艱巨煩難的工作，這要第三人來負擔，要求未免過火。加之文字之亂，是非重繕一篇不可，因此我想由自己來擔當這份工作。我想藉繕寫之便，把錯別字、牽強的章句、累贅的文字，來一個徹底的大整修。第九章——饒新華的身世為人介紹——擬將軼事刪削後重新加入，第二十三章最末章將遵照尊見把馮國幹之登場及饒新華之死先後次序掉換過來。

過農曆年，即將開始工作，但身體已虛，工作必不能快速，因此稽延時日已屬難免。好在沒有期日的限制，遲一、二個月當不致有礙。

以上便是為什麼沒有把〈笠〉稿寄上去的原因，但兄之盛情，我仍一樣感謝，同時也請原諒。

欣悉兄有弄瓦之慶，謹此致賀

理和

二月七日

一九五九年二月十一日・鍾肇政致鍾理和

理和兄：

七日來示今方捧讀，諒係春節期間郵遞延誤之故，多天來我就很著急地盼望著兄信，今獲此書，心中興奮是不可言喻的。我為兄的重獲康復而高興。

〈笠〉篇修改事，兄既然如此客氣，我自也不便相強。該稿繕寫方面的確嫌潦草，我以前讀時，往往會碰到必須細加辨認，方能認得出的字。當編輯的很可能沒有這麼耐煩。我原意就是把這些有疑問的字體統統改過來的。重新謄清，確屬不易，而爲今之計，似乎又不得不如此。我希望兄能好整以暇，慢慢來，萬萬急不得，最好是訂一個工作的課表，每天工作兩個或至多三個小時，務以身體爲重，不悉兄以爲然否？

我的寒假已過了一半。這一半，一爲學生旅行，二爲春節應酬而耗去大部分時間。只在春節前三天起，埋頭工作，到元旦之夜，寫完一篇八千字的作品〈榕樹下〉並即寄《聯副》矣[1]。今年我覺得寫作很順利，已有三作完成，差可引爲自慰的。假期後半當能空閒些，目前有兩篇作品待寫，不過這兩篇題材都似乎超過了我的能力，不無望而卻步的感覺，但不管如何我仍要努力寫下去，假中兩篇都要起完草稿，這是我此刻的預定。能否如願，尚成疑問。前作〈柑子〉火泉兄給了我不少獎飾之詞，清秀兄則謂爲「沒有多大意義」，前者使我感奮，後者則使我失望——屬於觀點上的——不過老實說，此作——證諸此作後諸作寫作情形——確係我的「劃時代」之作品。我目前仍打算走這條純文藝路子，知音多寡在所不計了。

好了，下次再談，就此擱筆，此祝

年禧並頌

健康愉快！

弟　肇政　拜上　二月十一日傍晚

一九五九年三月二十三日・鍾肇政致鍾理和

理和兄：

又有好久沒有奉函致候了，眞對不起。不悉吾兄邇來起居若何，貴恙是否好些？歲月過得眞快，轉眼三月已到了臨尾。此間一連串的寒冷苦雨日子過去，這些天來是豔陽大好天氣，有點熱起來了。正是光陰似箭，瞻前顧後，便不免想起文友們的事來。近來大家好像還是很冷落，沒看見文友們有作品發表。辦「通訊」時確沒這麼冷清過。火泉兄難產，清秀兄消極，文心兄無信無息，去年尾——也許是今年初發表了一篇作品而已[2]，其他文友則不堪聞問了。此刻我不禁又想起，到底在文學的道途中孤軍奮鬥，並不是件簡單的事。所可告慰

1 鍾正，〈榕樹下〉，《聯合報》副刊（一九五九年五月十日）。
2 推論指文心，〈海祭〉，《台灣新生報》副刊（一九五九年一月十八日）。

於吾兄的，是我近日仍不斷地埋首苦作不輟。產量雖微不足道，但還比往年豐富些，昨天又完成一篇九千字短篇，亦是今年度的第五篇作品，五篇總計起來也有五萬多字，差堪足以自慰了。爲什麼這樣努力呢？爲誰憔悴爲誰忙，連我自己都莫名其妙。走筆至此我又想起了兄屢次地說過的話，眞的，人若理智一點，就萬萬不可能從事這種工作的。不過我仍以我的這種狂熱執著而自滿，我是會寫下去的，永遠永遠，只要我的手尚有力氣握筆。

〈笠山農場〉修改事，已做得怎樣了？是否已接近完成階段。我常以未能爲兄代勞而感內疚。如今我只能盼望它早日問世了。

隨函奉上近作〈蕃薯〉（題目被加了少年兩字），係今年的第一篇發表作品[3]。此篇寫時，我淌了不少淚水，登後重閱（昨天登的）復又流下不少滴辛酸淚汁。我不曉得它在讀者腦中引起怎樣感興。不過平心而論，它是片片段段的人物記，似乎夠不上小說的標準，但究竟如何，只好等候吾兄嚴正的評斷了。請萬勿吝玉，勿推卸，給我來一個徹底的指正。我可以這樣期盼嗎？它是《新生報》登的，遲幾天，該報南部版也會登，但我怕兄看不到，故奉上一份。

好了。下次再談。盼兄善自珍重。此祝

快樂！

小弟　肇政　拜上

再者，文友們如有消息盼告知，弟近來很少寫信了。小弟又及

三月二十三日

一九五九年三月二十五日・鍾理和致鍾肇政

肇政兄：

我又有輕鬆的心情給你寫信了。第一要報告你的是：忙了足足兩個月的〈笠〉篇的整理和抄寫工作，已於春分前一日結束，翌日即把原稿用掛號寄往香港了。亞洲出版社會不會要它我不知道，但我之結束了一件事倒是千眞萬確的事。〈笠山農場〉於數年前即已寫就，但這數年來卻把它翻了又翻的「炒舊飯」，已把我搞煩了，即使亞洲不要，我也不打算再「炒」了。不過這次整理，因病後不敢過勞，及鑑於稽延時日，卻沒有做到像前信告訴你的我想要做的那樣。即第九章終於沒有加入（煩於改作之故），最末章也沒有更改，即沒有按

3 鍾正，〈蕃薯少年〉，《台灣新生報》副刊（一九五九年三月二十二日）。

照你所指示及我想做的，把黃順祥及馮國幹的出場先後次序掉換過來。這仍是一大憾事。

至於其餘，則悉依照兄所修正的改過了，例如別字錯字的訂正，及文句的修飾。我也儘量的把文章修改了一番，相信讀起來會比較順口了。

其次應報告的是：自出新正以後賤體亦漸好轉，現又已可以坐起來寫和讀了，是否能完全恢復固然不可知，現我只能以此爲滿足。美濃的差事，也已於年底辭掉了，每日閑在家裡，眞是「無事一身輕」。以後也許可以多寫些東西。近日間我想整理一些短文——舊作——然後寄給你看，如果還像東西，便請你轉寄《聯副》。《新生報》的稿酬是三十元。我寫東西本就鈍澀，現再限於體力（我每日上午可工作二至三小時，下午一、二小時或不寫）寫得更慢了，像兄云一個月可以寫數篇的情形，於我不啻夢想。我若能一個月產生一短篇（七、八千字）則於願足矣。

又以前提過的長篇〈大武山之歌〉，也許可於此時繼續下去。總之我要儘量的寫，儘可能的寫，雖寫得慢，積少自可成多。有幾篇舊作——均是短篇，也打算整理出來。

此後我的生活將更形困難，除非我身體好了有事情可做。古人說「貧病交迫」，已應在我的身上，但我將頂下去。物質的缺乏，對我個人是無所謂的，我早已有此決心，否則也不會走這條路了。但是兒女妻子卻是可憐的，因爲他們沒有目的——沒有支撐精神的支柱。但有什麼辦法呢？

大作〈柑子〉之爲成功之作已沒有問題。此點應以火泉兄所說者是，不必翻案了。我希望多多寫出這樣的作品來。

又嚕嗦了。下次再談吧。也希望多給我寫信。祝

快樂

理和

三月二十五日

一九五九年四月一日・鍾肇政致鍾理和

理和兄：

二十五日大示收到已數日，弟亦於二十四日奉函，未知曾否收到？

拜讀手書，眞使我欣喜欲狂，大地春回，吾兄豈可長臥病榻，果然得此好消息，心情頓然輕鬆了。盼兄爾後妥爲養護，保有健康即保有一切，其餘均不足掛懷也。〈笠〉篇顯然已到了接受考驗之期，以該作之成就，我以爲能夠見天日是無庸置疑的。我將屈指以待書之印

成。

兄說要整理舊作，以兄體力而言，自是較妥善的辦法。如有作品繕就，請即賜下（或逕寄《聯副》亦無妨）。北部報紙稿酬大體較南部爲高，讀者自亦較多。如《聯副》之四十元[4]，《新生》（北部版）之五十元[5]以上，合算得多了。同時我希望能多寫些九千字內外之作品，現在各報都有星期小說欄，可容納。

我近日染患感冒，加以工作忙碌，心情不太佳，春假有兩、三天暇，希望屆時能好好利用一下。環境有時實在逼人太甚，但我們總顯得無力。只有在分內努力，忍受。活著雖苦，但在藝術上求心情之發洩，倒也未嘗不是人生一樂。你說是嗎？

〈蕃薯少年〉賜閱後祈示高見，並祈勿稍存客氣，至盼至禱。下次再談！此祝

筆健

小弟　肇政拜上

四月一日

---

4 原稿作40^{00}。

5 原稿作50.^{00}。

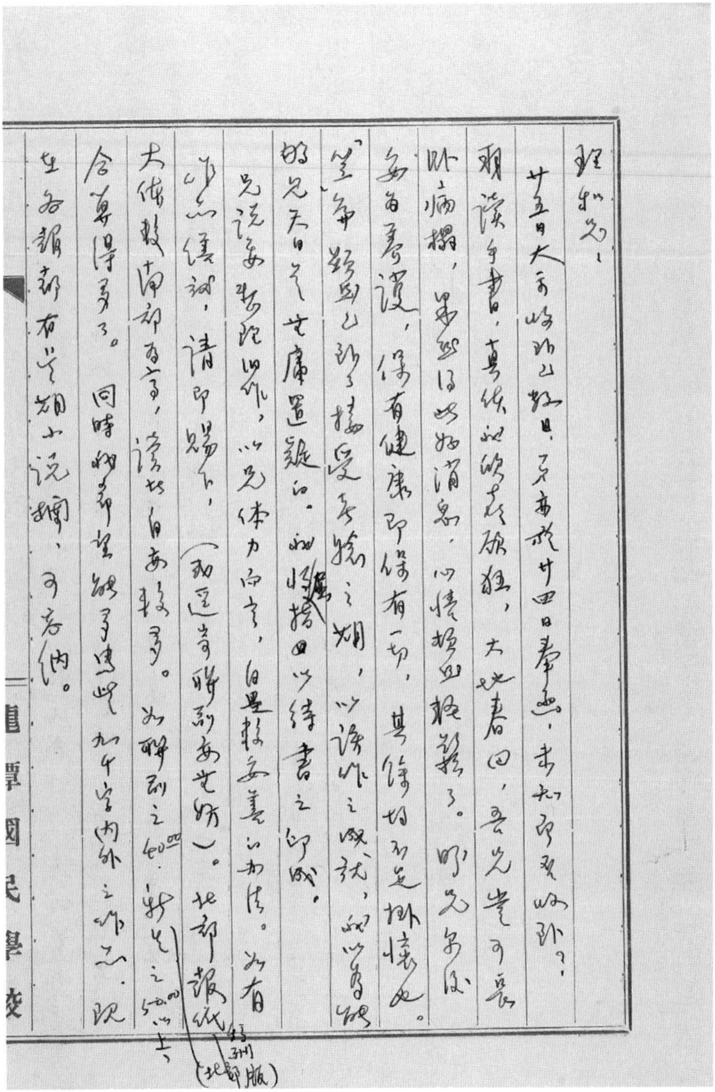

1959年4月1日鍾肇政致鍾理和信件中說到稿酬時，其數字為當時獨特寫法。（鍾延威授權、鍾理和文教基金會提供）

一九五九年四月三日．鍾理和致鍾肇政

肇政兄：

奉獲來函及大作〈蕃薯少年〉係在是日傍晚，先拆讀來信，讀到兄爲自作的主人公而墜淚之處不覺深受感動，因而想到那麼作品一定有其使人墜淚之處和力量。我在寫習作〈夾竹桃〉時亦曾有過此種經驗，後來這篇作品雖不能算是成功之作，卻是我自愛最深的一篇（將來必能付郵呈覽）。有了這種考慮之後，爲了保持閱讀時印象的統一，便不敢遽而展讀（恐讀到中途天黑了不能讀完。敝處尚無電燈因此晚上向來不讀書不寫字）。第二日上午我就讀了，果如所料的是一篇上乘之作，感人力量極深，結構也好，有幾處我讀後，泫然欲泣。昨日重讀一遍，仍復如此。短篇而有此種力量，實屬不凡。

我覺得兄於短篇有非凡的本領和極高的技巧（兄長篇我只讀過〈大巖鎮〉一篇而已。其實嚴格說來〈大〉篇還不能算是長篇。以後我希望有拜讀長篇的機會），尚祈兄更加努力，產生出更多更好的作品來爲我們沉寂的臺灣文學爭一口氣。

同日另付郵奉上四篇短作，其中除開〈挖石頭的老人〉外，餘三篇〈豬的故事〉、〈蒼蠅〉、〈做田〉均是舊作，「炒舊飯」。又〈做田〉則是一篇散文，也一併獻醜吧。如認爲

不太壞則請隨意發落——寄《聯副》試試也好。不過散文〈做田〉是否可投（因恐難被採用）我甚懷疑。並請賜予批評爲荷。祝

稿安

理和

四月三日

一九五九年四月九日・鍾肇政致鍾理和

理和兄：

手書及大稿均已收到數日了。

〈蕃薯少年〉承兄謬獎，汗顏無地。兄未指出錯失，我很覺不滿，何乃吝教若此！兄固知弟禁得起一切批評，往後祈萬勿如此，這對我才會有益處的。向來，短篇喻爲易寫難精，殆已成定論，我確也寫過若干長篇，除了第一篇〈迎向黎明的人們〉外，均未曾整理，也不敢整理，明知不會有人要，故只有聽其束諸高閣也。〈迎〉篇曾寄文獎會（約在民國四十二

年），得修改意見，刪修後再寄便沒了下文，直到前年文獎會解散前才去了幾次信取回。此外中篇有〈老人與牛〉五萬多字，亦寄文獎會，得稿酬二千七百餘元，至今仍不能見天日，而稿則無由取回矣。我對短篇（長篇也一樣）毫無心得，以前所寫的兩千〔字〕左右短篇有一、二十篇，兄亦看過不少，無一可取。去年秋後改變作風，乃有〈柑子〉、〈蕃薯〉等作，此外未發表者有〈山村裡〉、〈摘茶時節〉[6]、〈阿樣麻〉[7]等三作（均爲今年之作），均屬此類。也許我對寫作有了一點點進境，這是兄的獎飾所給予我的自信。我是應該感謝兄的。火泉兄於週前來信批評〈蕃〉作，有云：「在平凡中道出師生之愛、同學之誼，幽幽地，扣人心弦。高阿木擇善固執的個性尤爲突出。主題結構都好，情節進展也自然。是篇好小說，令人嘆爲觀止。」（照抄）與兄見，似尙無多大距離。這種獎飾我雖不敢當，但對我的鼓勵則是很大的。清秀兄這次沒有來評，據火泉兄信言，他正在忙著戀愛，喜期不遠云云。火泉老還說清秀的文學不會再有開花的時候，觀乎他的唯一近作〈女人心〉（已是去年秋間之作了），我也不禁有同感，令人悵然矣！

大作四篇均已細心拜讀，下面是個人讀後感：一、〈蒼蠅〉——是篇不可多得的優秀短篇。它擷取了人生的某一橫斷面，加以深刻而銳利的剖析，絲絲入扣，堪稱傑作，我常想，短篇的取材應該是這個樣子，它是純小說，是藝術品，與常見的所謂短篇不可相提並論。而文筆是優美的，人生性格不花一個字來描述，卻能躍然紙上。我應該爲兄喜，它使我深感驚異之餘，不禁感嘆良久。但是它亦有小瑕疵，是文筆有許多處稍嫌冗贅，最後結尾哥哥叫「他」還不去，有點模糊——這點忽略竟使全篇的人物間關聯沒有一個交代。只能猜測這個「他」或許是傭工一類的人——如果兄原意確如此，則這篇作品含意就更深刻了。此篇已寄《聯副》。二、〈挖石〔頭〕的老人〉——亦是篇很深刻而含蓄的佳構，寫一群不孝的子弟，卻從老頭這面來描述，手法是高超的，讀後不禁有跟那個雜貨鋪女老闆一樣的感觸，使人低徊惋嘆。這個女老闆是個運用得異常精妙的人物，兄的創造工力使人驚佩！不過這篇冗詞特多，我刪去了不少，俟登出後請兄與草稿對照，不知兄能否同意，這是我所關心的，因爲刪得幾乎可說是大刀闊斧，心中很感不安。此篇寄《中央》副刊。我怕《中副》編者不識貨，這篇比該刊常登用的文章水準亦高超許多，尤其不算有戰鬥性，能否容納，尚稱疑問。三、〈做田〉——是很好的寫生文，觀察之敏銳與細緻，使我閱讀中屢屢地想起日本明治期ホトトギス[8]派諸家的文章，如長塚節等人的文章，確有與此一脈相通之處。環視目前中國文壇，有此筆力的，似乎不多見——這是我由衷之言，幸勿視同阿諛之詞也。此篇擬略遲數

6 鍾正，〈摘茶時節〉，《今日世界》二百三十八～二百四十一期（一九六二年二月十六日～三月十六日）。
7 鍾正，〈阿樣麻〉，《台灣新生報》副刊（一九五九年六月七日）。
8 ホトトギス為「杜鵑」之意，應指明治時期（一八九七年）創刊之《杜鵑》雜誌。

日寄《聯副》。最後的〈豬〉是篇失敗之作，取材庸俗，結構鬆懈（這是題材使然，非兄之罪），僅文中有關風土人情的描寫稍有可取，故投寄較爲地方讀者所喜愛的《新生》副刊。此刊物近來也很注意光明面及戰鬥性，故能否被用，尚稱疑問。

又〈做田〉題目似乎不很生動，我打算改掉，不過怎麼改，還沒有想到，容我慢慢想想看，同時兄如另有其他好題目，請即見告。

好了，寫了這麼多，最後不免再重複的，是兄如果體力允許的話，祈多寫，尤其我希望兄能寫八千到八千五字爲度的作品，投各報星期小說欄。《新生報》星期小說是姚朋編的，水準很高，稿酬亦高（〈蕃薯少年〉五百元[9]）。我們雖不必爲錢，但也不必否認錢於我們大有用處，對嗎？請寄來給我也好，逕寄去報館也好。不過寫時希望注意其是否有益人心——這是違反藝術之道的想法，但人家要求我們如此，我們便只得做部分的妥協。不過自然是不用專寫光明面的，下次再談，謹祝

筆健！

小弟　肇政拜上

四月九日

再：關於《新生報》星期小說選稿，編者於近期登了篇說明性的文章在該刊（北部版四月五日見報），我遍尋不得，南部版當遲兩、三天登的，請查查六、七、八、九各天報看

看。又及

一九五九年四月二十二日・鍾理和致鍾肇政

肇政兄：

據我這一年來所讀兄作愈來愈好，到了〈蕃薯少年〉則已無懈可擊，不是我客氣。火泉兄的話我甚同感。

前寄四篇短作承兄謬獎令人汗顏，不過其中，〈挖石頭的老人〉我自認爲失敗之作而〈豬〉篇雖主題庸俗但自覺不在〈挖〉篇之下，因此對於兄之批評頗有意外之感，但也許應以兄見爲是。〈蒼蠅〉曾寄《文學雜誌》、〈豬〉篇則先寄《豐年》後寄南版《新副》，均遭退回（《豐年》以不登文藝作品爲理由）。〈挖〉與〈做田〉二篇則係新作。

今再寄上〈草坡上〉與〈初戀〉二篇。均係舊作。〈草〉篇我較爲滿意（曾寄《晨

9 原稿作500.00。

光》[10]雜誌？）。〈初戀〉則已經過數次改作，而今仍不能滿意，是否可爲星期小說，甚覺疑問，即請兄予以斧正，並代發落，如認爲有問題則請寄回，千萬不可勉強送出。此作係我全部創作中最感吃力的一篇，結果卻是白費精力。我由此得到一個結論：即有需改作的作品，即算改作了也不會是好作品。

今後我會陸續寄更多的作品去，我之所以這樣作，固然第一，心想借重大名以增身價，其次則是希望獲得大筆修正。無庸諱言，我在文字上的工夫，自認尚欠修養，若得兄繩削當會更好。因此兄之所謂「大刀闊斧」正是我所求之不得者，即請兄勿稍存姑息之念，有當去或當修正之處即可去之，修正之，不必客氣。又我這裡，既無雜誌報章，又無書刊，不但，對文壇動態十分隔膜，對各雜誌報章之編輯宗旨，亦無法明瞭，兄若能代爲發落自是好事，這也是我寄作品與兄的原因之一。

我的身體尚甚虛弱，我頗憂慮是否能夠恢復。目下令我痛苦者，除肺疾外尚有消化不良（我的消化器官幾乎不行了）及神經衰弱諸症，特別是後者（失眠）令我十分苦惱。我的工作，目下只限在上午並且只寫二小時，下午則儘可能休息，如精神好，則稍看點書。我不知道自己是否還有放開手自由工作之日。想來不免黯然傷心。再談了。敬頌

撰安

鍾理和　敬上

一九五九年四月二十二日・鍾肇政致鍾理和

四月二十二日

理和兄：

〈蒼蠅〉投出後不數日即刊出，接著我就把〈做田〉寄去。也很快就見報[11]。後者我本想換個題目，未及好好地想〈蒼蠅〉就刊登，就投去了。其餘兩篇都先後遭退，我把〈挖石〔頭〕的老人〉也投去給林海音。結果如何尚不得而知。〈豬的故事〉我想不再寄去了。我覺得這篇不很精彩。林女士還給我來信，要我告訴她您的地址，她說是稿費寄給我再轉寄，太麻煩。她還說歡迎兄多多投稿。

近來我努力看書，好久沒有作品，只有日前，寫了篇三千字的〈梅雨〉，本來也是預備

10《晨光》（一九五三年三月一日～一九六八年五月一日），為月刊，共發行一百八十三期。

11 鍾理和，〈蒼蠅〉，《聯合報》副刊（一九五九年四月十四日）。鍾理和，〈做田〉，《聯合報》副刊（一九五九年四月十八日）。

構成七、八千字的，但我嘗試了一種新的技法，把它縮成一半以下的分量。內容較特殊，在這「主題小說」橫行的時代，能否被容納，很成疑問。我總想打破習慣的格局，可是力不從心，徒呼負負而已。

近日兄狀況如何？有無新作？請寄來一讀如何？不拘長短，我會轉給林女士的。

暇時請賜函，以慰渴懷。此祝

文安

小弟　肇政　拜上

四月二十二日

一九五九年五月一日・鍾肇政致鍾理和

理和兄：

來示數日前即已收到，兩篇大稿亦經捧讀。大示述及兄身體現況，使我欷歔良久，兄健康情形比弟所想者似更劣，當時我即有了一個衝動，要寫第三篇「文友書簡」，以舒情懷，以鳴不平〈向上蒼〉，但想及清秀兄曾說過的話，就不再寫了。在此僅能向兄致最誠摯的微意，盼兄能好自珍攝，目前就是完全停止工作也是理所應該的，希凡事以身體爲重。同時據弟推測，消化器官方面可能與肺疾有關，請毋忘接受最適切的治療。相信靜養一時，一定會好轉，屆時再驅筆亦不遲也。

本來早就要奉函的，因近來小兒出痲疹，弄得焦頭爛額，無心作書。今者〈草坡上〉已見報[12]，趕快剪一份寄上給兄，也算是個好消息吧。另一篇〈初戀〉，寫得非常散漫，文筆雖仍是一貫的優美動人筆調，但以短篇小說的尺度來衡量，就不能謂爲佳作了。那些有關書房的描寫都屬多餘的。但藉挑水、畫畫等場面來展開故事，具見兄手筆的屬不凡，但短篇而散漫，乃第一大病。我打算近期內心情閒了些再細讀，提供詳細具體的拙見，故暫時不擬寄出去。

〈挖〉篇迄今仍未見報，諒已給棄置了。〈豬〉篇我仍堅持較差，未能觸及人性，及其庸俗是最大原因。南部報紙水準較低，猶未採用，當可供我佐證。

〈草〉篇確係一感人至深的佳作。我刪了好一些。較大段的是「妻」在飯桌前的話，「我」的話，還有小雞搶蚯蚓的場面。前兩者是爲使文章含蓄些，並防散漫，後者是保持氣

12 鍾理和，〈草坡上〉，《聯合報》副刊（一九五九年五月一日）。

氛統一，搶東西縱然是天眞可喜，但與該處氣氛顯然不合。其他還有一些零星刪除的，只怕我太武斷了些。登出後再讀，仍覺還有應刪的，再者，此篇形容詞亦嫌太多，尤其形容一件事物，用比喻，因爲太多（如「似」、「彷彿」等字眼連續出現，在修辭上來說是不很緊湊的），就覺得有些那個。不過我讀了太多次才有此感覺亦說不定。順寄拙作〈梅雨〉[13]，請賜評。因爲我在這篇作了新的嘗試，故很是懸念，不知結果如何，請勿吝指教爲幸。好了下次再談。此祝

安好。

小弟　政拜上　五月一日

記得有叫《農友》[14]的雜誌，不失爲適合兄投稿的雜誌。可惜此間看不到，兄能否在村里長……看到？有的話，不妨一試。我也會再找找看，……[15]

一九五九年五月五日·鍾肇政致鍾理和

理和兄：

適才，林海音女士寄來了這樣一張明信片[16]。我先看過了。我禁不住眼含淚水。這不止是爲了兄的大作得到讀者的讚美，同時也是由於發見到讀者當中仍有不少具有慧眼的人。這是何等叫人興奮的事。兄該爲此信而感安慰，我們接連遭受退稿，但退稿到底不能證明我們所寫的作品是不行的，此其一，對中國文壇我久已感絕望，以爲讀者都是喜愛那些不成爲文學的作品，實則不盡如此，仍有少數人——可能只是純粹的讀者——在跟我們一樣慨嘆著。此其二。總之，我們文友們雖已寥落，但畢竟不算太寂寞的，你說對嗎？

再，火泉兄近有來信提到兄作，照抄於後：〈蒼蠅〉描寫鄉村青年的戀愛，刻劃入微，尤以風景描寫見長。〈做田〉樸實可喜，我喜愛理和兄的作品，他該向「短篇」這條路走，在目前環境下。

潦草了，上課在即，就此打住。匆頌

近佳

13 鍾正，〈梅雨〉，《聯合報》副刊（一九五九年四月二十五日）。

14 《農友》（一九五〇年一月一日～），為月刊，至二〇二三年底為止已發行九〇五期。

15 本段原稿破損，無法辨識處以刪節號表示。

16 該明信片為一九五九年五月二日陳永善所寄，即作家陳映真。五月一日他於《聯合報》副刊閱讀到鍾理和〈草坡上〉，署名一讀者表示他從作品中感受到溫暖，發現了文學的新花朵。

小弟　政拜上

五月五日

一九五九年五月十日・鍾理和致鍾肇政

肇政兄：

信與剪報均已收到了。〈梅雨〉把一個丈夫有病的做妻子的心理刻劃得入情入理，在這種情形下，做妻子的心理是頗爲矛盾的，寫來每每不易得當，但此處兄卻處理得十分溫婉，尤其借了夢境來襯托她的心境之處更是妙絕。兄說本想把它寫成六、七千字，後來終於凝縮成現在的三千字。寫成六、七千字時的情形怎樣，你既未寫我也未看，自然無法知道，但我以爲像現在這樣就很好，這凝縮到底不是沒有代價的。一篇文章一拉長，裡面的感情難免變成稀薄。能凝縮時還是予以凝縮，可以得到更高的成就。〈梅雨〉也許就是一個最好的例子。

讀者的信，給我很多感觸，我幾乎爲此又一夜失眠。我想起一個故事。就是《韓非子》

「和氏之璧」的故事。和氏因得一塊玉璞兩足被刖，「乃抱其璞而哭於楚山之下，三日三夜，淚盡而繼之以血。」後來玉璞雖得慧眼賞識，因而「貞士之誑」之名得到洗刷，但被刖的兩足畢竟不能還原了。玉璞而誣之為「石」固屬冤枉，必須為之洗白，給予應得身價，但假使初即未得玉璞則何有後來之誑之名及足之刖？和氏之得玉璞寧無悔心？

〈初戀〉既如此，就請寄回來，我再改作看看。

又「一讀者」之信，不用封信而用明信片，卻又特意煩報社編輯轉交，其中豈別無用心？它也許要讓握著文藝的生命的那些刊物的主持人明白，社會的批評怎樣！也許它是一種極溫婉的抗議，你以為如何？

最近正在寫一篇〈浮沉〉，數日後當可完稿。我會寄給你的。

自「通訊」瓦解後，已很久不獲火泉兄的信息了，蒙他如此關心，我甚感謝：我將另信給他，也請通信時代為致意。還有海音女士處我也一直沒有寫信給她，也打算在二、三日給她通信。

另寄上第二（十）卷第五期《自由青年》，看完〈菸樓〉後請予以不客氣的批評。敬頌

大安

理和

五月十日

一九五九年五月十六日・鍾肇政致鍾理和

理和兄：

〈菸樓〉已拜讀。弟弟的從軍成爲自然發展，毫無「火藥氣味」，手法高明至極！但我寧取此作中的一股若有若無的憂鬱，雖則這憂鬱在農人質樸的意欲下不顯露出來，可也的確藏得妙，這是藝術的匠心，令人嘆服。此外，一些風景描寫，耕作情形的刻劃，雖稍嫌有自然主義的陳腐意味，但仍可稱得上美妙，故而手法之陳舊仍使人不以爲苦。兄的筆力——觀察之細微，文字之優美，在文友們中允推第一把交椅，我實在是望塵莫及！

〈初戀〉我已於前天投去《聯副》。我之做此決定是在第三次讀畢之後。我愛上了它的情調，不忍心糟蹋了它。至少它應該去接受考驗的，我想林海音會給我們正確的評斷。我附了一張信給她，告訴她我的觀感，並請她提供意見。兄不在意吧？

我近日寫作不多，原因是熱，蚊多，不敢太熬夜，我必須睡七個鐘頭，這眞糟透了。下班後又禁不住大打一場網球，天天如此。運動與寫作似乎不易兩立，尤其像我這個並沒有充沛體力的人。心裡頗有點焦急——因爲想寫的東西這樣多——眞矛盾。

兄的新作寫得如何了？盼一定先行賜閱。火泉兄有信來，讚揚〈草坡上〉，唯〈挖〉篇他說正在旅途中無暇過目，錯過了。這兩篇我刪節了好一些，不識[17]兄對此有何高見，我心裡倒很不安。〈榕樹下〉火泉老仍表示稱許，其實我以爲這篇確屬失敗之作，不悉兄見如何，望勿寬待，至幸！

好了，再談。謹頌

時祺

小弟　肇政　十六日深夜匆上

一九五九年五月二十二日・鍾理和致鍾肇政

肇政兄：

昨日寄來《亞洲畫報》查看中選者名單，熟人的名字看不到一個。此次文友中參加者據我所知有兄、清秀及我而三，看來都名落孫山了。是不是省籍作家都如此差勁？看後不禁憮然。

17 原稿疑誤作「多」字。

〈榕樹下〉的成就我覺得遠在〈柑子〉及〈蕃薯少年〉之下。其最大缺點是它平鋪直敘，少含蓄，結構亦不夠謹嚴。不過阿秀的描寫卻極成功，三叔的描寫亦好，故事也相當動人，說它失敗之作尙不至於。最大的證明是它已被登出來了。

〈初戀〉既然不好，爲什麼還投出去。我歷來對作品的態度是，對一篇未成熟的作品絕不輕易予以發表（即使有人採用的話），一篇原稿可以隨我之意加予修正直到它像一篇東西，但一經印成文字，便已定形，不像東西也沒有辦法了。而這樣一來便要給良心加上負擔。我以爲這是應該力予避免的。

火泉兄本日來信，勸我可把〈竹頭庄〉、〈山火〉諸篇陸續寄出發表，但我甚懷疑像那樣的作品是否有人要，那理由兄自然明白。對此，你以爲如何？

新作〈浮沉〉這二、三日可寄去，約八千字，是不是可作星期小說？近來因感染流行性感冒，加之胃疾（膽石。亦是舊疾）纏綿不去，又躺了十多天床，一波未平一波又起，躺著眼看屋頂，眞不是味道。

不寫了，敬祝

快樂

理和

五月二十二日

一九五九年五月二十八日・鍾肇政致鍾理和

理和兄：

〈初戀〉投出原因已在前信述及，讀越多次我越欣賞。投寄前我曾企圖將一些不必要的文字刪去，但終未能刪，明知有不少段字數太多，卻又似乎不便去之，否則需改動很多，未敢冒昧，終於原樣寄去。我已把個人觀感詳告林海音女士，諒來她會給我們一個明確的答案。兄對發表的謹嚴態度，亦是我所奉行者，但是像我們這些無名作家能否得到編者青睞，殆可視為對一篇作品的考驗，我們自己又怎能知道到底寫得如何？這話未免太洩氣，但也是實情，無可如何的，對嗎？當然〈初〉篇之投出，我不自承輕率，我確曾考慮至四，幸勿以此深責也。

〈榕〉篇尊見極是，所謂結構不緊，平鋪直敘，似乎都可歸納出一個原因——人物太多，倏現倏隱——火泉兄謂為極佳，清秀兄則謂為沒多大意思，總之其非成功之作已無可否認。又，順便一提，清秀兄來信中提到，尊作〈蒼蠅〉他看不出意義，要去信問兄。我真要懷疑他的眼光。該篇我敢說是傑作，它是真正的短篇小說，與時下一般的作品，斷不可相提並論。

《亞洲》比賽，我曾以沒有反共意識自慰，然讀得獎作後，方知未必盡然。我只有自承「差勁」，想弟苦練多年，至今仍不過爾爾，不禁悲悵交至！天資問題，謂之奈何？

「故鄉」諸篇我同意投出。當然仍是《聯副》，他處恐無萬一希望。其理與〈蒼〉之曾否遭退同。俟〈初〉篇有了著落再打算好了。

〈浮沉〉我僅看了一遍，初印象仍是散漫，與兄一貫的作風似亦不大相同。這裡沒有那種隱在字裡行間的感人淳樸氣息。請容再抽空拜讀後再作決定。目前正忙，容後再敘。請多珍攝，勿過分使用精神。

小弟　二十八日敬上

一九五九年六月八日·鍾肇政致鍾理和

理和兄：

〈浮沉〉我終於作了最後決定，寄還給兄了。我覺得它多餘的敘述太多，眞不敢投出去。例如前段：男主角出現前的敘述對以後的部分不能說有「有機的」關聯，我以爲該全部刪去，可是我不敢肯定。我完全沒了自信。第二段起到末尾之前故事倒是非常緊湊的，但是文字本身又似嫌不夠緊湊，我幾次想刪，可又覺得不易。末段我試刪了些，想兄未必能同意的，我不得不懷疑我的鑑別眼光，眞糟！務請兄恕宥。想到兄爲此篇所花的心血，我眞不願給你澆冷水。又者，此篇主題方面，是我所認爲很妙的，它標題浮沉，實則在寫一個敢於嘗試的人與一個與此相反的人，兩相對比，效果是很明顯的——但須細細咀嚼方能看出，這是成功之處。可惜後面的一個稍嫌軟弱。

拙作〈阿樣麻〉是昨天登的，這一篇給搞慘了，被刪去的，達千餘字之多！本來這是人物記體裁的小說，要刪幾乎還可以再刪去兩、三千字，在此我不得不懷疑這種題材的小說的價值了。仍請兄惠予不客氣的批評。順便奉告，《新生報》的星期小說稿酬很高，千字六十元[18]，上次的〈蕃薯少年〉即得了五百元[19]，〈阿〉篇短些，可能有四百元[20]。我希望兄能有作品投到此處。遭退後再投《聯副》可也。不識兄見如何。

近來身體如何？眞希望兄能健壯起來，多寫多作。咱們哥兒兩個姓鍾的，把《聯副》的篇幅可占得不少哩！半月多來，我因小孩生病——三個痲疹後的都虛弱、易傷風，且傷風起

---

18 原稿作60^{00}。

19 原稿作500.^{00}。

20 原稿作400^{00}。

來就嚴重，眞傷腦筋，也因此不能寫作，這是最令人苦惱的事。多產「作家」眞要不得！好了，再談。謹祝

心曠體健！

小弟　肇政拜上　六月八日

一九五九年六月十一日・鍾理和致鍾肇政

肇政兄：

身體沒有顯著的病症，卻這裡那裡都不好過，這種情形，國語無恰切的彙語可用，日語倒有一語，有適切的表現：「調子」。旬日來，我就是「調子」不好，加之霪雨連綿天氣悶人之極，因而情緒非常不佳。如此，我又停筆了。這種情形，我是常常有的。停筆之後便躺在床上「安靜」。一個肺病患者「安靜」幾乎是沒有完的，空讓大好時光從床頭虛過，事業伸手可達，卻不能如意做去，眞是活受罪。

尊作〈兩塊錢〉[21]描寫酒鬼的心理和嘴臉描寫得淋漓盡致，教人讀後不禁拍案叫絕。本

篇結構、情節，都處理得非常之好，實是一篇妙文。只是有一點，我覺得打孩子阿狗一段似乎是多餘，應刪去爲佳。不知尊見如何？

〈初戀〉的登出眞有點出人意外[22]。我很想知道點別人對此作的批評，如有此種批評，請隨時告訴我爲盼。

〈浮沉〉初意我要寫成三千左右字的短文，不想越寫越長，完稿時竟用去十七張原稿紙。同樣情節和意境，壓縮便成緊湊，反之，一拉長，便鬆散了。兄說〈浮沉〉散漫，也許便是這個原因。裡面的冗詞，大概可以刪除。我也要兄較具體的建議。

兩篇短文〈安灶記〉及〈耳環〉，因停筆而中斷，擬近日內繼續完成。寫好後，當寄去。又「故鄉」諸篇，將更後寄去，擱筆了。

理和

六月十一日

21 鍾正，〈兩塊錢〉，《聯合報》副刊（一九五九年五月三十日）。

22 鍾理和，〈初戀〉，《聯合報》副刊（一九五九年五月三十一日）。

一九五九年六月二十日・鍾肇政致鍾理和

理和兄：

〈安灶記〉馬上就登出了[23]。亦可見林海音女士對兄作非常欣賞。〈初戀〉未有文友向我表示意見，倒是我的一位妹夫叫鄭煥的（也是喜歡寫作的，不過近來因養乳牛沒空，停筆多時了）寫來了意見。「近日所讀，印象最深者爲鍾作〈初戀〉及文心作〈棄嬰記〉[24]，前者質樸而味醇，唯文筆平平而已。後者令人拍案叫絕，確屬不凡。」

文心的〈棄〉篇順此奉寄一讀。文心也確在求變，他作品不多，可見陷入停頓，此篇之變，頗令人矚目，請兄閱後示知對此作之觀感。

學生的畢業，升學考試接踵而到，夠我忙得團團轉，也許會有一個時期不能執筆了，不過我仍要儘可能抽空寫的，請勿念。好了，下次再談，匆頌

近安

小弟　拜上　六月二十日

一九五九年六月二十日・鍾理和致鍾肇政

肇政兄：

〈阿樣麻〉初讀似覺平平，但經過二讀、三讀之後才覺得這篇作品感人之深並不亞於以往兄所有作品。能把一個人描寫到如此之傻，即非易事，只此一點〈阿〉篇即可算成功之作。不過這篇是屬於人物記體小說，它的價值在它所提起的問題，而不在它的故事。它的故事正如兄所說，如果要刪，則再刪去二、三千字也還可以。這種體裁的小說，故事情節，難期緊湊，因爲一個人的一生即根本缺乏緊湊。緊湊是小說家的技巧。

這篇所提出的問題似乎是：人的價值何在？第二個問題是：一個人應不應該相信他所看見的？這問題問得很深刻，令人讀後很久仍不能去懷。

孩子的痲疹痊愈否？南部久雨初晴，氣象翻新，人爲之一爽。但說來眞叫人傷心，我卻偏偏這數日來爲失眠症所苦。

23〈安灶記〉刊出後，題名改為〈安灶〉。鍾理和，〈安灶〉，《聯合報》副刊（一九五九年六月十九日）。

24 文心，〈棄嬰記〉，《聯合報》副刊（一九五九年六月十七日）。

另寄〈耳環〉及〈原鄉人〉，後者是參加《亞洲》作品，但第四段已略予刪改。這篇字數和主題正合《新生報》星期小說所要求者，是否可以一試？當然問題是：不知它是否寫得尚夠水準？這就要請兄的鑑正了。《新生》如不要，另一個投寄處是《自由青年》（可寄與品純兄）。不過，我還希望登在《聯副》。《自由青年》是有立場的，但唯其如此，可能不爲一般眞正的讀者所喜。

〈浮沉〉容我改作後再寄了。另有幾篇舊作也擬於近日內整理出來寄上。〈安灶記〉如何？這篇東西雖短，但所耗心血卻實在不少。我整整改寫了四次，才成定稿，但仍不能滿意，只是不想再寫第五次罷了。

理和上

六月二十日

一九五九年六月二十六日・鍾肇政致鍾理和

理和兄：

〈原鄉人〉描寫精彩，屠狗場面尤令人悚慄不忍卒讀。有兄一貫的文藝氣息。唯文中缺乏一個中心人物，亦未見有縱貫全局的情節，雖以「原鄉」二字爲貫通全文之脈絡，終嫌乏力。故謂之爲小說，似頗勉強。唯以散文視之，則甚爲精彩。鄙意，倘以三哥爲中心人物，並以「我」爲陪襯，令活躍全局——格局、結尾均可照舊，原鄉人之描寫可擇要（指必要）穿插其間，則可成一以民族意識爲中心之作。此作因有此看法，故未敢擅作決定投出，請兄速即賜告（寄《聯副》仍不無刊登希望）尊見，當遵辦不誤。又〈耳環〉已投《聯副》，此作甚佳，唯前半略嫌太長，但其含蓄、質樸都是可圈可點之處，不日當會刊出來的。

小兒病均已愈，請釋錦注。又弟近日因學生畢業，升學考試期近，工作特忙，無暇執筆矣。匆此，耑候佳音。餘不一一。

小弟　上　六月二十六日

一九五九年六月三十日・鍾理和致鍾肇政

肇政兄：

我自二十二日起又已臥床「安靜」，如情形良好，再有一星期即可復行執筆，反之，則要更長些了。現在每日只能看一點書而已。

〈原鄉人〉兄所提兩點，我早亦曾注意及之，但不知是否「題材限定了形式」，抑自己才力有限，始終不曉得要如何才好。而目下顯然又無法改作了（如要避免所提兩點缺陷，是非全篇加予鎔鑄一番不可，而這樣作，則需時又將很長，殆無可疑），請兄隨意處理罷，如《聯副》肯要，則投寄《聯副》亦無不可。

〈浮沉〉須待慢慢來了。

敬祝

教安

理和

六月三十日

有關文心兄〈棄嬰記〉一文的觀感容後信再談了。

一九五九年七月十八日・鍾理和致鍾肇政

肇政兄：

本月初奉上一札諒已達覽。我現在又已恢復執筆，目下正在抄寫「故鄉」四篇，且將完成，諒二、三日內可能付郵奉上。

此次颱風，貴地無恙否？敝地大雨滂沱，躺在床上聽之，如萬馬奔騰，令人心驚肉跳，因而我又失眠數夜，大苦大苦。

〈耳環〉及〈原鄉人〉登否？

前日偶而讀到南版《新生報》星期小說公孫嬿作〈金色的笑〉[25]，讀後所感者其唯後悔又浪費了數十分時間，如此而已。我實不知彭歌的採稿標準何在，捨去主題，則此篇作品無一可取。若但以主題為取捨標準，則何若乾脆登些口號反而直接而有力？據聞彭歌的採稿水準甚高，但據此而觀，則其所謂高者，只是自某方面觀之而已，令人一嘆。

諸事稍告段落否？因兄繁忙就此擱筆，餘容後敘。敬頌

25 公孫嬿，〈金色的笑〉，《台灣新生報》副刊（一九五九年七月十二日）。

教安

理和
七月十八日

一九五九年七月二十日・鍾肇政致鍾理和

理和兄：

大示奉到，眞抱歉，這麼久沒有寫信。小弟近來實在太忙了。先是參加水庫杯網賽（七、八、九三天），接著是十八日學生的升學考試，爲此不得不開夜車，臨時抱佛腳一番。考完算是第一回合下來，十九日本想給幾個朋友寫必須寫的信，可是太倦了，便躺了一整天，如果從畢業典禮的積極準備算起，已結結實實忙了整一個月之久，其間喘氣的機會都沒有。這雖是沒有寫信的說詞，其不成理由則爲顯而易見，但望我兄諒之！

〈耳環〉已在本月初登出[26]，當時我就要剪報奉寄的，接信方記起忘得一乾二淨，眞罪過。〈原鄉人〉則被退回，林海音在信中說及：「此稿甚佳，惜僅係散文，放在星期小說裡頭不很合適，不得不寄還」等言，似亦不無道理。不過弟以爲此篇不妨看做自傳體小說，記得退回時是在十號左右，當時我也很傷腦筋，不知如何處理好，就擱下來了。我想寄給彭歌，看能不能在《自由談》發表，《新生報》的星期小說大概是不行的。

彭歌選稿確很嚴，不過《新生報》的星期小說仍時而可見劣作，兄所言公孫之〈金色的笑〉即係其中之一，我亦於閱後私下大罵一通，以洩此憤（一笑！）。我想這是咱們中國人通病之一，所謂情面難卻。彭與公孫關係很親密，且又是素享盛名的作家（指公孫），難怪其不得不登。前年，鍾梅音主編《婦友》雜誌[27]，退了一次王臨泰的一篇稿，事後王撰文頌揚鍾梅音，一時傳爲佳話，由此可知退知名作家之劣作，頗非易易。佳爲佳，不佳爲不佳，咱們文壇這一點都做不到，寧不令人浩嘆！關於《新生報》之劣作，前此我曾與火泉兄論及，他對我的看法很表贊同。可知該刊登過劣作已不止一次，彭歌且如此，其他編輯人更可想見。以故，吾人對退稿，實無斤斤於懷之必要，尊意以爲然否？

弟今日已恢復活力，前面是四十來天暑假，其間雖尚有考試第二回合——職校，但能有較多空閒則可預見。惜因忙了這許久，假中計畫尚是空白，如何是好，這也是近日來縈迴腦

26 鍾理和，〈耳環〉，《聯合報》副刊（一九五九年七月一日）。

27 《婦友》（一九五四年十月十日～一九九七年一月十五日），為月刊，一九九〇年起改為雙月刊，共發行四百七十五期。

際之問題。不多天前，海音來函要我找本日文小說譯給她。我不大想翻譯了，但又不好拒絕（實則能換幾文稿費也不壞），所以就從手頭中隨便選了一本，寫故事內容給她，要就只好譯譯，否則我也落得個清閒，好好寫幾篇作品。六月以後我就沒有一篇作品寫成的，想來也眞叫人著急哩！

颱風，我這兒沒受影響，請釋錦念。

「故鄉」諸篇請隨時賜下。此稿，總題仍可保留，每一段的小題亦須保留，做爲中篇，以免被分割。目前《聯副》登海音自己的作品[28]，已經連載了月餘，再一個月或多一些，定可完畢的，現在投去正是時候。

下次再談。祝

筆健

小弟　七月二十日敬上

一九五九年八月八日・鍾理和致鍾肇政

肇政兄：

兩週前寄上「故鄉」，是否收到。今又另封寄出〈浮沉〉祈查收。〈浮沉〉部分已予改作，餘仍照舊。一篇作品，如初稿不能寫好，則以後再改寫一次、二次或無數次都不會寫得很好，這是我透過改寫〈浮沉〉所得到的經驗。我幾乎改寫了無數次，才成現在的樣子，但這也不是因爲滿意了才擱筆，而是因爲搞煩了心。我已爲了它而搞得頭昏腦脹，到後來，則遂不知道究竟哪個才算好的。也許我的「才」只止於此。可嘆。

接著我要整理幾篇舊稿，也會隨時奉寄的，然後我想著手剛起得一個頭的長篇，〈大武山之歌〉。我覺得只有長篇才能盡量容納一個人心中所要說和所想的東西，所以值得嘔一番心血。

對於退稿所感到的煩惱，與其說是感情上的，不如說是工作上的。一個寫稿的人對於所寫出的原稿必須看到它排成鉛字「喀嚓」一聲才算完結了全部工作，寄出去而又被退回來，

28 林海音，〈曉雲〉，《聯合報》副刊（一九五九年六月九日～一九五九年十一月六日）。

則工作未了，難免掛心。這是事實。至於感情上的喜怒哀樂，說它完全沒有了，固是違心之論，但經過這些年來我已頗能處之泰然了。再說不成熟的作品，也應該退回，必須如此，才能維持文壇的整潔和崇高。王臨泰的故事，使我甚爲感動，如果人人都能像王氏的坦白和自我反省，那該多麼好！

文心兄的〈棄嬰記〉確是篇傑作，結構好，故事曲折變化，心理的描寫更是深刻，令人一讀之嘆。參加同學會的一段插曲，我覺得十分得體，不過精明的讀者可以看出作者之所以插入這段插曲，是完全爲了故事的結尾而設，這是一個預埋下的伏線。但我卻以爲不管作者有無此種打算，其本身仍極精彩。這是我讀後所感的第一點。第二點是，我不贊成作品的結尾。這篇作品本是一個悲劇，後面來一個如此類似喜劇的結尾是不是會破壞全體的氣氛？

〈原鄉人〉是否已投出《自由談》？

〈梅雨〉上次忘記封寄，今寄還。

敬候

撰安

理和

八月八日

又由來信談及選譯日本作品的事想到，你是否手頭有戰後日本作家的作品借我一讀。

〈戰後的作品我不曾見過一篇，即以前的也讀得非常之少，對於中國作家的作品亦然。你將不會相信吧，但事實如此。〉

一九五九年八月十二日・鍾肇政致鍾理和

理和兄：

〈浮沉〉、大示相繼奉到。〈浮沉〉還沒有拜讀，容細閱後再作決定，《新生報》星期小說、《聯副》二者中擇一投寄。近日中南部水災嚴重，府上曾否受影響？甚念。此間幾乎沒下了幾滴雨，數日來報紙報導，令人怵目驚心之至。

「故鄉」投《聯副》已多時，林海音女士曾有回信來，說近日眼痛，不能多看，「故鄉」也只看了幾頁就擱下來。我想此篇前途不甚樂觀。長稿總要受歧視的，你我都然，誰叫咱們既無權無勢復無地盤？目前連載的是她自己的作品叫〈曉雲〉，彭歌曾在信中盛讚，譽爲多年來自由中國的一部最傑出作品，我向不看連載，故未讀，諒來彭的話不會差多少的。〈原鄉人〉亦早寄《自由談》，彭歌收到後即有信來，說容後慢慢細讀。他不會錯待我們的，只要他認爲不錯，一定會登出。

文心的〈棄嬰記〉的係佳作，不過我覺得行文、情節都似有造作的成分，尤其嬰孩被那個老處女因十字架而認出，更屬傳奇手筆，妙則妙矣，但似不足爲法。結局鄙意與兄見恰相反，那個樣子，仍不失爲悲劇，而且不落俗套，這是文心的聰明處。嬰孩回來，縱使從情節上的發展來看，不無喜劇的味兒，但實則「悲」還在後頭，即所謂弦外之音是也。不悉兄見何似？

我已兩個月多未寫一篇，非常著急。近日又不得不翻譯，因爲人家要譯稿，看在幾文稿費面上，不得不勉爲之。目前所譯者爲〈冰壁〉全文超過二十萬字[29]。暫時得付出所有的時間來搞它。暑假所餘不過兼旬，預料可譯完十多萬字。不過我也準備匀出一點時間來寫一、兩篇作品。我想譯十萬字就暫時擱下，待刊登時再續譯。我對創作已失去自信。〈梅雨〉、〈兩塊錢〉等後就再也寫不出作品了。這兩篇我是受了一個朋友的影響寫的，心理過程，心象記錄，他說這才是近代小說的正道，我寫了這兩篇得了他的稱許，但取材不易，而以前〈柑子〉、〈榕樹下〉那樣的作品就不願再嘗試，甚至〈阿樣麻〉、〈蕃薯〉那樣的人物記體小說也沒有胃口了。你說糟不糟？

日文小說，我都從臺北朋友借閱，目前所譯的〈冰壁〉待我譯了差不多時——即停譯時寄給您好了。此祝

近佳

弟　肇政　敬上　八月十二日

一九五九年八月十二日・鍾理和致鍾肇政

肇政兄：

信和〈浮沉〉是否收下。寄出去，我才想到〈浮沉〉字數長，如有不妥處，則即使刪掉幾百隻字，也還足夠用爲星期小說。（我覺得有人攔阻運竹的場面無妨刪掉，兄以爲然否？）

今再寄上〈阿遠〉。這本是舊作，標題爲〈女人與牛〉，原只有第二、三、四之三節形式也以第三人稱寫。但爲了在字數上配合星期小說我強在首尾加上兩節：第一和第五節，又爲了配合第一和第五節形式便也由第三人稱改爲第一人稱，標題〈女人與牛〉改爲〈阿

29 井上靖作，路家譯，〈冰壁〉，《聯合報》副刊（一九五九年九月二十二日～一九六〇年三月十日）。

遠〉。但寫後重讀，才覺得太亂，加上去的部分也很勉強，特別是第一節，尤以前半段〈第一節〉爲然。又：自第三人稱改爲第一人稱之際，也未能把口氣改得圓融中肯，因而讀起來便覺不很順口。

我越來越覺得沒有自信，也許在開始退步，眞不知如何是好。請兄提供意見，又如第一節的前半段倘認爲不妥則請刪去。倘因此刪到不夠星期小說的字數那也沒有辦法的事。我還曾想到把加上去的部分刪掉並用原來的第三人稱重新抄過。我仍覺得此種題材還是用第三人稱比較便於運用。

不久，我將寄上〈秋〉及〈第四日〉。也都是舊作。以後，我便想著手長篇。〈秋〉篇初稿係寫在光復前夕的北平，回臺後被某雜誌社拿去，但文章尚未登出便遭逢「二二八」，雜誌社關門了，原稿呢？不知哪裡去了。大概是民三十八年，病體已太見康復，醫院裡閑著無事，便將記憶所及，第二次重寫〈秋〉，便是現在的這篇。但於今日來講，不管在故事、時間、地點，都已經是事過境遷，明日黃花，大概就是這個原因吧，前年投寄一個雜誌社（已記不清是哪個雜誌社了）被退了回來。

我現在寄給你是要請問你，我應該把故事時間地點配合現在的客觀環境而加予改作呢？抑乾脆放在籠底以待機會來時始予發表？

關於〈第四日〉容後再說了。

此次風水之災據說甚爲嚴重（敝處無新聞可讀），不知貴地情況如何？無恙否？敝處僅有水，但未至成災，風則止於「大風」非颱風之屬也。

日文翻譯事，進行得如何？以兄行文之流利，何妨一試？

理和

八月十二日

一九五九年八月二十七日·鍾肇政致鍾理和

理和兄：

眞抱歉，這麼久沒有去信了。眞不幸，〈浮沉〉遭退，而且林海音這回沒有一句話說來。一篇作品越改越糟，兄這見解可能有道理。其實我覺得此篇在表現上，已沒有改前的毛病，那麼是應該在乎它的意識了，一定。它所欲表現的，倒也沒什麼不對，但人物都只是泛泛的，主角不用說，「我」這陪襯人物出現了那麼多次，都幾乎無作用，人物無力，意識也就顯得無力了。也許這是個好教訓，以第一人稱寫第三個人物的故事，而在「心理」、「人物」、「情節」當中所選的主要局面又爲「人物」，成功便難期了。拿〈阿遠〉來比較，〈阿遠〉心理成分較多，即以〈阿樣痲〉爲例，兩相比較，亦可看出一個輪廓來。

〈阿遠〉仍在我這兒，近日內擬投《聯副》一試。首尾加添處似未成大病，唯結構仍嫌因此鬆懈。鄙意，爲湊足字數而添，實不足爲法，尤以短篇爲然。

弟近日大力譯作，已譯成十餘萬字，此數日則因人事問題，搞得很傷腦筋。此處教導主任出缺，家長、村民、教員等均擁弟出任，而爲曾一度與弟發生齟齬之督學所反對，鬧得很兇，因弟一人全縣人事異動令一拖再拖，弟方寸已亂，原擬利用假中最後數日寫一創作，亦已無能爲力矣。

開學在即，來日如何未可逆料，退隱田園，耕讀遣日，寫作自娛，亦成爲迫切期望，奈何俗事之多也！

餘不盡述，容後再談，此頌

筆健

小弟　敬上　八月二十七日

寄火泉老近作[30]，此老東山再起，可佩，盼去信打氣！

一九五九年九月二日・鍾理和致鍾肇政

肇政兄：

〈秋〉是否收到？本日再奉上〈第四日〉。

大示中對於〈浮沉〉的指評我認爲是很中肯的，它不但是結構鬆懈，而且它未能把故事和人稱打成一片。現在我想把頭尾兩段刪掉，而只留下中間一段。這樣一來既可救第一點的弊病，又可讓故事得到統一。雖然它仍舊是第一人稱，但「我」所講的既已不是「我」的故事而是「他的故事」了。對此，你覺得是否更好？我曾告訴你，〈阿遠〉曾因配合字數而加上前後兩章。〈浮沉〉的首尾兩章幾乎也是這樣加上的，（其實起初我只想用末章的情節寫成三千左右字的短文，不想後來竟越寫越長也越離開初意，後來便索性加上首章湊成一八千字短篇。）如今我才看出這樣加上去的東西總是不好的。以後我將盡量避免這樣作了。

我想大膽請兄代勞把前後兩章刪去，然後寄出去。不過末尾處似乎應如下改作：（也請

30 推測為耿沛，〈腳的故事〉，《聯合報》副刊（一九五九年八月十六日）。見陳采琪，〈附錄一：陳火泉生平及著作年表〉，《跨時代的「皇民文學」作家——陳火泉研究》（新竹：國立清華大學台灣文學研究所碩士論文，二〇一五年）。

兄斧正）

「不久我兄弟去世，我和李新昌的關係也隨之斷絕。以後我聽說他又做過許多事情，後來似乎又在臺南經營什麼化學工廠；而且這工廠很賺錢。我不知道這些消息是否準確，不過工廠很賺錢的消息令我高興；我認為一個人在掙扎又掙扎苦鬥再苦鬥之後，然後撈到一個堅定的立足點是應該的。」

鑑於〈浮沉〉所得教訓，〈阿遠〉的投寄似應審重一點。因此，我以為如果那添上去的部分有問題，最好去掉，為此，寄回來再寫一遍，仍用舊作的形式再寫一遍也願意。尊見如何？

〈第四日〉之後，我將於此暫告一段落，以後我想著手長篇呢，抑寫些更短——三、四千字的東西。短文容易發表；還有：也可減少我一向所易犯的過失：結構鬆散。至於長篇，想是很想，但一想及得了獎如〈笠山農場〉至今仍不能印成文字，便又覺得灰心了。看看吧！

兄的人事問題也教我難過，但中國的社會就是如此，我們最好逆來順受，不堅持不固執，兄其善處之。

餘容後敘。敬候

大安

理和

九月二日

一九五九年九月十四日・鍾肇政致鍾理和

理和兄：

〈秋〉、〈第四日〉已先後奉到多時，未即奉告為歉。〈浮沉〉修改事，我以為暫時再看看，現在改了，實在也無處投的。而且縱使刪去前後兩段，似仍無何動人之處，再投《聯副》也太不好意思了。你說是嗎？〈秋〉我因忙僅匆匆過目一遍，待細閱後再奉告拙見，〈第四日〉則迄未拜讀。這一篇因為長，星期小說無法容納，那就只有等待現在連載的海音的〈曉雲〉刊完後。它已登了八十多次，超過十萬字，刊完後大概有個時期會登一些半長不短的稿子，那時再投去吧。〈阿遠〉已登出[31]，奉上剪報乙份。四、五天前，海音就有信來告訴我，〈阿遠〉已繪好插圖。可是我也因忙未即奉知。她在信中說：「故鄉」不宜連載，要我投寄《自由談》一試，次日，「故鄉」即退回。這是個壞消息。副刊要顧及讀者口味，實在也是無可如何的。她在信中還念念不忘問及兄的事。她要我告訴她兄在北平是何時，讀書還是做事。她說在北平的臺灣人她都認得，獨不識兄，言下非常掛念。這封來信也是她要我把譯稿寄去的通知。目前連載的譯作近日即可結束，接著便要刊登拙譯。原著我本想寄給兄看看的，看情形暫時不可能了。因為我還有十萬字左右未譯的。現在學校又忙，我得再花一個月以上工夫才能譯完。所以等譯畢後再寄來給兄了。此書全文約有二十多萬字，刊完約需半年以上。譯這麼長的，這還是首次，時間是可惜的，但看在幾文稿費的面上，也只有勉力為之了。

兄是否已開始長篇的著作？我以為此時此際，長篇是值得考慮的。〈笠山農場〉就是個好教訓，究竟誰要登我們的長稿呢？眞是個大疑問。如果還有「文獎會」那麼辛苦白費的可能性較少，尚不妨試試。目前，縱使寫了亦很少有刊登可能的。寫作非為發表——這個我也懂得。但是想到那一大把心血終歸徒勞，焉能不難過。所以我還是要勸兄暫時還是多寫些短作，最長也要能見容於星期小說，將來我們也有了地盤，再來從事長篇鉅作。我說這話，未免太慘了，但事實確如此，奈何？

火泉兄處，曾否去了信？我有好久沒跟他通信了。他的那篇作品，兄見如何？我給火泉兄不大好的批評。不過他是值得崇敬的。近來清秀、文心等兄已完全看不見作品了。翠峰兄則依舊在大譯特譯。

我也近來覺得翻譯也不錯。我目前譯〈冰壁〉，得了不少益處。我想如有可能暫時以譯爲主，讀爲副，其次才輪到作。實在話，我近來覺得實在寫不出作品了。非再下幾年苦工不可。

最後，我人事問題已解決了。我仍任教員，教導主任已讓漁夫得去了。不過老實說，這對我實在好得多了，我不必爲許多瑣事操心，能夠心安理得從事文學之學習，我是應該感謝那個陷〔害〕我的督學的。

好了，下次再談，匆頌

暑安

小弟政拜上　九月十四日夜

海音女士處，兄大概可以通信了。她對我們都可算已盡了一份心，兄再緘默，就難免失禮了，對嗎？

31 鍾理和，〈阿遠〉，《聯合報》副刊（一九五九年九月十三日）。

一九五九年九月十五日．鍾理和致鍾肇政

肇政兄：

〈第四日〉是否收到？今再寄上〈上墳〉及〈蹬音〉二短文。

〈笠山農場〉既於前二日自香港退回。此稿被退把我搞得心灰意懶，無心寫作。我覺得很奇，亞洲出版的文藝作品我也看過一些，當然都比拙著偉大高明，雖然如此，鄙意以爲即糟蹋幾張紙爲拙稿印書似乎並不就把出版社的面子丟到哪裡去，或沾辱了文壇。現在我不曉得要如何處理它，我覺得它好像已永無見天日之望。

我想再把其中與故事情節很少關係的文字刪掉，例如第九章已刪掉了，另外還零零星星的刪去不少，現在我決意再刪去第十章整章文字（記福全的受綁及趙丙基的潛逃，與本文無關），如此盡量使結構減少累贅和鬆懈。出版者和讀者既然都喜歡情節緊湊，那麼爲什麼我要使之鬆懈呢？這不該死是什麼！

（我計算較原文已刪去不下二萬字了）

其後兄之人事問題如何發展？前信我勸兄不堅持、不固執，因爲這是我們傳統的處世哲學，事實如果我們事事退讓，事事消極，則我們將何以度今日繁雜激烈的社會？但我們拿什

麼對它呢？我不知道，是以只好拿先賢之所以勸人者勸兄而已。兄其善處之善處之！由此事我忽然想到，兄事務如此繁複，而我又時時以瑣事相煩，豈不令兄更加為難？因而心中為之不安。我想我是否可以直接投稿（我已約略懂得稿應如何投了，這是我過去所不知道的，過去我但知道文章要寫得好，好，便有人要，哪裡知道原來這「好」有好多種，此外還有許多細節，例如各出版社的方針、標準甚至是編者個人的嗜好等等，如今思之眞可謂愚不可及矣），雖然我仍願意在投郵之前由兄過目，如此較為妥當。

關於文心兄〈棄嬰記〉一文，鄙意與尊見實同，吾之所謂「喜劇」即兄之所謂「傳奇的手法」是（也）。我所說開同學會實為後來結尾之伏線，此「伏線」即指修女給與嬰兒的金十字架，後來即靠此金十字架而認出棄嬰，如此而送回嬰兒如此而收場。此種寫法，實有些「胡搞」，故我指之為喜劇。依鄙見最好嬰兒在被推來推去之後，在一邊觀望的父親終於心中不忍，而仍由自己收回。

〈腳的故事〉與〈溫柔的反抗〉同一風格：含蓄有力，而在刻劃反抗者的努力上，則較後者尤為深刻，此固不但為火泉兄之東山再起而善也。我衷心願見我們的老大哥多多加油，這也可以給我們起領導作用。我將另信與火泉兄。

在近近一個多月之內小女連患二次肺炎（每次十來日才罷），把我搞得焦頭爛額，眞是屋漏更遭連夜雨。幸喜這兩日已又蹦蹦跳了。

匆此

理和敬上
九月十五日

一九五九年九月十九日[32]．鍾肇政致鍾理和

理和兄：

〈笠山農場〉遭退的消息使我震驚！我該怎麼說呢？眞是欲哭無淚！我們這些時代的點綴者，似乎註定只能寫些短作，湊湊熱鬧而已。環境如此，夫復何言。我想，寄望於未來這話似乎太空洞些，但如今也只好如此了。如果我們命中不該苦到底，我想或許我們也會有我們的日子的一天——以前，我是如此堅信的，咱們中國的現狀豈能無改革更新的一天，我們目前只有忍苦，多蓄積一點實力，以待那飛躍的一天。我想，〈笠〉篇暫時毋需再改了。我是說，縱使改得十全十美，此時此際，實在難望有出路的。還不如多寫一篇新作，來得有意義些。將來問世之日到，再來修訂也不遲，對嗎？

人事問題，承兄關注，至感，前信已述及，茲不再贅，我的工作一向都是十分繁忙的，但兄寄稿來也無妨，我只是轉投出去，何煩之有。請勿稍存客氣也。唯目前積存在此的稿甚多，連這兩短作〈上墳〉、〈蜇音〉已有四篇，我覺得寄去太多也不大好意思。不得不觀望幾天。兩短作我未拜讀，我準備日內寄一篇出去。目前，就只有《聯副》可投，他處要挨退是可以想像的，這也是我的苦悶，奈何奈何！

我的譯作已在十四日投出第一批，豈料這稿竟給遺失了。海音來信說爲何尚未寄下，使我大驚失色。目前正在各方查，結果如何尚不可知，如果不見了，就只好再來一次了，幸好，只四萬多字，如果把譯好的十多萬字都寄出，豈不糟糕。好了，再談。匆頌

近佳

小弟　拜上

32 信後未寫明日期，原稿空白處註記有「9．19」，暫依此為準。

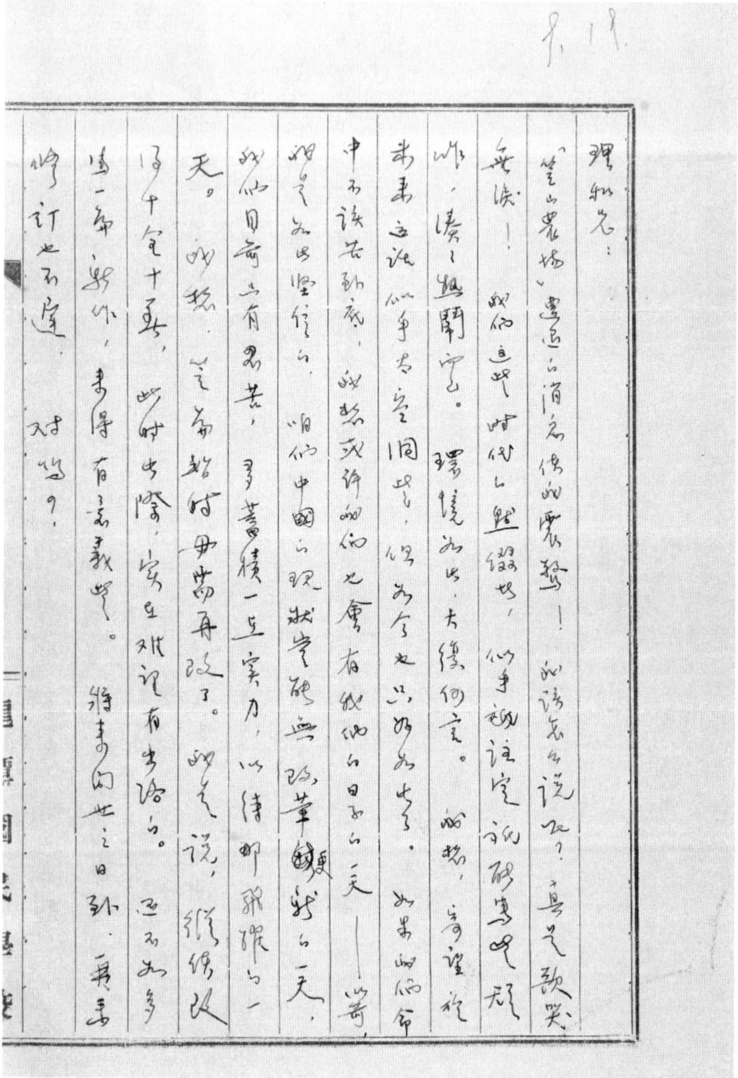

1959年9月19日鍾肇政致鍾理和信件未標示日期，惟信件右上另標有9.19字樣，故以此為準。（鍾延威授權、鍾理和文教基金會提供）

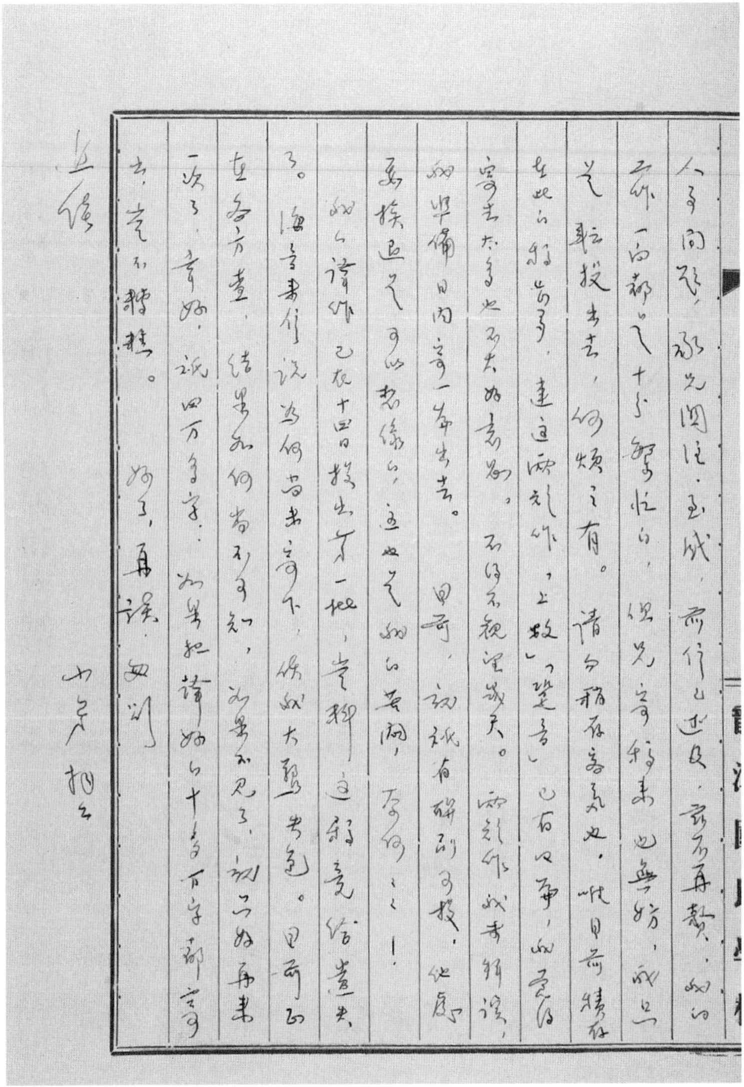
人多問題，就先閒住，至於，前信已述及，就不再贅。我的
而作一向都是十分繁忙的，但兄寫稿來也無妨，我只
是聽拔出去，仍然之有。請多稍存為氣也。此月為積存
在此的稿子，達這兩篇作，上「故」、「竹頭莊」已有以前，我覺得
寄去太多也不太好意思。不得不視這成天。兩篇作我重新修改，
我準備日內寄一本出去。日前，初稿有辦副可撥，他應
為接近之可以想像的，這也是我的苦悶，奈何之之！
我的譯作已在十四日撥出第一批，當初這稿竟結集出，
了。海音來信說為何尚未寄下，依我大概是寄丟了。日前函
在各方查，結果如何尚不可知，如果不見了，就只好再來
一次了。幸好，說四萬多字。如果把譯好的十多萬字都寄
去，竟不轉接。好了，再談。如何
並頌
近佳
弟 肇政 拜上

一九五九年九月二十四日·鍾理和致鍾肇政

肇政兄：

最近二封信均已收下。在對一切事都感到失意之下接讀兄信，總是件令人鼓舞的事。兄每封信都給我大量有益的助言使我雖在極端困難之中亦有勇氣過下去，這種友情的關切我是極爲感謝的。

「故鄉」既然《聯副》都不能要，我看《自由談》更未必要，此作和時代的要求是背道而馳的，無人要，本極自然的事，就請合〈浮沉〉一塊寄回來吧。對了，還有〈秋〉，這篇以其時間和空間的意義看來也是屬同一命運的作品。也一道寄回來吧，但願得兄批評，夠矣。〈原鄉人〉是否投《自由談》，此作《自由青年》可能要，如《自由談》不採用我想即可寄後者。

兄雖然叫我不必客氣，但既然知道兄如此繁忙而仍昧昧然將如許瑣事相煩，增加兄時間上的負擔，總是罪過的。以後除沒有自信的作品之外我想由自己投寄，不過仍要煩兄給我剪報寄下。

我暫時已擱筆，除抄舊作〈大武山登山記〉，此篇南版《新生報》通知我「近可刊用」，迄今幾及一載而始終不見登，其歸宿大致字紙簍可無疑問。二月前我曾去信索稿，但迄無消息。這種再抄，其味如何，是只有此中人知道的。但有什麼辦法呢！我寄給你看吧，是否可投《自由談》（太長）。

然後我做什麼好呢？寫短文？寫長稿？

海音女士處我已有信給她了[33]。敬祝

大安

理和

九月二十四日

33 該信於一九五九年九月二十二日寄出。

一九五九年十月八日[34]・鍾肇政致鍾理和

理和兄：

〈大武山登山記〉已收到，尚未拜讀。〈上墳〉已在上週六登出[35]，那天的報紙給人借去，至今尚未送回（他把半月來的報紙全借去了，但一定會送回的），我一時不小心，沒先把文章剪下來，這幾天很著急，但只好先覆你這封信了。

〈跫音〉則在前天投出。近來，《聯副》刊登似乎都很慢，〈上墳〉投去後也差不多兩禮拜才刊。我看近來《聯副》所登的文章，多半給擱了很多天，一些大作家的作品也都似乎如此，也許必須用的稿積了很多的緣故。

〈秋〉在長短上是可以馬上投的，可是我看了兩次後，就覺得不敢投出。它寫得好像不大好。它的中心意識，我看不出來。勉強歸納起來，是寫一個青年，在一念之間成爲乙女的俘虜，而招來禍患，果如此，則它必須叫人同情他與甲女的愛意，甲女更需叫人同情，可是文中僅在起首輕描淡寫地帶過，做爲一個無關緊要的過場。接著而來的火辣辣的性生活描寫——這些描寫與主題間的關係是那樣軟弱，以致顯得多餘。而後是爲饜足嬌妻的貪求而貪污，以致家敗人散。這些已是陳舊的情節，描寫未能推陳出新，如果它是三十八、九年間的作品，則還有意義些，目前則已太陳腐了。此篇，我暫不擬投出。〈第四日〉我僅約略過目一次，〈大武山〉與〈第四日〉均這麼長，我想不知如何是好。兄雖要我寄還給你，但一時還拿不定主意，就放在這裡看看吧。我仍打算林海音的長篇連載刊完後試投，〈大〉則容拜讀後再打算，但，我也實在想不出其他有把握的地方投了哩！

好了，再談。匆祝

撰安

弟　肇政　敬上

又：我以爲兄還是寫短作好。兄的家庭上的事，可取材者一定很多，兄經歷不凡，能夠在情感上深入，心理上也不難把得準，則佳作之產生當可以期待的，即以兄的病爲題材，亦當有不少可寫的，三千字左右，或八千字左右，我想只有這樣篇幅的作品較有出路，時勢如此，其奈何？弟及

34 信後未寫明日期，原稿空白處註記有「48．10．8日」，暫依此為準。

35〈上墳〉刊出後，題名改為〈小岡〉。鍾理和，〈小岡〉，《聯合報》副刊（一九五九年十月三日）。

一九五九年十月十一日・鍾理和致鍾肇政

肇政兄：

〈大武山登山記〉一稿係由內人帶出美濃去投郵的，但不知如何竟忘記貼上郵票，待我獲悉此事而教小兒趕去郵局去查詢時據說已發出去了。實在對不起，請多多原諒。

前信已經說過〈秋〉初稿係於民三十四年間在北平寫成，共七章約一萬三千字。這裡僅有第一、二、三、四，四章是原文，後面的情節是男主角被捕後因證據不充分——因共犯事前逃跑——被判決無罪，但男女主角之終於離異則始終未變。我把第五、六二章刪掉乃因其嚕嗦，及字數長，然後把第七章改爲第五章（稍改字句）。它於今日看來已經是一篇過時的東西，大致被要的可能性少。至於它的主題，說它是描寫一個青年在三角戀愛中受到乙女的愚弄固然有一點，但我的本意卻在致力諷刺把愛情和結婚視同兒戲一點上，所以只把青年和甲女的戀愛輕輕帶過。這種道學氣我自己也覺得迂腐可笑，不過一想起這是十幾年前的作品也就把自己放得寬大了。

〈賞月〉寫得不怎麼高明，故仍先寄與兄過目。

兄教我寫短作，爲今之計，似乎也只好如此，其實我對此種短文是不大喜歡寫的，平時也不大喜歡看，如果一篇也短文，二篇、三篇也短文，儘是短文短文，有什麼意思呢？而且據我看來這種短文會教一個人很快的感到江郎才盡，以後便一個字也搾不出來了。話雖如此，但除此之外我也確乎不知道應該寫什麼好。

理和　敬上

十月十一日

一九五九年十月二十七日・鍾肇政致鍾理和

理和兄：

近來因校務忙——下月中旬要辦六十週年校慶——譯作又遲遲不能脫稿，因此久未奉函，至歉。

〈蹬音〉一直等到昨天才被退回。空洞浮泛，也許是它的致命傷。哲理畢竟不易表現為作品，〈賞月〉待我拜讀後作決定。邇來《聯副》每天都差不多只有一篇四千字作品，餘就是兩連載，一專欄「玻璃墊上」，競爭也就格外激烈。委實不容易哩。

海音來信，說要介紹臺灣作家，兄那邊信也到了吧。我們雖然「當之有愧」，卻也不無盛情可感之慨。盼兄幸勿稍存客氣，儘可能供獻材料。也許，這麼一來能給那些消沉的文友們一點鼓勵。兄、我，外就只有火泉老偶爾露露臉，這情況令人擔心，也令人著急。雖然爲數不多，但注意我們活動的文壇人士，卻也未始沒有，我們豈能不再接再厲奮發一番呢？

榮春可能（前些時給兄的信是由我轉的，寄到了吧？）接編《公論報》副刊，但他總是嫌麻煩。我想如果他肯幹，未始不可設一臺灣作家的園地，轟轟烈烈幹一番的，只要他能設法爭取到稿酬，我想文友們沒有不響應的道理。如闢一週刊可名爲「臺灣文學」，推出一鮮明旗幟，每期可發一萬字左右稿，必要時可單張發行。每期三、四百塊錢就辦得下。這意思只是我個人的遐想，尚未與榮春討論。這事已到了需要人出面幹的時候了。對嗎？

另郵寄兩份報紙。〈劊子手〉[36]是一個午後草成的急就章，火泉老曾來信讚揚。盼兄亦賜評爲幸。報毋需擲退。好了，再談。

快樂！

小弟　敬上　十月二十七日

一九五九年十一月六日・鍾理和致鍾肇政

肇政兄：

既然〈蹬音〉遭退，〈賞月〉當更少被採希望，因爲我自己就〔不〕滿意哩。短文——散文畢竟難寫；寫得好的小說有的是，但寫得好的散文就不多見。說實在，我好像還不曾見到一本好散文集哩。外國是不是這個情形呢？我久有意要寫些散文，但我不知道要如何寫法，那些多愁善感，無故呻吟，或風花雪月的文章我覺得非常無聊。我有一次讀了一篇散文，字數至多不會超過一千，但計算裡面所用「夢」字竟有十六隻之多，而且又是「淺紅色的夢」嘍、「橙色的夢」嘍、「什麼什麼色的夢」嘍，我看過後實在不知道作者在〔寫〕些什麼，那作者還是頂有名的呢！

我以爲散文的取材當亦不能離開生活，否則就會變成沒有內容的東西。

《文星》[37]的資料我已於前天寄出去了。這事大出我意想之外我實在不敢想，像我們這

36 鍾正，〈劊子手〉，《台灣新生報》副刊（一九五九年十月十八日）。

37 《文星》（一九五七年十一月五日～一九八八年六月二十日），為月刊，期間出版九十八期後遭勒令停刊。一九八六年一度復刊，一九八八年六月二十日發行第一二〇期後停刊。

些無名的「作家」居然也會有人注意哩。正如兄所料此事必能起催發鼓舞的作用，讓一直在打瞌睡的文友們醒醒。

榮春接編《公論報》副刊的消息令人振奮，不過我看榮春兄有一股藝術家傳統的傻勁，只願埋頭自己的創作，不問世事，如果他果眞接編，那該多麼好？「臺灣文學」可以有自己的園地了，我們不能讓它長遠如此消沉下去，是嗎！兄所提辦法，我甚有同感，不過現在似還不能談到此步，我們先得給榮春兄打打氣呢！

〈劊子手〉寫得極爲精彩，全篇一氣呵成，無斧鑿之痕，讀來信，知道這是僅在一個下午寫成的，無怪如此。這也說明了兄才思之敏捷活潑，行文之流暢自如。如果讓我來寫，起碼要一星期，普通是十日。我一日倘能得七、八百字，我就認爲成績很不錯了，如果是一千，我將十分高興，如果是二千，那我將不知手之舞之足之蹈之了。

此作和兄過去之作風似稍有不同，過去之作，以故事技巧取勝，此作故事之成分較少，但有更多的思想和感情。老實說，像〈薔薯少年〉等好固好矣，我雖能佩服卻不一定能喜歡，而〈劊〉篇則既是佩服，且又喜歡。我認爲兄又有了更高的飛躍了呢，我該爲兄賀！又此作提出了一個極有趣的問題。它的結尾遠超過我的想像之外也遠超過普通的手筆之外，依故事的安排來看，誰都認爲主人公——便是那位老師，必定會把謎底——少女的死因——亮給我們看，實際他也爲了此事，不惜在狂風暴雨中前往少女處。但兄卻在未到達前便結束了。我讀到此處，起初頗爲這奇異的結局覺得不啻撲了個空，有措手不及之感。但這卻是兄手筆的高超處，如果當眞依我上面所說的寫法結尾，那將是俗不可耐。其實那謎底不必亮，而兄這樣子，反而增強了全篇的效果，令人回味無窮。在讀者心中，似乎主人公將永遠悔恨苦惱下去，妙不可言。

篇中唯一感到缺憾的是主人公的發生幻覺一段，我認爲這是多餘的，應刪去。這就夠好了，再不必藉這段來強化主題的效果。

數日前我寄出一篇〈貧賤夫妻〉，還是上年參加《自由談》徵文賽之作[38]。昨日海音來信說已令繪圖，好像這個星期要登出[39]。又說篇幅只能容七千字（本文八千字）故不得不刪去一、二段云云。我不知道究係文章本身應刪抑因篇幅縮小，倘竟是後者則顯見發表的園地是愈來愈窄了，於吾人說，總是不好的消息，是嗎？請剪報。

壓在你手頭發不出去或被退的稿子一定不少了，何不寄轉來。既然東西寫得不好，我們豈能強人收下。我雖然喜歡看見自己寫出來的東西被印成文字——何況還有一筆稿酬呢，而錢又是我現在急於要的呵，一笑——但王臨泰的坦白終值得我們一效！又，寄《自由談》的

38 〈貧賤夫妻〉原為參加一九五七年《自由談》「鶼鰈之情」徵文比賽之作，並未入選。
39 鍾理和，〈貧賤夫妻〉，《聯合報》副刊（一九五九年十一月八日）。

〈原鄉人〉已退回來了，後來又寄《自由青年》亦同樣遭退，可見這篇是完全失敗了。清秀兄來信說那種寫法太露骨，外省人看了不會有好感云云，這倒是我沒有想到的，你覺得怎樣？我還自認爲那已經是很客氣的呢！事實當時我們耳聞目見均有過於是者。

不談了，祝

快樂

理和　敬上

十一月六日

一九五九年十一月八日・鍾肇政致鍾理和

理和兄：

我適才以萬分激動的心情拜讀了大作〈貧賤夫妻〉。但願我能夠充分地表示出我的喜悅。這是篇傑作，我毫無誇張，幾年來，使我閱後有這種心滿意足的欣悅感的作品，實在沒有多少篇。一、二兩章裡，寫盡了貧賤夫婦的幸福與哀感，令人惻然，但仍有一股溫慰在心中汩汩湧出。心中有愛心的人，若看了這一段文字，一定深有所感，那是人間的至情，發乎衷心的。處處閃爍著純潔眞摯的愛，我不禁要爲這對夫妻馨香默祝。在三段，高潮突起描寫仍是一貫的細膩作風，一步緊似一步，叫人窒息，以至平妹的平安歸來方才透了一口氣。全篇到處有意味深刻的句子，那是智慧與愛的結晶。我眞要爲兄叫屈，此篇較文心的首獎作勝過好多倍，比其他入選作更不可同日而語。我反覆思量，何以此篇竟遭落選？勉強的解答是裡頭寫了偷竊行爲。在我國的文壇，假如不是暴露匪情，這是不被允許的。嗚呼。再者，我還憶及彭歌對此文的評語：「散漫」，我眞想大鳴不平。眞奇異，一般讀小說的人（包括編者）何以對名著就能忍得住一切散漫冗雜的敘述，而獨對無名作家苛求如此之甚？以現代眼光來看，一、二兩章該是最冗漫的，至少它可以縮在一千字以內，做爲一個起點即足。然而，我以爲兄這篇的這些文字，可以說是字字珠璣的！

過了的事想起也無用，讀這篇作品，對我的寫作也有了不少啓示。它，確是嘔心瀝血之作，正如兄所言，每天僅能幾百字，以這樣的速度，方才能產生這樣有深度的作品，它文字本身已然有這種深度，這對我該是當頭棒喝啊。我寫作總是那樣匆匆忙忙，總想一口氣寫完，在沒有思想背景的我這枝筆，這方法終久不能大成的，不過我有什麼方法呢？我總是沉不住氣，而且常常爲了爭取時間，不得不利用暇時急寫。

我今天問了好多處，都沒能再弄到一份報紙，只有把我自己訂的報紙割愛了。我明天再找幾處，我還要再讀三讀。

〈劊子手〉承謬獎，汗顏無地。它縱在技法上不無可取的地方，但畢竟是急就章。而且不無感情多得氾濫成災的樣子。

對了。我久就想起向你建議。兄應以自己的病為題材多寫，〈貧〉作便是佳例。這種體驗是不易有的，可貴的，我向來就奇怪，兄何以不用這種題材來發揮一番呢？我不曉得前此是否提起過（我好像好幾次寫信時都想提起，終於不忍提的），但這似乎是很值得嘗試的。

我近日在真空狀態，想寫也一直動不起手，茫茫然過日子，眞急人。我希望能有作品寫成了。

存稿請暫時再存些時候。我還要再細讀考慮的。祝

快樂

小弟　敬上　十一月八日夜

一九五九年十一月二十九日・鍾理和致鍾肇政

肇政兄：

自接獲來信後遲至今日始得拜覆眞眞對不起，敬祈諒宥。〈貧賤夫妻〉承兄過獎，令人愧煞，此作海音女士亦曾在信中加予讚賞，並說不知道是不是眞實的故事，言下大有不勝同情之慨。關於此作在當初比賽時應得何種評價一點我不願多說，既然它未能得獎，也許它的成就便僅止於此而已。不過一切都如兄所說，已成過去了，說亦無用。我僅願在此處提出一點，歷年來作品在各處的碰壁，幾乎使我失去對一篇作品的評價標準及自信，這總是件可悲的事。〈笠〉篇寄出《中央》副刊，數日前得到消息說是「太長」。看來這篇作品的歸宿已經是如此決定的了。就讓它靜躺幾年看吧。

最近不知爲什麼突然感到空虛和焦躁，無心於事，七、八日前加之又開始養雞（限於各種條件，僅養二、三十隻，但願這是一個起點），因而已有一個多月不曾執筆寫過一個字了，連信函也以此爲第一封，能不悵然！

據說《亞洲》本年仍有文賽，兄對此如何？我好像沒有可參加的題材好寫。祝

快樂

理和　敬上
十一月二十九日

一九五九年十二月二日·鍾肇政致鍾理和

理和兄：

來信日前即已收到。兄又陷於鬱鬱寡歡的心緒當中，很使我難過，我眞不知如何給你些言詞才好。今天，接到《文星》，兩篇文章都對兄的作品推崇備至[40]，也對兄的生活狀況寄予無限同情。我很久以來就推心置腹，稱羨兄的成就，而如今發現到人家亦作同樣想法，臺籍作家中兄可穩坐第一把交椅，兄可以當之無愧，我也感到難言的喜悅，同時兄也該告慰於心的。

作品的評價，我以爲受成見支配的成分較多。一般編輯人，在無數量的投稿當前，又怎能平心靜氣來細讀作品呢？於是乎熟面孔就自然先占了優勢。何況決定稿件取捨的人當中，也未必就全是文學修養夠格的，因此，我們大可不必斤斤於作品的刊否，「要賣給識貨的」

這種魄力也該是不可缺少的。不識貨的人多，舉世皆然，並不只咱們中國如此啊！

這次的介紹，我想對我們幾位伙伴的鼓勵作用非常之大——你看，我們那幾位伙伴們都是數一數二的腳色呢——瞌睡了許久的人也可能醒來了。我總想，我們也該有個屬於我們的地盤，我們更該有一面鮮明的旗幟。但是目前談此爲時尚早，而且有關當局也未必喜歡我們結成一個「グループ」[41]，但我總念念不忘我們全體的——臺灣文學——的命運。人們看了這兩篇介紹，也許一時還有些印象，但不出幾個月仍要被葬在陰暗的角落的，這就看我們能不能振作了。

我打算以後要嘗試較長的作品了。但也只能把目標訂在五萬字左右，或者更短些。尤其像我到目前爲止尚無一篇較長作品問世的人，該也是不可不急圖躍進的。只是想到自己有限的力量，不免又感躊躇了。

我希望兄能振作起來，你與文心是我們間的最大希望（我們以前都如此認爲過，果然

40 指王鼎鈞〈作品充滿鄉土色彩的臺灣作家〉與林海音〈臺籍作家的寫作生活〉二文，收於《文星》五卷二期（一九五九年十二月一日）。兩篇文章介紹了數名臺灣作家，王鼎鈞介紹了鍾理和、施翠峰、廖清秀、許炳成、鍾肇政、陳火泉、鄭清文、鄭清茂、何明亮、林文月、李榮春、何瑞雄、林鍾隆等；林海音則提及鍾理和、施翠峰、許炳成、鍾肇政、廖清秀、耿沛（陳火泉）、何明亮、鄭清茂、林文月、鄭清文、林鍾隆、許山木、郭智化等。

41 英文「group」之日文外來語，意指集團、組織。

人家也是作此看法的），文心我久已無通信，但《文星》的這一篇當是他再出發的首篇作品[42]。兄亦當摔脫消極——當你對命運微笑時，命運一定也不致再以怒眼看你的，這是我的熱切期盼！

再談

小弟　敬上　十二月二日

《亞洲》文賽我目前有意一試，但也要看看能否寫成功。《自由談》文賽我已起了一個頭，可是迄今只寫成三千字，明天已是最後一天，看來已無望了。據火老云，文心將再獻身手。

42 文心，〈土地公的石像〉，《文星》五卷二期（一九五九年十二月一日），頁三六～三九。

臺籍作家的寫作生活

林海音

1959年12月出版的《文星》雜誌收錄了王鼎鈞〈作品充滿鄉土色彩的臺灣作家〉與林海音〈臺籍作家的寫作生活〉二文，介紹數名臺灣作家，林文並附有圖片。（國立臺灣文學館提供）

一九五九年十二月五日．鍾肇政致鍾理和

理和兄：

〈大武山登山記〉伺海音女士〈曉雲〉刊畢後約於旬前投寄，昨日起連載[43]，誠足爲吾兄賀。盼兄早日振作猛揮如椽之筆，至幸至幸。

耑此馳報，餘言不敘。

弟　肇政　匆上

十二月五日

一九五九年十二月十三日．鍾理和致鍾肇政

肇政兄：

近來我覺得筆桿很重，懶得拿動，因而不但在作品方面，即書翰方面亦往往一拖再拖，

一直拖到再也賴不下去時才罷，想來眞是罪過，只有請各位文友寬恕了。

十二月號《文星》的作爲我也相信對於默默無聞的文友們必將有一番鼓舞作用，我但願它不是一時的才好。不過以我個人來說我並不把它看得很重要，雖然對於王鼎鈞先生和林海音女士的熱誠我們是應該感謝不盡的。

我時時都覺得四十五年度我的〈笠山農場〉，把當今二個最走紅的大作家壓在下面是很不好的，我以爲應該由他們中的哪一個得第二獎，〈笠〉篇得第三獎，雖然我並不懷疑他們的器量狹小，但假使是這樣，那對於我們每個人都是好的，都要方便得多。這是很顯然的道理。我沒有料到我踏進文壇的第一步便把事情搞錯了呢！

聞知兄有意寫長篇，我很高興，像魯迅、契訶夫等固然也有純以短篇聞名於世的作家，但這種例子畢竟不多，更多的作家，其成功都在長篇上面，短篇可以顯示一個作家的技巧，但一篇作品之得於永垂不朽，主要還在它的主題的社會價值，而這須長篇始得勝任。

我也想寫長篇，只要我不須再寫短篇，我就要動手寫了。我把這希望寄在養雞上面，明春我要把養雞增加到一百五十隻，如果辦得順利，則我的生活可能會安定一點，那麼我就不須爲每日的吃飯問題焦心了。說起來眞教人慚愧，我現在的日子並不是很快樂的，在這種情

43 鍾理和，〈登大武山記〉，《聯合報》副刊（一九五九年十二月四日～十二日）。

形之下要想靜心坐下來寫字，那幾乎是不可能的。我必須先把這問題解決才可以談到其他的事情，至於寫出來的長篇是不是有發表的機會於我看來倒是屬於次要的問題呢！

《自由談》有何文賽，我不知道，你知道我這裡是消息不通的，至於《亞洲》的文賽我還是聽小兒說的。我現在著手寫一短篇，題名暫定爲〈爬上手術台之前〉，如果寫得還好，我也可以參加，但問題有——而這也是我要徵求你的意見的，它的形式是日記體，這種體裁的作品，提出文賽是否合適呢？請即時告訴我。祝

快樂

理和　敬上

十二月十三日

一九五九年十二月二十日．鍾肇政致鍾理和

理和兄：

〈大武山〉登畢已剛一週。前面四回未剪起來時，報紙即被人借去，今天才送還，而且

給丟了一張，我四出跟人要，好容易才找著，眞急人。這兒就寄來了。海音有信來說，這篇來得正好，剛有了空檔——她約的稿未寫完，沒趕上——就登了，其實，它也是不適合連載的云云。不管如何，總是值得欣慰的，不是嗎？

《自由談》徵文比賽，這次題目是「十年歲月未蹉跎」，一、它可能注重政治性，徵文啓事中亦強調十年來軍經建設方面；二、想來思去，我們總是對國家社會不能自許爲「未蹉跎」，這些原因使我沒有胃口，我沒有告訴你，是我的疏忽，但我也想到上次的教訓。正如兄所言（我總未敢提起，卻讓你先提起了），〈笠山農場〉把彭歌壓在底下，確不是太佳的安排（在我們而言）。往日在文獎會出足風頭的作家如今都默默無聞，我們也無妨看做是類似事實在作祟，咱們中國人一切都叫人洩氣，文學上又何獨不然！一嘆。

（參加《亞洲》文賽的表格，我下次弄一份給你，如果弄得到的話。）

近日我已摒擋了許多積壓的工作，稿債也算償清了（這次來索稿的有《幼獅文藝》[44]，和《民間知識》[45]兩處）。此後可以寫點自己想寫的，如《亞洲》文賽的應徵作，和計畫中

44《幼獅文藝》（一九五四年三月二十九日～二〇二三年十二月一日），為月刊，共發行八百四十期。

45《民間知識》（一九五二年八月五日～一九八九年十二月一日），原為半月刊，一九七三年七月起改為月刊。一九五二年三月一日出版二十九期後停刊，同年八月五日復刊時從革新第一號算起，又出版了七百期。

的中篇。一年將盡，新年將是大寫特寫的一年了，想到此，不禁有渾身是力之慨。養雞要在細心與耐心，盼兄能成功，而使在寫作方面更有精神精力。「日記體」我想大概無礙。其實我也想以書信體或日記體寫這次的作品，好了，讓我們都努力吧！再談，匆頌

近祺

小弟拜上

十二月二十日

海音來信尚言及擬將〈笠山農場〉介紹給魏希文在《民間知識》半月刊上發表（魏為該刊社長），請靜候消息好了，並此附及。

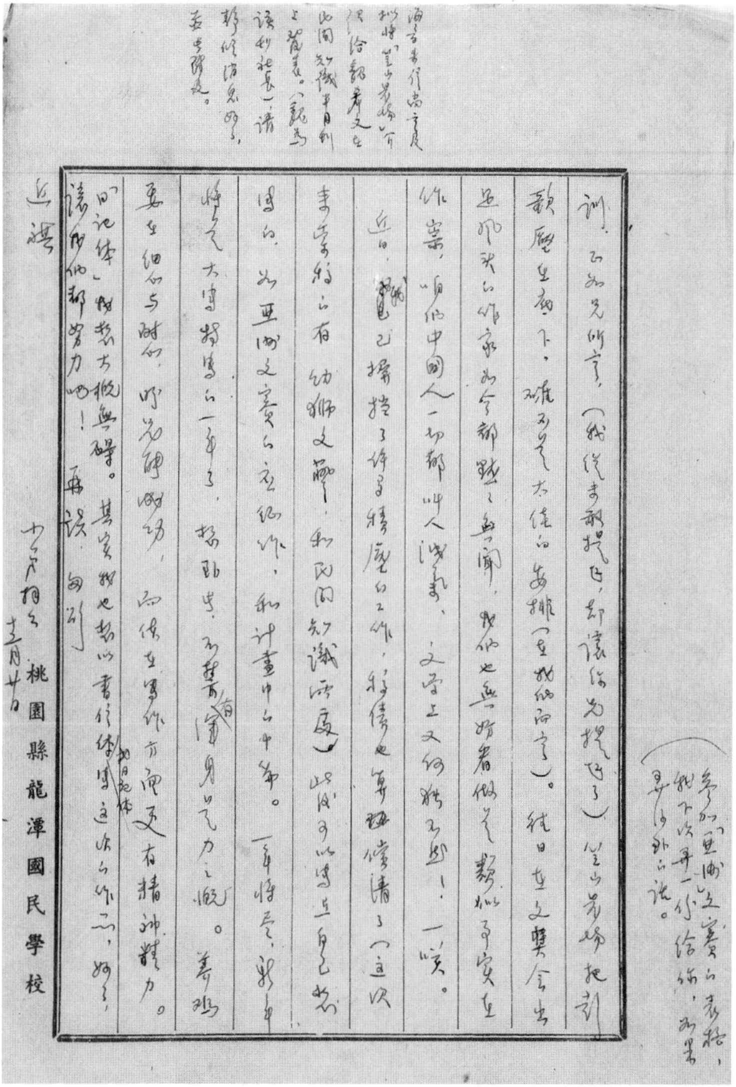

1959年12月20日鍾肇政致鍾理和信件除正文外，另在空白處補充多段文字，本書編排時據文意將補充文字放在合適之處。（鍾延威授權、鍾理和文教基金會提供）

一九五九年十二月二十七日・鍾理和致鍾肇政[46]

肇政兄：

信及〈登大武山記〉剪報均已收下，謝謝！我時時這樣麻煩你，心中著實不安，連賤內昨天見到剪報時也為你對朋友的熱誠和忠心而感嘆呢！但我又沒有辦法不麻煩你，而且此後還有一段長時間必然要繼續麻煩你呢。

兄考慮得正好，看到《自由談》徵文題目，只算你通知我了，我也未必有文章可參加。這十年來我即在病中度過，說「未蹉跎」是說不過去的，除非我用揑造。算了吧！《亞洲》徵文那篇日記體的僅寫到四千字便寫不下去了，是因為我覺得文章內容恐怕不合人家的宗旨。我已起草另一篇，近日內可完成，題名〈懺悔〉。我想在投寄以前，若能由你先看過該多麼好。

一年將盡，回觀這一年來我似乎發表了不少文章，但其實幾乎都是舊作，而字數算起來也只有四、五萬，談不到什麼進展。那麼明年呢？現在我尚一無計畫，其實也不能有計畫，看看以前的計畫連一半都不能兌現的情形，真有一些怕再談到計畫呢。世間事每每事與願違，不到做到了是很難說的。我看看別人常常都能按照計畫付諸實現，好像在他根本就沒有所謂阻力和限制者，我對此只能歆羨而已。

寫長篇〈大武山之歌〉是我放在本年內的希望，不過我不敢說一定要寫多少？還有——前信已經說道了——又要看我的養雞是否成功。如果眞能寫，那麼暫時我將不會有或者多少短作發表了。此篇在我大略的構思中可能由上中下三部而成，字數約在五、六十萬之間，這將是我所有作品中最大最長，也是抱有最大野心的一部書，我將把我全部的精力傾倒在這上面。如能在五年之內完成，我將認爲滿意呢。

不多幾日前接到清秀兄一封信，提到海音女士問他我的〈貧賤夫妻〉是不是眞實的故事？過去我在你的來信中想到，現在看了這一段文字又令我重新想起：在我以前的所有通信中，我有沒有把我的困難過分渲染，因而在文友之間造下一個錯誤的印象？各文友特別是你，對我的病、生活、困難如此念念不忘，將是我終身感謝，並以此引爲光榮的，就是從今以後，我還要你及各文友的幫忙和關照，但是使你及文友們如此難過，實是我的罪過。我的日子困難是實在，常常是今日憂明日，這個月愁下個月，特別是三十五年以前的一段時間，眞有岌岌可慮之觀（我曾因此失去一個兒子），但畢竟最惡劣的日子已經安然度過來了，自

46 本信原稿暫未得見，此處以《新版鍾理和全集・第七冊・鍾理和書簡》為準，另有《台灣文學兩鍾書》版本，兩者文句語意稍有不同。

三十六年以後已稍稍舒過一口氣，以後將會更好過一點，困難也許不致就解除，但絕不會挨餓的，所以我要請你放心，也請有機會時告訴海音女士讓她放心。

不覺寫得太多了，匆此。敬祝你新年快樂

理和　敬上

十二月二十七日

一九六〇年

一九六〇年一月三日．鍾肇政致鍾理和

理和兄：

兄對我表示謝意，也許還理所應該，但若感到內心不安，則大可不必！能為兄略效微勞，我也是很高興的，萬請勿再如此為幸。

《自由談》徵文，我四號晚寫到晨二時，翌五日為截稿日，因係週六，事情較少，乃得以續寫，至午後方才脫稿，匆閱兩次，即付郵投出，細改、繕正，均無暇為之，故原期落選無疑，勉強成篇參加，旨在求得一時心安耳，孰料正月分該誌遞到，弟竟與文心同列第三名[1]。可見係姚朋有意如此安排，以為鼓勵，亦可感也。又者：得首名為李霖燦，係中央研究院研究員，著名學者。二名則為一自學之二十幾歲青年，觀此，政治色彩幾乎沒有，殊屬意外。我未將徵文消息馳告，至今深自悔懊，以兄與病、生活之困鬥經歷，可撰成較佳作品，乃可預料的，悔之晚矣！

新年，似乎對弟展露微笑，弟尚參加《教育輔導月刊》[2]教育文藝徵文比賽，昨已來消息，入選為第三名。雖仍是末名，但聊足為慰。弟近日每想及，今年定可成為臺灣作家年，大家努力創作，此夢不難達到，清秀兄近作〈不屈服者〉（十萬字）元旦起在《大華晚報》

連載[3]，可爲繼《自由談》後第二聲。我很想給文友們都去信鼓勵，但邇來時間至感痛惜，想寫作品堆積而遲遲不能著手，徒呼負負。幸參加《亞洲》者草稿已起完，不日即擬刪修繕正投出。此番弟略安排反共色彩，藉以考驗自己能力，當然我是不會用自己本名的。我將用一化名參加。

〈懺悔〉如時間許可，寄下亦無妨，唯弟能否有可供參考之意見，的屬疑問。我的也該寄來請斧正，但懶得如此做了。

〈大武山之歌〉有這麼長，眞使我一驚。兄魄力不凡，謹預祝成功！〈笠山農場〉我希望能在《民間知識》發表，海音後來都沒有信息，也不曉得交涉情形如何，不過我也準備去函魏希文，請他大力幫忙。〈笠〉篇如登，則是臺灣作家年之第三炮，可令吾人鼓舞！

年假三天，因應酬而過了兩天半，至堪痛惜，今天下半天能否有作爲，殊可懷疑。我預

1 鍾肇政以筆名鍾正、作品〈摸索者〉，與文心〈命運的起點〉同獲第三名。第一名為李霖燦〈書畫十年間〉，第二名為阮賜銘〈孤兒自述〉。見〈「十年歲月未蹉跎」徵文結果揭曉〉，《自由談》十一卷一期（一九六〇年一月一日）。

2《臺灣教育輔導月刊》（一九五〇年十一月二十五日～一九九五年一月？），經查發行至四十五卷一期，刊物結束時間不明。

3 廖清秀〈不屈服者〉應於《自立晚報》（一九六〇年一月一日～四月二十八日）連載，非《大華晚報》。

定近期內開始中篇〈魯冰花〉（題預定）起草。寒假在邇，在我是很堪寄予期望的，潦草了，再談。

祝

好

小弟　敬上　一月三日午後

（另附《亞洲》參加表乙份）

一九六〇年一月十五日．鍾理和致鍾肇政

肇政兄：

讀元月三日來信令人歡欣鼓舞，新年伊始，兄即數喜臨門，吾為兄賀，亦為吾臺籍作家喜，果能如兄所料，臺籍作家即由此抬頭，那眞是大幸了，請兄將大作擲下賜讀為荷。

《亞洲》比賽文〈復活（即〈懺悔〉）〉已草就，並修改完竣，擬繕寫後於日內投出。初稿草就時覺得很好，但再讀之後，便覺不滿意了，還是我常有的毛病：散漫、不夠嚴謹；

此外也太亂。我作品之結構鬆散，似乎已成定例，無法改善、改進，思之令人洩氣。我想這與我寫作之遲慢是否有關。套用古人的說法，我以爲長篇主骨，短篇主氣，故短篇宜一氣呵成，若稍鬆懈，便難收緊湊謹嚴之效了。我一日只寫數百字，情思、靈感何得保持一貫？保持統一？但我限於體力，又不能把自定每日二至三小時的工作時間拉長。這中間的缺陷，我實在不知有何方法可以彌補！

最近完成一篇〈我與假黎婆〉，我對此不滿意，一如〈復活〉，我已另封寄上了，兄讀後即知。是否可投《聯合報》，全在兄意了。

養雞成績即能說是「普通」，不過我覺得還有意思，故交春後擬按預定計畫再多養五十或七十隻（全部雌性者），然後我便將一邊養雞一邊讀寫了。〈復活〉寄出後還想再寫一、二篇短篇。然後再——到時說吧。

〈笠山農場〉承兄及海音女士如此關心，令我感激。

匆此即頌

春安

理和

一月十五日

一九六〇年一月十七日・鍾肇政致鍾理和

理和兄：

示及大稿均已收下。〈假黎婆〉我覺得很好。它是純粹的臺灣文學，成就很高，這種作品，也只有兄能寫出。它隱隱含有一股人生的悲涼，且又十分富有「異國情調」的味兒，兄以淡淡的口吻出之，含蓄更深，感人也更深。閱畢立即付郵投出（海音）。我有個擔心，它，嚴密地說，實在不能算是小說，片片斷斷的回憶——當然，這也是正統的文學的格局之一，但小說成分非常薄弱。海音如果堅持星期小說非登小說不可，那麼它可能遭退——我想一定不至於。前些時，有個朋友來信說〈大武山〉那篇很不佳，懷疑是否經過我手頭寄出的，順此奉告。兄在我手頭的稿，我準備再看看，然後看看是否能選出幾篇投。〈假黎婆〉萬一遭退，我準備投《自由談》，彭歌諒不至於太絕情也。

〈復活〉如兄願先惠下，我極願拜讀，並代爲投出，唯參加表亦希一併擲下。

短篇作品，我也以爲確不宜寫得太久。我想，兄寫時若能先完成腹稿，擬具詳細大綱，然後分段撰作，同時利用寫前的空暇安爲思考，則執筆時，縱使是兩個或三個鐘頭，則仍可得二、三千字之譜，如是一個短篇的草稿可在兩、三天寫完。這樣也許可以免去散漫之病。

再者，與情節無關的敘述也應儘量免去，抓住骨幹，筆直地前進，這樣可以緊湊些也未可知。短篇之能否成功，我想端看是否緊湊，至少有重大影響是可以斷言的，不悉兄以爲然否？

我現在正在構思一中篇。我以爲可能在七、八萬字左右。希望能在寒假終了前完成初草，此篇也許會成爲我上半年間的主要工作。今年我的頭兩篇稿都已遠征香港。一爲〈夢魘〉參加《亞洲》文賽，另一爲〈積亂雲〉投《中外畫報》。以後我打算較滿意的作品（不滿意的作品我不打算再寫了）都投香港。《今日世界》[4]、《祖國》[5]都是我的進攻目標。兄也無妨在這方面動動腦筋。那邊稿酬一般有臺灣的兩倍，僅看在錢的分上，也大可一試，對不？

養雞工作順利，吾爲兄賀，盼能爲兄帶來安定的生活，讓佳作一篇一篇產生。

日前，海音女士有信來，提及《民間知識》那邊現在還積著兩部長稿，一時還沒有篇幅可登〈笠山農場〉。這雖是不好的消息，但我們不必斤斤於此，它終有一天會見天日的，誰知道我們永遠也不會有能夠由我們自己自由支配的園地。連帶地，我也想，兄計劃中的長

---

4 《今日世界》（一九五二年三月十五日～一九八〇年十二月），為雙週刊，一九七三年五月起改為月刊。原刊名為《今日美國》，一九五二年三月改名為《今日世界》後，共發行了五百九十八期。

5 《祖國周刊》（一九五三年一月五日～一九六四年三月），共發行五百八十五期。

稿，實在不宜太長。十多萬、二十萬字已算是很長很長的作品了。因此我希望兄也能夠考慮及此，同時，有十多萬、二十萬字，大概也很夠迴旋發揮一下的，對嗎？

再談了。祝

好！

小弟　十七日晚上

順便寄上鄭清文的作品。他是很有希望的後起之秀，由此篇也許約略可看出其手法。他已和我通信了兩、三次。又及

還有，我的近作都未登，僅得了獎金，也許還得等些時候才能刊出，屆時再奉寄吧。

一九六〇年一月三十一日・鍾理和致鍾肇政

肇政兄：

農曆年又跟著爆竹聲過去了。這幾日間雖然不要我作什麼（我只寫了幾副春聯），但總好像心中有一份匆忙勁兒，所以坐不下來執筆。你的信，接著是登有〈假黎婆〉的報紙均已

於年前收下[6]。〈假黎婆〉被刪得好苦。本篇題名原〈我與假黎婆〉，有幾分是爲了記念亡祖母而作，現在除了題名之外，事實本文有關「我」及「與」的部分俱完全被刪削，而只剩下敘述「假黎婆」的部分，這已無異把自己最親愛的人剝光了供人展覽，我對此作何感想，兄可想像而得。再看被留下的部分，似乎正如兄信中所說有「異國情調」的味兒的地方，這樣看來，我們今日的「文壇」好像只要新奇只要刺激，不要文學，不要小說，被人另眼相看的《聯合報》亦不能免此，令人多麼傷心！當初，星期小說如無地方可容，何不拖下留到有地方時再登？我實在想不清海音女士的意思。如文章有問題，她何不乾脆退稿呢？她這樣作法只有叫人失望罷了。

積在兄手頭的稿子，我相信無多少可投的，似乎不必勉強。說到此事，我忽然想起那篇「故鄉」來了。據兄前信，好像已投出《自由談》，但迄今爲時半年有餘，尚不見有何動靜，是否已退回兄處？

投稿海外刊物的辦法，可以想想，不過目前我須先寫寫再說。〈復活〉已於數日前投郵了。

鄭清文的〈橋〉看過了，可算穩健明淨，前途是有希望的。再談了，祝

6 鍾理和，〈假黎婆〉，《聯合報》副刊（一九六〇年一月二十日）。

春節快樂

理和　上

一月三十一日

一九六〇年二月十九日[7]．鍾肇政致鍾理和

理和兄：

春節已過，寒假亦倐忽告終，今天又是開學了。公務行將恢復往常的忙碌，以後只有利用公餘苦寫，眞是無可如何。寒假中我寫完了一篇中篇〈魯冰花〉，約九萬字。直到寒假結束前兩日方完成，但也只是草稿。往後尚須花不少工夫與精力方可見脫稿呢。想到有沒有人肯要，眞不敢整理，但似乎又不可不整理。眞慘！

〈閣樓之冬〉收到匆匆閱過即行投給彭歌。《聯副》已有一個月沒有刊登星期小說。亦不表其故安在。因此我未敢把此作寄給海音。雖也想到《文星》亦可登，但它一個月才登一篇小說，且又是譯、作參半，倒不如投別處也。這就是我寄給彭歌的理由。此篇我覺得很

好，唯一可惜的，是沒有把它處理得更懸疑。那個病人到底會死呢？還是能得救呢？如果兄執筆時能注意及此，則此作成就當必更佳。不過這樣子已經很不錯了。尤其以往常見的散漫，此作已不大可見。我以爲《新生報》星期小說一定可登。

〈假黎婆〉被刪事，我亦非常震駭！兄言我甚爲同感，我爲兄難過。不過說不定海音亦有其苦衷。前面已提及，《聯副》星期小說忽停。〈假〉作顯然非星期小說不能容納，否則就只有退稿。殊不知在我們慣常挨退稿的人而言，倒不如乾脆退回好些。這簡直是分屍，慘不忍睹！不過算了，這樣也好，鼻子一摸，另寫次作。兄以爲然嗎？兄在我處的存稿，另郵奉還。「故鄉」我未寄給彭歌，我當時覺得海音建議寄給彭歌，是一種搪塞之辭，致未敢投出。就讓它與〈笠〉作一併暫時束之高閣，日後我們有了地盤，總會有見天日的一天吧[8]。

好了，再談！此頌

年釐

弟　肇政　敬上

7 信後未寫明日期，原稿空白處註記有「2月19」，暫依此為準。

8 〈笠山農場〉最終於鍾理和過世隔年，一九六一年二月二十四日至六月十九日於《聯合報》副刊連載後，出版成書《笠山農場》（臺北：鍾理和遺著出版委員會，一九六一年九月）。

一九六〇年三月四日・鍾理和致鍾肇政

肇政兄：

信及稿均收下。稿似尚欠一篇散文〈賞月〉。這些稿子，「故鄉」不管有沒有人要，我已不打算改了，〈第四日〉也不擬動它，〈浮沉〉擬予改作。其中〈秋〉，我不曉得要如何處理。我不指它的成就，依成就，雖不見高明，但我不以為一定見不得人；我指的是它的時間（政治的）、它的背景等等。你看怎樣處理？亦予改作嗎？

以後我又寫了二短篇，均在七、八千字之間，一為〈錢的故事〉，一為〈楊紀寬〉（皆暫定名），繕就後即可郵奉。後者與〈閣樓之冬〉同題材；前者我看似有問題——又是那毛病：散漫。閱後如認為不妥，請勿即寄出。我怕又重覆〈浮沉〉的經驗。

近來我又為失眠症所苦，每日昏昏懵懵好不難過。這又是我的對頭之一，而且依其苦惱人的現實意義和程度來說，比肺疾遠使我煩惱。我寫作之慢，這也是一原因，過去我說不能把寫作時間放長，我所考慮的肺疾和失眠症同占均等分量。我上午寫作之後必須把腦筋裡所有思想在晚上就寢以前統統出清洗淨，把心保持平靜清淨，否則躺下眠床，一切雜念，一切幻象，便會不招而至，直到天亮。眞眞苦也。因此我也不敢在平時過分使用頭腦。將來此種情形如繼續存在，則我的作品不會有深度是可以預見的。想到這裡更令人苦惱。《聯合報》的星期小說停登是否暫時性？對此海音女士以後有無來信說明？如果這園地亦見取消則我們的稿子又更沒有地方可投了。可嘆！好久不見兄作了。《自由談》入選作登否？請賜一讀。

好了，此祝

快樂

理和

三月四日

一九六〇年三月九日．鍾肇政致鍾理和

理和兄：

很久沒有收到來信，今奉大函，至慰。不過兄身體狀況很使我難過。唯望兄能寬心處之，境由心造，若能寬懷安心，或有助於日後之工作也。〈秋〉確有可取之處，無如題材過

於陳舊（非指其時代背景），此類主題，實在看得太多太多，落入窠臼，故鄙意以爲脫手一定不容易。〈閣樓之冬〉日昨剛遭退，姚朋有信一起來，兄讀便知。《新生報》星期小說已停，我爲兄難過，亦爲我們幾個伙伴難過。以後我輩該往哪裡投稿呢？思之憮然矣！（《聯副》亦已停刊星期小說。）

弟近月來無作品發表，長篇〈魯冰花〉（約十二萬字）已到脫稿階段，唯其中有若干章節需予改寫，故全文脫稿，爲期尚邈。近來爲自己力量不足而常興嘆。這，只有怪自己，無可如何耳。《自由談》的一篇諒下月分可見刊出[9]，《教育月刊》[10]徵文得獎作亦可望於近期刊出，屆時當一併寄奉[11]。

〈賞月〉經兄提起方想到，找到了，這兒一併奉寄。此稿曾投給林海音，未登。亦不悉何故。另外，我元月中的一短篇，與〈夢魘〉（參加《亞洲》文賽）一起投往香港《中外畫報》，題名〈積亂雲〉，已接回音，不久當可見刊，不過可能尚需時日。我想，兄可寫些較有地域性的作品投寄香港，或不失爲一出路也。好了，再談，

謹祝

安好

小弟　敬上　三月九日

又〈閣〉篇擬即寄給海音。

一九六〇年三月十日・鍾理和致鍾肇政

肇政兄：

各報停止星期小說的消息令人喪氣，過去一年多我們幾個沒有地盤的人尚可在這個小天地內用用武，如今被取消之後就不知道要向哪裡發展了，幾時我們才會有地盤呢？可嘆！從此以後，除非另有出路，我將少寫些八千字的（長）短篇了。你說向海外求發展，這於目下來說倒不失為一辦法，我也想試試看，但我不知道那些刊物到底要些什麼東西，你可以詳細點告訴我嗎？或者如手頭有這種刊物則請寄來讓我看看。除此之外，我還要著手那長篇，也許要一點一點來，但我一定要寫。至於更短的，為了出路，只好應付應付了。

寄去〈楊紀寬病友〉及〈錢的故事〉，收到否？前者乃為星期小說而寫，而今只好另考慮了，後者字數只有五千多一點，如果寫得還像東西則請投《聯合》版。

---

9 鍾正，〈摸索者——一個蹉跎十年者的自述〉，《自由談》十一卷七期（一九六〇年七月一日），頁三四～三八。

10 《教育月刊》即《臺灣教育輔導月刊》。

11 應為鍾正，〈零雁〉，《臺灣教育輔導月刊》十卷三期（一九六〇年三月十五日），頁三九～四〇。

賤體承兄關切無任感激，我當善自保重，不過我並非自作多愁，實有難言之苦耳，你我神交已久，故不敢相瞞，唯我絕不自甘毀滅，必在奮鬥中求出路。這是敢於奉告者。

本月十九日文心兄結婚喜宴，據文心兄來信說，各文友都要赴席聚首，這實一難得良機，可惜我不能參加，文心請我至少到嘉義去玩，但我連這個也辦不到，想來令人沮喪。若在三年前，我的健康尚禁得起舟車之勞（但也有限度），現在不行了。不談了。敬問

近祺

理和上

三月十日

一九六〇年三月二十一日．鍾肇政致鍾理和

理和兄：

兄健康情形眞使人難過。在這種情形下，寫作確不是很相宜的事情，希望兄暫停執筆，寬心休養一個時期，尤盼勿以區區得失爲意。大作〈閣樓之冬〉日前起在《聯副》連載刊

登[12]，諒五、六日間即可刊畢，屆時再行剪報寄奉。其後兩作均未拜讀。短者擬於〈閣〉篇登畢三數日後投寄，另者容再行考慮。

文心婚禮，弟原擬往嘉義親賀，嗣因文心要在臺北邀宴，乃作罷。前天，亦即是婚宴之期，我當然也去了。火泉、榮春、翠峰等幾個老友都再見到，獨惜清秀因身體不適（說是腹痛）未見。此外，我還拉了兩個新朋友去，是鄭煥、林鍾隆兩人，此外鄭清文也藉此機會與大家見了面。另外還有鄭清茂、慕容欣兩個譯作者也應邀，臺灣作家的首次盛會，這回可以如此稱之矣。席間，林海音、何凡夫婦也參加，大家共坐一桌。我屢反對文心請海音，可是他硬是請了——他還瞞我說消息走漏了，不得不請，不過她大概不會來。尷尬情形，兄當可想像，閩粵雜處，幾個年紀較大的，國語又不能暢所欲言，自然就大談日本話了。海音一來，融洽氣氛便破壞無遺。文心喜走編輯門，弟頗不以爲然。

宴後，大伙兒往翠峰宅，一談就談了五、六個鐘頭。榮春喝了幾杯，自顧呼呼入睡，火泉談笑風生，依然不失風趣、嚴厲、倚老賣老（但，是可愛的）的作風。鄭清茂這個半吊子翻譯家（此人以譯〈輓歌〉[13]著名）被火泉攻得體無完膚，幸慕容欣（任招待，沒有一起到

---

12 鍾理和，〈閣樓之冬〉，《聯合報》副刊（一九六〇年三月十六日～二十一日）。

13 原田康子著，鄭清茂譯，〈輓歌〉，《聯合報》副刊（一九五八年八月七日～一九五九年二月七日）。

施宅）、何明亮（文心說要請而沒有請到）兩人沒在場，否則亦當有一番「好瞧」的。

我覺得林海音也可能沒有對我們留下了好印象，尤其何凡更可能如此。臺人談日語，久為外省人詬病，而站在臺灣文化先鋒地位的作家們竟亦未能免此，他們或者還要慨嘆一番呢！

那晚就寢約在清晨一點半後，火泉、鄭清茂辭去，清文、榮春、鄭煥、鍾隆、我五人在施宅歇宿。榮春睡得飽，七時就起來，大家也被吵醒了。早飯叨了施氏一頓，後談至九時半，一行人又到火泉宅，中午施也趕來，又擾了火老一頓飯。歸途，我與鍾隆又到新莊鄭清文家小坐。這小伙子，書不少，而且多為英、日文書，他是最有希望的一位，我們該對他矚目。因睡眠不足，我抵家（約在六時半）已渾身疲倦了。

香港方面投稿，我所知亦不多，目前我想投《今日世界》半月刊。此刊目前多登七、八千字短篇，每期僅一篇，執筆者多係在臺作家。還有，我今年初的一短作〈積亂雲〉投《中外畫報》，月前總編輯來信說謝，說要刊登，數日前，忽又被退回，眞是莫名其妙。我偶而可看見的刊物就只這兩種，他們是反共的，但登的小說卻也不見得都是反共，我們似乎也不妨一投，其他刊物，我也是從未看到過的，我從《自由中國》的廣告欄上抄一些刊物名稱給你，或可一試也。好了，再談。匆頌

近祉

一九六〇年三月二十三日・鍾肇政致鍾理和

〔理和兄：〕

《中外畫報》[14] 香港銅鑼灣希雲街三十四號八樓
《大學生活》[15] 香港九龍彌敦道六六六號五樓
《祖國周刊》

弟 肇政 敬上
三月二十一日

14《中外畫報》（一九五六年七月～一九九六年十二月），為月刊，共發行四百八十六期。第三百四十五期起更名為《中外》，第三百五十五期起再度更名為《中外畫刊》。

15《大學生活》（一九五五年四月十日～一九七一年七月），原為月刊，第五卷（一九五九年五月）起改為半月刊，共出版兩百七十三期。

《海外論壇》[16] 香港九龍窩打老道一一〇號

借《自由中國》費了兩、三天才借到，因此遲了這許多天，〈閣〉篇也完了，順此剪寄，請諒。又，《自由中國》上的廣告，也有的沒有地址，眞糟，我以後再查好了。

二十三日

一九六〇年四月三日．鍾肇政致鍾理和

理和兄：

〈錢的故事〉已刊出[17]。這篇與〈貧賤夫妻〉有異曲同工之妙，感人之至。〈楊紀寬病友〉至今未曾投出。亦不知投往何處好。我有篇作品在《民間知識》，主編魏希文曾來信說稍遲即可發表，我想可能就登了，因此打算投寄給他。此篇並不散漫，我覺得還很不錯。只可惜懸擬的氣氛處理得不夠味。楊紀寬到底會不會死呢？我想如果能把這意思早些暗示出來，一定可收更好的效果。我有個建議，兄寫短篇時，應多注意懸宕，以及中心意識，後者如以此篇爲例，則係寫一女人虛榮，自始到尾都應朝這個中心意識來發展，則散漫之病或可

免去也。

拙作〈魯冰花〉已於數日前開始在《聯副》連載[18]。前次去信時，我都還沒打算投出，以爲尚需再改，後覺眞看不下去，便奮勇於二十四日付郵，孰料甫五日即行開始刊登，殊屬意外。也許是因爲恰好沒有連載作品，於是乎「來早不如來巧」僥倖採刊了。我自知這篇很差，但如今也只有聽其下去，朋友、讀者的指責也都只有坦然承受了。

〈魯〉篇約十二萬字，三個月內當可刊畢，我希望兄在這三個月中能寫一作品，以便〈魯〉作完後即行釘上去。並盼能在六月中旬中寄來。海音未必能約到次一長稿，即使已約好，半長不短的作品，仍可伺隙打進。我尚準備鼓勵文心繼兄之後有作品交海音，咱們不難把《聯副》的連載占下來，對不？

好了，再談，盼兄能有個較好的精神撰一新作交來。

祝

好！

小弟　敬上　四月三日

16《海外論壇》，一九六〇年一月創刊，停刊時間不明。

17 鍾理和，〈錢的故事〉，《聯合報》副刊（一九六〇年四月三日）。

18 鍾正，〈魯冰花〉，《聯合報》副刊（一九六〇年三月二十九日～六月十五日）。

一九六〇年四月十日・鍾理和致鍾肇政

肇政兄：

信及剪報已收到了，謝謝你的幫忙！我已有好久不曾給你寫信了，眞是罪過，請原諒。對於拙稿的安排，兄想得極好，我就這樣聽你的指揮了。

大作〈魯冰花〉登載《聯副》消息，令人雀躍，我爲兄賀，又爲我們這些可憐的「作家」賀，因爲這證明我們的作品也不是完全拿不出去的。我一定要按著你的指示來寫一篇半長不短的東西，並按期寄給你。現正擬稿中呢！大概近日內可以拿起筆來寫。

〈魯冰花〉既然能被採用，就證明寫得很好，兄不必謙遜了，幾時我始得拜讀呢！（我不讀連載作品，我要到全部刊完，才願意做一齊看。）

你們在文心婚宴上的聚會令我羨殺。不過照來信，你們的玩法我的體力是抗不住的。文心曾邀我如不能參加臺北之宴則請到嘉義去，我本想去，但終未實現，我甚覺可惜，也覺得很對不起文心。你所邀的二位——鄭煥和鍾隆是否粵籍？又還有幾個新人清文、清茂等，我多麼想認識他們呢，不過以後也許有機會的。

最近我又作了二短篇：〈還鄉記〉及〈往事〉。前者約九千字，後者更短。稍予修改後即可郵奉。數日前曾有一短文〈旱〉（約二千字）直接寄給海音了。

匆此，敬候

大安

理和

四月十日

一九六〇年四月十三日・鍾肇政致鍾理和

理和兄：

許久沒有收到來信，著實叫我擔心了一陣子。拜讀十日來函，知道兄又有幾個短篇產生，很使我高興。脫稿後請惠下拜讀。不過我也很覺傷腦筋，因爲我已沒有地方可投了。或者，仍寄給海音，看看能不能在《文星》發表。我總覺得一些刊物都板著面孔，令人逡巡不前。如果海音肯介紹《文學雜誌》，那就最好了。（記得你也曾有稿投《文學雜誌》，確否？）最近有兩、三種新的純文藝刊物出現，一為《亞洲文藝》[19]月刊，我尚未看過，不曉其內容如何？另一為《作品》[20]月刊，我已有一篇稿試投，這雜誌我已看到了（是鄭煥給我寄來的），似乎也老是那幾個熟面孔，也許不容易呢。待我的稿有了消息，再作考慮。還有一種為《現代文藝》[21]（雙月刊），這似乎是名不見經傳的人們辦的，我也未見及，不過看報上廣告，似乎主要在介紹外國作家、作品。我也是鄉巴佬，很叫人納悶。不是嗎？如今報上的星期小說都停，看來得另圖出路才成了。

拙作〈魯冰花〉確不是高明之作，並非我謙遜。不過日前海音有信來，其評語是體裁別緻，實在寫得不錯，不過開頭略差云云。總算是可以用的稿，如此而已。她還告訴我，因為一篇連載完了，半長不短的稿就接踵而來，她說被重重包圍了，而前約的稿子（她說約了在美國的於梨華女士）又因生產沒有寄來，恰巧我的投去，於是救了她的急，便匆匆上場了。「來早了，不如來巧了」正是這種情形，說來也有幾份僥倖。待刊完後，我會將剪報冊寄奉請教。

目前，〈魯〉作每天刊得很多，約有千五字（開始數天都只有千一、二之譜），因此我以為要三個月以上才能刊畢的，可是照這樣子下去，可能提前結束，大概六月中旬前後便可完，因此你目前打算寫的，最好早些下手，務必於六月上旬中寄來，不過算起來也還有一個月半的工夫，足夠你構成一篇好作品的，不是嗎？我還想鼓動文心也寫個長些的作品，緊緊釘上去，如果我們能夠霸占這個地盤，豈不妙哉。當然，這只是個理想，事實上也無可能，海音也很可能已另約他人寫長稿了。不過我們無妨努力寫。而目前，我敢如此鼓動寫作較長作品的，也唯有兄與文心，深盼我們能夠步調一致，堅強邁進。

鄭煥與林鍾隆確都是客家人，前者還是舍妹夫，現在養乳牛耕田，生活蠻朝氣，後者是我多年朋友，觀音中學教師。我看看能不能把他們的作品找到，寄來給你看看。

好了，再談。請經常給我來信，以免賤念。敬候

大安

小弟　肇政　四月十三日

並及

又，大作〈楊紀寬〉已於數日前投寄《民間知識》，尚無消息。

---

19 應為《亞洲文學》（一九五九年十月二十五日～一九七一年九月十日），為月刊，共發行一百一十三期。

20 《作品》（一九六〇年一月一日～一九六三年十二月一日），為月刊，共發行四十八期。另有一九六八年十月創刊之同名刊物，與前揭《作品》並無關聯。

21 應為《現代文學》（一九六〇年三月五日～一九八四年三月），曾以季刊、雙月刊發行。一九七三年九月發行五十一期時曾一度停刊，一九七七年七月復刊，復刊號發行二十二期後結束發行。

一九六〇年四月二十七日．鍾理和致鍾肇政

肇政兄：

頃接獲海音女士函邀參加「星期小說集粹」（參加之作為〈貧賤夫妻〉）一節我甚覺躊躇，故此特函相詢，不知兄願意參加否及文友中有幾人受邀？請相告以便作取捨的參考。請隨時賜覆。

兄所囑小說，到今日為止已得一萬六、七千字，總字數約在五萬至六萬之間，到下月中旬諒可完稿，若寫得好，則稍為修改繕定後，六月上旬或初外即可郵奉供覽，不過倘寫得不好，必須重作或一改再改，那就要稽延時日了，則吾兄囑在六月初郵奉一事將無可能。現在還不能說什麼，再寫寫看吧。此篇篇名為〈雨〉是我在寫前信已曾提及的短文〈旱〉時偶而想到的。得之於匆促之間，且腹稿亦草草擬就，寫得好與否，實不敢必。

〈往事〉及〈還鄉記〉迄未繕就，容後郵覽。

最近我已訂了一份《聯合報》，以後請不必剪報了。

〈魯冰花〉之後有無新作？

匆此順候

撰安

理和上

四月二十七日

一九六〇年四月二十九日・鍾肇政致鍾理和

理和兄：

二十七日示悉，關於「星期小說集粹」，我於日前接海音函後即作覆。此舉對我們無甚意義可言，不過其在文壇上，則似頗有觀摩比較之效。反正吾人不需另撰新作，不費吹灰之力，將來出書，可換來一本，兄何乃多疑若此！請見草後立即覆她可耳。其他尚有何人應邀，弟亦無所悉。唯諒文友們多數都參加，不過據弟所知，發表過星期小說的，僅火泉、文心、鄭煥、你、我等而已。

〈雨〉有那麼長，殊出意料，不過也無妨，我能藉此讓兄逼出一較有分量之作，未始非功德也。一笑。如其六月初旬中不能完稿，可另作徐圖，切勿操之過急，不過我希望兄能依期順利寫完。香港有《小說報》者，係半月刊，每期登六萬字中篇乙篇（在臺銷行頗廣，任何車站均可購得），屆時如無法趕上《聯副》，亦可投此處一試。

弟〈魯冰花〉之後僅有〈友誼與愛情〉一短篇[22]。係半月多前一個禮拜天之收穫，長約九千字多些，已寄海音多日，此外一無作品。唯近日正在準備一六萬字中篇，腹稿已到近成熟階段，下月可開始執筆。預料暑假前完成。假中將從事一十五萬言長篇之創作。此中篇目標亦在《小說報》，不過究將如何，尚在未定之天。

匆復，並候

筆安

小弟敬上　二十九日

一九六〇年六月十四日・鍾理和致鍾肇政

肇政兄：

來信接獲已久，但因爲趕寫那篇〈雨〉所以把覆信一直擱下來，好在現在此工作已告一段落所以便來寫回信，不過疏慢之處仍是要請原諒的。

〈雨〉篇成於倉卒，構思未熟即行捉筆書寫，到底寫得很差，最大的毛病是散漫，此外情節和布局也嫌有牽強和矛盾的地方，故繕後不敢郵奉。我擬予以改作，視改作後的情形，再決定取捨。

海音女士來信說起印行「本省作家合集」事，問我意見如何？我已於前天去信表示贊成，我想你也一定和我一致的，是不是？我們既然無力自印書，則別人要給我們印有何不可？何樂而不爲？

《晨光》雜誌社，一直沒有消息。魏希文氏的《民間知識》是不是要山歌、童謠、方諺（包括農諺）等類？這方面的東西，我倒可以爲他蒐集一點。有關風俗生活的散文我固想寫，但總寫得很笨，以後我想再寫寫看。

《亞洲》文賽事我們不必看得太認眞，你說對不對？我們的標準不一定能迎合他們的標準，這大概是最大的關鍵所在。落選作〈復活〉業於前日連同〈還鄉記〉已郵寄海音女士。她信中說以後我有稿件她希望我直接寄給她，免去轉遞之煩。我想這也對的，何況她盛情難

22 鍾正，〈友誼與愛情〉，《文星》三十一期（一九六〇年五月一日），頁三六～三九。

拒，故此寄給她了，不過我告訴她，倘使不合副刊之用則請寄兄處。〈往事〉將另封郵寄，祈查收並惠賜指正。匆此拜覆

順候

大安

理和　上

六月十四日

一九六〇年六月二十二日・鍾肇政致鍾理和

理和兄：

接讀來示，至慰！

《聯副》繼拙作之後彭歌的〈藍橋怨〉登場[23]，〈雨〉既未能及時趕上，慢慢再修改亦可也。

尊稿〈往事〉已拜讀。很動人。委婉細膩，確屬佳構，惜男女主角分手時心理衝突似未

有充分的鋪陳，而致結尾顯得乏力。大示中謂有稿投林海音女士，如未退，當可在《文星》刊出。是則〈往事〉大有無處可投之嘆矣。

弟曾有一作投《作品》（係創刊纔半年之刊物）已歷三整月，音訊杳然。魏希文處亦不能再投，〈往事〉如何處置，令人躊躇。目前對我們臺灣作家具有好感的刊物，殊不多見。容再考慮，在《亞洲文學》、《暢流》[24]、《作品》、《自由談》等處擇一試投，兄如有意見，盼即示知。

海音說要印「台灣作家合集」一事，弟尚未聞及。我與海音已近兩月未通音問，而前次的星期小說集亦已日久未見下落，均是使人懸念之事。

拙作〈魯冰花〉兄有無賜讀？近日接到多位讀者來書，促印行出版，友好們亦有來函作此要求，尤其火老更屢次慫恿，深感左右爲難。書局、出版社自無代印可能，自行出版則又嫌繁瑣不勝，以弟日常之忙碌，力不從心。唯看清形勢不可免也。兄對該作如有高見，亦祈不吝惠教，至盼至盼！

弟目前正在執筆〈殘情〉，歷月餘之久，僅得萬餘字，時屆期末，事務繁忙，每因不能

23 彭歌，〈藍橋怨〉，《聯合報》副刊（一九六〇年六月十六日～七月二十八日）。

24 《暢流》（一九五〇年二月十六日～一九九一年六月十六日），為半月刊，共發行九百九十三期。

如期進展而感焦灼痛苦，不如意事常八九，徒呼負負而已。

山歌、童謠、方諺等稿，我想魏希文一定要的，生活散文尤佳。盼兄先抽空寫一篇寄來，務請在七月五日左右交下。弟曾撰一遊記，魏來信謂二十五日可刊出，鄭煥有一篇故事，下月十日當可刊出，兄稿如能依期惠下，七月二十五日即可刊出，請一定賜助。

餘言後敘，匆頌

近祺

小弟　敬上　六月二十二日晨

一九六〇年七月三日．鍾理和致鍾肇政

肇政兄：

來示敬悉。

〈雨〉既然未能趕上，容我慢慢來吧。說眞的，趕了二個整月，現在覺得有些膩人呢。

「台灣作家合集」事，以後未再接到海音女士消息，想此事必尚在醞釀階段，是否見諸

事實不可知。最大的問題，當然是經費了。

〈魯冰花〉我未拜讀，無可奉告。我向來不讀連載作品。不過小兒（今年高中二年）倒很讚賞，他說寫得很動人呢，我想可能是這樣的。既然讀者們如此擁護必係成功之作無疑，我倒希望能很快就讀到呢。

魏希文氏所要的生活散文，我可以寫，不過散文易寫難工，是否能交卷，不敢保證。這也容我慢慢來吧。

〈往事〉投何處，我無意見，兄隨便擇一而投可也，不必焦急，我們只能碰運氣。《晨光》的〈楊紀寬病友〉已於這個月分登出[25]。暑假眼看到了，有五十天的功夫，以兄之才力，必能繼〈魯冰花〉之後又完成巨構。祈努力爲之。

匆此順頌

大安

理和上

七月三日

25 鍾理和，〈楊紀寬病友〉，《晨光》八卷五期（一九六〇年七月一日），頁一一～一四。

一九六〇年七月二十一日・鍾理和致鍾肇政

肇政兄：

其後我又因芝痲綠豆的毛病，躺了將近半個月，這其間不但不敢執筆，連書也不敢多看（因爲幾乎每至下午必頭痛），眞是罪過。還有一點曾使我十分擔心。就是（肺部）病巢有蠢蠢欲動的跡象，似乎我爲了趕〈雨〉有稍稍過勞的樣子。不過這二日此種跡象好像又告斂跡，那些小毛病也漸漸恢復了，如果精神爽快，則明後日諒可進行〈雨〉的改作工作。

《晨光》的那篇，稿費是百七十五元，已經兌領了。一篇八千多字的小說，只賣這點錢，中國的文人也夠可憐的（他算七千字）。據我看來中國這種專門剝削文人的心血錢的雜誌社似乎很不少。民國四十二、三年間我有一篇五千多字的作品被《野風》採用[26]，你猜稿酬多少？臺幣二十元！而且還要出高雄領呢（此次《晨光》亦同）。我的天！這在當時僅僅夠來往車費（現在要三十多元），後來這筆錢我只好讓它歸入國庫。

我寫稿謹嚴你是知道的，我絕不輕易發表作品，但一旦發表出來，我便想獲得相當的代價，當然能賣越多錢越歡喜。如果一邊想把我捧得高高，一邊又要我餓肚子，那我是不幹的。

〈西北雨〉我原打算爲《民間知識》寫的生活散記，既然登在《聯副》[27]，那我又不得不再來一篇了，不過讓我慢慢來吧。上回提過的山歌農諺等類如何？只要他說一聲，我便可以進行採訪。

據小兒說《中華》副刊尚有星期小說欄，不知眞否？果眞，以後我們是不是可以向那裡試試？

登在上上期《文星》的大作〈愛情與友誼〉[28]我覺得很浮泛，沒有力量，這大概與文章的形式有關。

暑假期內，你又可大大幹一番了。在那樣匆忙的環境裡寫出來的〈魯冰花〉居然有這樣高的成就，那麼五十天的悠閑時間，我相信必定能促成你完成更輝煌更成功的作品。請努力，努力，我將刮目而待。

出「星期小說選集」及「台灣作家合集」事，以後我即不再接到海音女士信，不知結果如何。你那有消息否？

26 鍾錚，〈野茫茫〉，《野風》六十九期（一九五四年六月一日），頁四五～四九。又，《野風》（一九五〇年十一月七日～一九六五年二月一日），前四十期為半月刊，後改為月刊，共發行一百九十二期。

27 鍾理和，〈西北雨〉，《聯合報》副刊（一九六〇年七月十一日）。

28 作品名稱應為〈友誼與愛情〉。

匆此順候

大安

理和 上

七月二十一日

一九六〇年七月二十三日・鍾肇政致鍾理和

理和兄：

二十一日大示已收到。是我勸你寫〈雨〉，如果因此對兄的病體有了不良影響，那是我的罪過。現今暑熱太甚，盼兄勿急於改作。以靜心休養，看看書爲宜，俟秋涼再執筆不遲也。

《晨光》的稿酬如此低，我頗覺意外。正如兄言，目前剝削作者的刊物爲數並不少，但此類刊物是不會長命的，《晨光》能維持多年，未必即可因酬低而斷爲剝削者。目今雜誌出版頗非易易，沒有後臺老板的，都經常在欲倒不倒的狀態中。發稿費是不容易的。《民間知識》是黨刊物，猶僅能發四十元[29]一千字。弟曾有一次應《幼獅文藝》（亦爲黨的）之邀執筆，亦僅千字二十五元[30]，約稿尚且如此。《文星》曾經以民營而又稿費高聞，亦仍僅四十元[31]耳（開始時是發五十元/千字[32]）。《自由談》號稱第一大誌，此次徵文弟得獎作九千餘字四百五十元[33]，可稱爲高級（徵文時是言明第三獎四百元[34]的），黨報大體高些，也不過五十元/千字[35]，《新生報》星期小說每篇五百元[36]，南北兩版各登一次，算來也聊勝一籌而已。這是中國文壇的悲哀，我們是無可如何的。假定我們要出個同仁雜誌，那麼絕無疑問，每千字是不可能出到十元以上的。盼兄勿太傷感情。以後不買《晨光》的帳可也。我也是寧願讓稿藏於篋底，而不賣給稿費太低的。

〈西北雨〉係一純然小說作品，因此我沒投給《民間》。這次我的一篇遊記登出，豈

29 原稿作40^{00}。
30 原稿作25^{00}。
31 原稿作40^{-}。
32 原稿作50^{-}千字。
33 原稿作$450.^{-}$。
34 原稿作400^{-}。
35 原稿作50^{-}千字。
36 原稿作$500.^{-}$。

知前面給刪去了一大段。這還不算，中間給我加了一段「來臺已十餘載，遙望故鄉（云云）」，眞是大煞風景[37]。配合版面，刪除或有其不得已的地方，然而加上了這樣的一段，我就禁不住大呼他媽了。我已打算不再給它寄稿，除非他來要小說稿。兄所提農諺山歌等，想必爲該刊所樂登，唯弟已不再勉強兄矣。如兄手頭有現成的東西，抄一些來也好，採訪則大可不必。

弟處向無《中華日報》可看（整鄉都沒有），星期小說有無自無所悉，據所知《中華》副刊編者爲林適存（南部），作家編副刊，除《聯副》外僅此一家，很值得試投，惜因看不到，未敢嘗試。

拙作〈友誼與愛情〉原也無甚可取，不過自覺以體裁取勝，而且主要在乎提出的問題。據我的學生說，這一篇在幾所大專圖書室裡頗掀起了波紋。兄也許對文中把小學教師（這麼被人瞧不起的行業）捧高，頗不以爲然，致有浮泛之感，對否？

因學生考試，我的暑假是在十八日開始的，〈殘情〉六月間寫了約一萬字，因擱筆已久，不易繼續，故數日來進展特慢。不過我預定要在月中殺青（預定約六萬字），下月要著手次一部約十五萬字之作。目前想寫的中、長稿計有五部，都七十萬言（估計），何日方能寫完，尚不能逆料。目前最擔心的，是寫得太多，也許會把「讀」丟掉，工作忙的人是可憐的，但，一切得慢慢來，急亦無用的。

「星期小說集」與「合集」，我均無所悉。我是不願爲此煩心了。兄如有了消息，祈能
見告。再談，匆祝
大安

小弟　七月二十三日夜上

37 鍾正，〈山在虛無縹緲間——五指山紀遊〉，《民間知識》一百九十期（一九六〇年六月二十五日），
頁二六～二七。

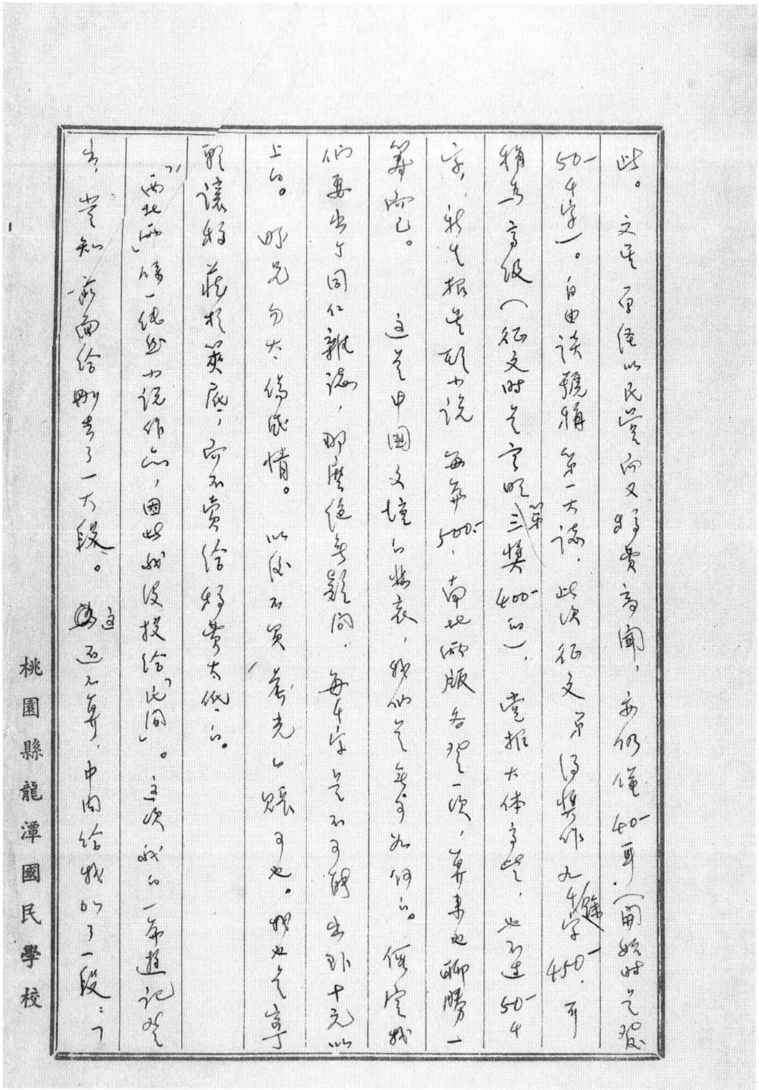
桃園縣龍潭國民學校

1960年7月23日鍾肇政致鍾理和信件中說到稿酬時，其數字為當時獨特寫法。（鍾延威授權、鍾理和文教基金會提供）

附錄：
鍾鐵民致鍾肇政書信選

一九六〇年九月七日

肇政叔：

信接到了，謝謝您。

寫這封信時，原稿已寄去了兩天，整理完原稿已來不及寫信了。由敝舍到美濃要走七公里的山路，自從我的腳患麻痺症後[1]，去入更不便了，非趕時趕刻不能出去，明天有事要出去，所以今天才寫這封信給您，抱歉極了。

開學了，您不能來就不來好了，我們照樣可以用書信談話，雖然我還不能寫下心裡所想說的話，但多寫幾封，我想不難向您說明白的，只要是不妨害您太多的時間。

先父未刊過的文章已悉數奉上了，共二十三篇請查收，其中有只寫了草稿的，望您修改後再寄回來給我重抄。我知道您是很忙的。原稿紙翻面寫的是在最窮時完成的，當時要買紙都沒有錢呢！本來我想重抄了再寄給您，但是又要到哪裡去找他的親筆字呢！也可以讓您看看他當時的生活了，〈笠山農場〉也是如此完成的；登過的作品都保存好了，共有二十四篇，如加〈夾竹桃〉概有三十篇之多，大概夠出一本集子了吧！家裡訂有《聯合報》，〈雨〉我會剪貼的。

關於出集子的事，林海音先生來信說：到底先出短篇小說集？抑或〈笠山農場〉，她希望〈笠山農場〉能先找地方登一下，取得稿費再行印書，不知道您的意思如何，她說她要寫信和您討論，不知寫給您了沒有。一切望您做主，決定後請再告訴我好嗎？

〈笠山農場〉臺北已來了消息，謂已訪到記者的駐地了，尚未見他，再等幾天看看。《中華日報》的那則新聞，我尚未找著，從前天下午出去美濃一趟，到現在都沒出去，暑假一開始我就患了腳痳痺症，一直醫不好，出入極不方便，現在算好多了，當初連走都不能走呢！

至於我將來的計劃，且等高中畢了業再說，到時如能把債務返清[2]，家裡生活安定，我希望能再升學，否則找一份小差事幹幹，等機會再升學也好，這高中的最後一年，我會做升學的準備。爲了我們父子的事，使您費了許多精神與時間，眞對不起您。就此　祝

大安

鐵民敬上

1 鍾鐵民於一九六〇年八月因脊椎發炎導致雙腿痲痺病倒，與父親鍾理和病重時甚至一人躺一張床，由母親鍾台妹照顧父子二人。鍾鐵民，〈父親的堅持〉，《鍾鐵民全集六・散文卷二》（高雄市政府文化局、國立臺灣文學館、高雄市政府客家事務委員會，二〇一三年一月），頁七〜一四。

2 指還清債務。「返」疑為作者受客語影響之用字，故予以保留。

同封附有先父朋友及讀者寄來賻儀的名單。

九月七日夜

一九六〇年十月三日

肇政叔叔：

昨天回家去，帶出了〈笠〉稿，但途中遇雨，到美濃時天已大黑了，郵局已關了門，想今天寄的，未料今天又下雨，被阻於學校，又不能寄了，我想只好等明天下午再用掛號奉上吧！是〈笠〉稿加上〈大武山之歌〉及〈泰東旅舍〉[3]兩部都不全了。〈笠〉的「注」也沒有，大概是附在新稿上了吧！序也是我在舊稿堆裡找到的，一併奉上，臺北的〈笠〉稿又有了些眉目，只是些微而已[4]。

先父短篇小說集要出版了，我是多麼地高興呀！如果先父地下有知，相信亦當含笑九泉了，只是費用要如此之大，如果全部麻煩您們，實在於心難安，〈雨〉的稿費來了四百八十元，依林海音先生說，大概尚有二千元的錢，我跟家母商量的結果，認爲這兩千元拿去印書，多少有點幫助，家裡苦些也無所謂，爲了先父的希望，生活苦些也是應當的，負的債，慢慢總返得清的您說是嗎？這意思我也告訴海音先生了，請您再跟她講吧！

學校功課相當忙，我讀的是理組，功課更是忙些，這是高二時選的，現在要改就業也不可能了，只好混下去，跟理組的同學一同去拚去；腳病也好多了，眞是託天之福了，這毛病極難治打針吃藥都不見效，近幾天已慢慢自己好起來了。就此再談

祝

大安

鍾鐵民拜十月三日夜

通訊處：高雄縣美濃鎮福安里七十五號同榮車行

楊錫榮　先生轉

---

3 應為〈泰東旅館〉。

4 〈笠山農場〉手稿版本共有：一、最早的手稿，僅存二、三章；二、全篇完整稿；三、最後整理的版本，包含前五章與刪掉的第九章。《新版鍾理和全集》收錄之〈笠山農場〉前五章依最後完整稿，其餘依第二版的完整稿。見鍾怡彥，〈新版《鍾理和全集》編後感言〉，《新版鍾理和全集》（高雄：春暉出版社、鍾理和文教基金會，二〇〇九年六月）。

一九六〇年十一月十四日

肇政叔：

來信收到了，謝謝您，書也接到了，連我買的五本共十五本，就在敝處郵便代辦處賣光了，我抽出幾本分贈給幾位新交的朋友，都要他們幫忙推銷，同時向許先生再要二十本來，打算賣完再寄錢給他，以便作爲出第二輯之用。今天帶一本到學校，沒想到全班女同學都要一本，連同男同學的共約二十多本，大出意料之外，老師們我尚未去推銷，我相信也可以銷一些。而我十本實在也不夠分，有些寄錢來的先生（不在先父筆友之內）如林星南、張良澤等位。對了！我忘了問您，先父生前友好們都分給他們了吧！我記得曾把寄錢給我的人的名單寄給您了，裡面有沒分著的嗎？請告訴我好嗎？您處如果還有存書，請速寄二、三十本給我吧！讓我來推銷，得款再寄給您吧！能用限時最好，我還得拿到屏東去推銷呢！高一時我是在屏東的內埔讀書，高二才轉到旗山中學來的，那兒的舊同學我相信一定會幫忙推銷的。

我現就讀旗山中學，在高三忠班，功課相當緊，尤比其他兩班爲甚，下星期又第二月考了，如今又得放下復習的功課，來溫習現在的課程了。就此再談　祝

大安

鐵民敬上十一月十四日夜

肇政叔：

　來信收到了，謝〻您，書也接到了，連我買的五本共十五本，就在敝處郵便代辦處賣完了，我抽出幾本分贈給幾位新交的朋友，都要他們幫忙推銷，同時向許先生再要二十本來，打算賣完再寄錢給他，以便作為出第二輯之用。今天帶一本到學校，沒想到全班女同學都要一本，連同男同學的共約二十多本，大出意料之外，老師們我尚未去推銷，我相信也可以銷一些。而我十本實在也不夠分，有些寄錢來的先生（不在先父筆友之內）如林星南張良澤等位，對了！我忘了問您，先父生前友好們都分給他們了吧

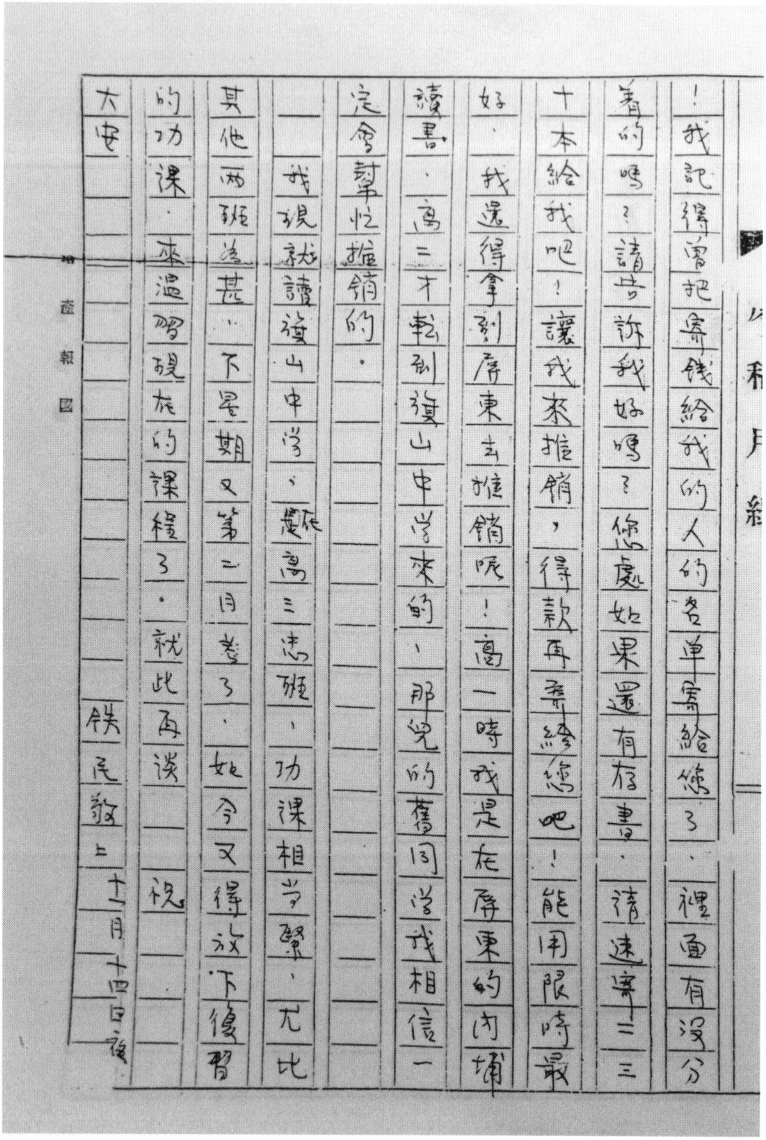
！我記得曾把寄錢給我的人的名單寄給您了，裡面有沒分看的嗎？請告訴我好嗎？您處如果還有存書，請速寄二三十本給我吧！讓我來推銷，得款再寄給您吧！能用限時最好。我還得拿到屏東去推銷呢！高一時我是在屏東的內埔讀書，高二才轉到旗山中学來的，那兒的舊同学我相信一定會幫忙推銷的。

我現就讀旗山中学，是在高三忠班，功课相当緊，尤比其他兩班為甚，下星期又第二月考了，如今又得放下復習的功课，來溫習現在的課程了。就此再談　祝

大安

鐵民敬上　十二月十四日夜

編後語

二〇二三年適逢鍾理和紀念館成立四十週年，鍾理和文教基金會籌辦一系列相關慶祝活動，以回望過去、正視當下、展望未來的核心概念，紀念「臺灣作家第一館」的里程碑，《逆流：鍾理和與鍾肇政書信錄》同樣循著這樣的思考脈絡誕生。

本書收錄作家鍾理和與鍾肇政自一九五七年四月二十三日至一九六〇年七月二十三日間的通信，並將一九五〇年代臺灣本省籍作家用來聯絡、交流的「文友通訊」，按照信件時間依序穿插其中。回到雙鍾信件的時序脈絡，可藉此比對「文友通訊」與雙鍾信件討論的交集與分野，且更能感受十六次「文友通訊」的跌宕起伏。

與一九九八年版本相比，本書重新比對信件與「通訊」數位原稿，修正不符原稿的文字、句讀後，在保留原稿的前提下，酌予調整為現代用法，方便讀者閱讀。同時，依據信件內容選用圖片，包含「通訊」作家照、「通訊」前後文友出版的書籍封面、鍾理和作品手稿、「文友通訊」原稿、雙鍾信件原稿等。此外，本書盡力考證「通訊」作家作品發表情況，與信件提及的報刊雜誌資訊，附上註腳加以簡要說明，盼協助讀者還原當時語境，以窺見一九五〇年代臺灣本省籍作家作品與文學場域情形；有心讀者或可藉註腳按圖索驥，找來作品與本書對讀，擴大文學縱深。

本書內文提及「文友通訊」時，因「通訊」非屬公開刊物、也非書籍，故以引號「」而非書名號《》呈現。鍾理和致鍾肇政信件附上的「通訊」稿，與實際在「文友通訊」登出的文字、標點符號有所差異，本書兩者皆收，可供讀者比對。雙鍾信件內容距今已逾六十年，文字、標點使用習慣與當代已顯落差，如鍾理和常省用標點符號，鍾肇政慣行草書文字等，本書盡量辨明作家用法，編輯時採取最小介入，貼近實況，讓讀者從中感受時代變化。

時代變化不僅於此，通訊軟體成爲當今人際聯繫的主流工具，但當時作家通訊仍舊仰賴書信往返；等候對方收信、寫回信、再收到對方回信，等待時間動輒數日，雙鍾都曾出現一方等不及再度去信，或同日相互去信的情形。當時鍾理和與鍾肇政的作品原稿未有複本，被出版社扣押、寄丟，造成作家極大困擾，現代讀者恐怕也難以想像。

不過，信中作家拚命創作、修改、投稿的努力姿態，追求創作獨立性不願妥協的昂首身影，爲了生計、稿費錙銖必較的現實考慮，想必能獲得文學創作者的普遍共鳴；而這些前輩所追求的「文學」，讀者若進一步將其代換成追尋自身理想的選項，或許更能產生共感。本書書名「逆流」不僅暗喻鍾理和與鍾肇政等作家不畏阻力，企圖躋身文壇，墾殖尚未壯大的臺灣文學；《逆流》將六十多年前的書信整理付梓，也期望促發高速資訊傳播的檢視與反思，傳遞非主流的歷史價值與當代意義，對於深化人文素養或有助益。

特別感謝鍾肇政次子鍾延威先生同意授權書信文字與圖片，繼續將雙鍾情誼延續下去。本書另獲國立臺灣文學館、李榮春文學推廣協會、攝影家林柏樑先生、畫家林玉山後代林柏亭先生授權，謝謝這些個人和單位所留下的歷史見證；在授權權利釐清與聯絡過程中，則要感謝臺灣文學館、高雄市立美術館和文訊雜誌社的居中協助。感謝評論家彭瑞金與朱宥勳一口答應撰寫序文，突顯本書價值，足證「文友通訊」暨雙鍾通信跨越世代的重要地位。二十六年後雙鍾書信再交前衛出版社出版，有其獨特意義，本書構思階段即獲前衛出版社與社長林文欽全力相挺，主編鄭清鴻不吝給予專業指導與判斷，不勝感激。

雙鍾書信似軋然而止，不過鍾理和過世後，當時就讀高中三年級的鍾鐵民緊跟父親腳步，與「肇政叔」展開通信，光鐵民致肇政言，又寫了十萬字之多，本書精選兩人一九六〇年部分書信，做為附錄以供讀者參考。

本書獲國家文化藝術基金會與高雄市政府文化局書寫高雄之出版補助，特此致謝。書籍成果限於能力或有疏漏不足，望請各位讀者包涵、指教。

國家圖書館出版品預行編目資料

逆流 : 鍾理和與鍾肇政書信錄 / 鍾理和, 鍾肇政著.
-- 初版. -- 台北市 : 前衛出版社, 2024.02
448面；15×21公分

ISBN 978-626-7325-95-7（平裝）

863.56 113001198

逆流：鍾理和與鍾肇政書信錄

作　　者　鍾理和、鍾肇政
策　　劃　財團法人鍾理和文教基金會
執　　行　王欣瑜
工作小組　王欣瑜、溫惠玉、謝宜珊、劉津君
校　　對　王欣瑜、溫惠玉、謝宜珊、邱明萱
授　　權　林柏樑、林柏亭、鍾延威
　　　　　社團法人李榮春文學推廣協會、國立臺灣文學館
顧　　問　彭瑞金、陳坤崙、鍾怡彥、翁智琦

責任編輯　鄭清鴻
美術編輯　宸遠彩藝
封面設計　張巖

共同出版　財團法人鍾理和文教基金會
　　　　　董事長：鄭烱明
　　　　　地址：843004 高雄市美濃區廣林里朝元95號
　　　　　　　　鍾理和紀念館
　　　　　電話：07-6822228
　　　　　電子信箱：chungliher@gmail.com

　　　　　前衛出版社
　　　　　出版總監：林文欽
　　　　　地址：104056 台北市中山區農安街153號4樓之3
　　　　　電話：02-25865708｜傳眞：02-25863758
　　　　　郵撥帳號：05625551
　　　　　購書・業務信箱：a4791@ms15.hinet.net
　　　　　投稿・代理信箱：avanguardbook@gmail.com
　　　　　官方網站：http://www.avanguard.com.tw

法律顧問　陽光百合律師事務所
總 經 銷　紅螞蟻圖書有限公司
　　　　　地址：114066 台北市內湖區舊宗路二段121巷19號
　　　　　電話：02-27953656｜傳眞：02-27954100

出版補助　財團法人國家文化藝術基金會、高雄市政府文化局
出版日期　2024年2月初版一刷
定　　價　新台幣600元
I S B N　978-626-7325-95-7（平裝）
E-ISBN　978-626-7325-97-1（PDF）
E-ISBN　978-626-7325-96-4（EPUB）